Kirchwies

Nach Jetfliegen als Kampfpilot, Industrie, Yellow Press und Fantasy kam Hannsdieter Loy zum Krimischreiben. Daneben übersetzt er kanadische Liebesromane ins Deutsche. HDL lebt dort, wo seine Romane spielen – in Oberbayern. So sind die Dienstreisen kürzer und die Verdächtigen näher. Im Emons Verlag erschienen seine »ROSEN«-Krimitrilogie »Rosen für eine Leiche«, »Rosenschmerz« und »Rosenmörder«, die Kriminalromane »Spiel des Todes«, »Sakramentisch!« und »Grabmoosalm« sowie der Tatort-Krimi »Starkbier«.
www.oberbayern-krimi.de

HANNSDIETER LOY

Kirchwies

LANDKRIMI

emons:

Bibliografische Information der Deutschen Bibliothek
Die Deutsche Bibliothek verzeichnet diese Publikation in der Deutschen Nationalbibliografie; detaillierte bibliografische Daten sind im Internet über http://dnb.d-nb.de abrufbar.

FSC www.fsc.org
MIX
Papier aus verantwortungsvollen Quellen
FSC® C083411

Umschlagmotive: iStockphoto.com/Eric Isselée, fotolia.com/moleskostudio, fotolia.com/blinkblink, sxc.hu/Billy Alexander
Klappeninnenseiten: iStockphoto.com/Spiderplay
Umschlaggestaltung: Franziska Emons/Tobias Doetsch
Satz: César Satz & Grafik GmbH, Köln
Druck und Bindung: CPI – Clausen & Bosse, Leck
Printed in Germany 2013
ISBN 978-3-95451-087-0
Landkrimi
Originalausgabe

Für Gaby

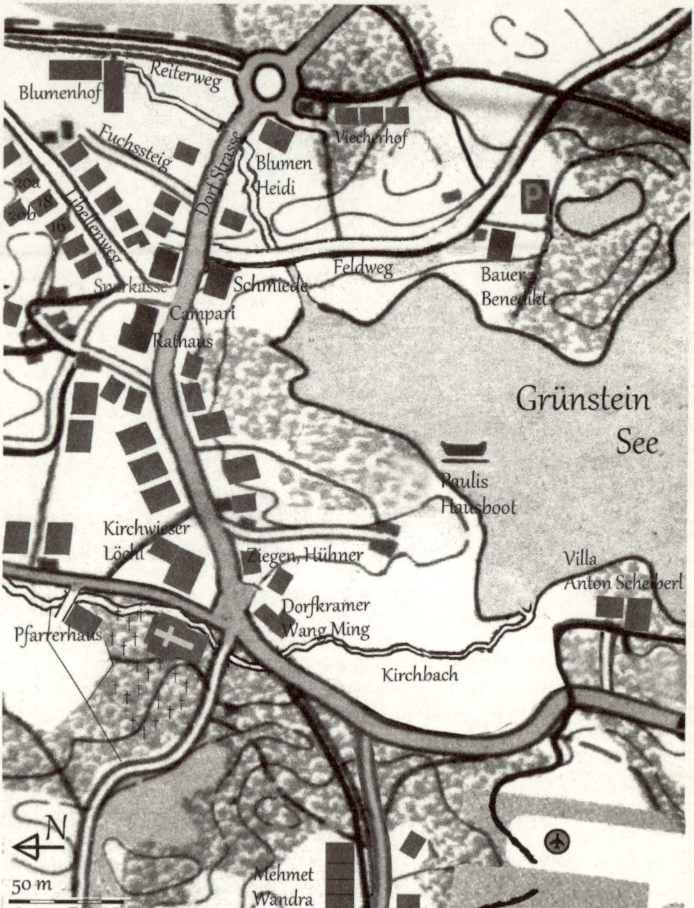

Kirchwies am Grünsteinsee

Kirchwies

Diese Geschichte berichtet vom Dorf Kirchwies, welches »Das Herzlichste« genannt wird. Sie erzählt von seinen Eigenheiten und von denen der Bewohner und schildert den Mord, der die Einwohner verschreckt aufscheuchte und kopflos werden ließ. Sie erzählt, wie es zu dem Mord kam, warum gerade diese Leiche gefunden wurde und nicht eine andere und welche Rolle der Bürgermeister Campari und der Pater Timo dabei spielten. In Kirchwies, einer Insel des Friedens im Voralpenland, ist dies alles wohlbekannt, sehr oft schon erzählt und ausgetratscht worden. Denn der Bayer, wenn er in Fahrt ist, neigt zu Übertreibungen.

Kirchwies ist ein etwas schief geratenes Gebirgsdorf und liegt an einem bauchigen Hang, einen kleinen See zu Füßen und einen dunklen Fichten- und Kiefern-Wald sowie den Berg im Rücken. Metzgerei, Bäckerei, der Uhrmacher, der Schmied, die Dorfwirtschaft, die bezaubernde, von Linden beschattete Dorfstraße mit lüftlbemalten Häusern – neben jedem wächst mindestens ein Obstbaum – reihen sich aneinander und sind in ein Tal mit Weiden und Wiesen und einer Handvoll Bauernhöfen eingebettet. Wo sich der Feldbach und der Kirchbach weiten, öffnet sich der Grünsteinsee. Und hoch droben im dunkelgrünen Wald thront als weißer Fleck das uralte Wieskircherl und schaut aufs Tal hinab.

Warum Kirchwies so heftig begehrt ist? Das ist eine lange Gschicht. Ein neu Zugroaster sagte erst kürzlich wieder: »Ich mag ein Leben mit weitem Blick aus allen Fenstern, ein Leben mit den Jahreszeiten, ein Leben mit Tieren. Ein Leben mit Eis und Schnee im Winter, Krokussen und Amselrufen im Frühjahr, Heuduft und dreißig Grad im Sommer und Pilzsammel- und Wandererlebnissen im Herbst.«

Das ist Kirchwies.

Dazu muss man wissen, dass Kirchwies nicht irgendein Dorf ist. Es ist ein Dorf, wie ein Dorf mit einer Eintausendzweihunderteinundsechzig-Seelen-Gemeinde früher zu sein hatte. Eine

Insel des Friedens eben. So wie der Ludwig Thoma solch einen Ort beschrieben und der Spitzweg ihn gemalt hat.

Es gibt zum Beispiel keine Autos und keine Motorräder in der Ortschaft. Der Bierlaster, der zwei- oder dreimal in der Woche die Getränke an die Dorfwirtschaft liefert, ans Kirchwieser Löchl, ist das einzige motorgetriebene Fahrzeug, das sich auf der Dorfstraße rumtreiben darf. Ab und zu, wenn ein Bauer aufs Feld fährt, begegnet man einem Traktor. Die anderen Menschen gehen zu Fuß, nehmen das Fahrrad oder die Kutsche oders Fuhrwerk oder sitzen auf dem Pferd. Wenn sie in die Stadt oder weiter weg wollen, fahren sie mit der Bahn. Der Bahnhof liegt nur fünf Minuten nördlich.

»Herzlichstes Dorf«, den Titel hat Kirchwies vor ein paar Jahren mühelos errungen. Freilich blühen Geranien und Begonien vor allen Fenstern, steht braun-weiß gescheckte Vieh auf grünen Weiden, singen Vögel in den Bäumen, funkelt das Sonnenlicht in Gold und liegt kein Fitzerl Papier auf den Straßerln und in den Gasserln. Die frühere Tankstelle wurde zu einem Blumengeschäft umgerüstet, der nutzlos gewordene Straßenkreisel mit Rosen bepflanzt, und der Fahrradverleiher am Bahnhof kehrt täglich die Bahnsteige, die Treppe und die kurze Unterführung zu Gleis zwei und drei. Für ein »Schönstes Dorf Deutschlands« täte das alles unter Umständen ausreichen, nicht aber für das »Herzlichste Dorf«. Dazu bedarf es mehr.

Die Idee dazu hatte Max Campari, der rührige Bürgermeister von Kirchwies und Sohn eines berühmten Vaters. Warum grüßen wir uns nicht alle freundlich, wenn wir uns auf der Straße begegnen?, hatte er sich vor Jahren gefragt. Nicht, dass er eine Grußpflicht in seinem Ort eingeführt hätte, oh nein. Die Menschen, gleich ob Männer, Frauen, Jugendliche oder Kinder, folgten ihm freiwillig. Er tat ihnen keinen Zwang an.

Guten Morgen, servus, habe die Ehre, hallo, bis später, gute Nacht miteinander – an jeder Ecke wird seither jeder fröhlich und herzlich begrüßt. Fremde sind überwältigt von der Herzlichkeit, mit der sie empfangen werden, und der Sympathie, die ihnen entgegenweht. Sie tragen den guten Ruf von Kirchwies weit hinaus in die Welt.

Keine Autos, keine Motorräder, alle grüßen sich und sind freundlich. Max Campari setzte noch eins drauf: Lautes Fluchen in der Öffentlichkeit kostet zehn Euro.

Selbstverständlich stammte die Idee von Pater Timo. Der hatte es sattgehabt, die Augen ständig um Vergebung flehend zum Himmel zu richten. Himmelherrgottsapperlott! Kreizdeifinoamoi! Scheißdreck, verreckter! Mi leckst am Arsch! Schleich di, oide Schlambn!, hatte er allerorten gehört. Nichts, was einen anständigen Christenmenschen so recht in himmlische Hochstimmung versetzen konnte.

Campari hatte lange gezögert, den Einfall zu verwirklichen. Nicht weil es ein schlechter Einfall war, sondern weil er von Pater Timo kam. Seit er mit dem Dorfgeistlichen zu tun hatte, war ihm jeder stinkende Ziegenbock sympathischer als dieser Pfarrer.

Der fünfköpfige Gemeinderat hatte sich mit dieser Entscheidung keinen Etatsprung nach oben erhofft. Doch dass in all den Jahren ganze dreißig Euro eingenommen wurden, weil einer öffentlich laut geflucht hatte, das lag nun doch weit unterhalb der Erwartungsgrenze. Anscheinend hatte die Maßnahme geholfen.

Wie gesagt, Kirchwies ist eine Insel des Friedens.

Ein engerlgleiches Dorf, dem allerdings ein großer Sturm bevorsteht.

Es ist die Zeit des beginnenden Sommers. Die Luft hängt wie eine dünne Gardine über dem Dorf, der Bahnstrecke und der Ferienanlage »Blumenhof«. Die Häuser dösen vor sich hin, still und staubig wie aufgespießte Falter. Katzen und Hunde schlummern zwischen den Hecken der Vorgärten, und die tiefe Reinheit der Mittagsstille trägt die Hammerschläge des Bootsbauers unten am Grünsteinsee in die Dorfstraße und die Gassen herauf. Das Blau des Himmels vertieft das Blau des Sees, die Wellen kräuseln sich im leichten Wind.

Wang Ming, der Chinese, füllt die letzten Lücken in den Regalen seines Kramerladens auf. Danach hängt er das Schild »In fünf Minuten zurück« an die gläserne Eingangstür und geht für die nächsten zwei Stunden heim. In seinem Hühnerhof regen sich die Hühner mit gelassenem Krächzen und Glucksen, ungeahnt ihres kümmerlichen und kurzen Daseins.

Die Bäume vor Wang Mings Laden bewegen langsam und genießerisch ihre Zweige. Max Campari, der gewichtige Bürgermeister, legt auf dem Balkon vor seinem Amtszimmer die Beine übers Geländer und schiebt sich eine dicke Prise Schmalzler ein. Eine kleine Gruppe Menschen, welche die Nacht und den Vormittag am See verbracht hat, begrüßt Freunde und begibt sich für die Abreise zum Bahnhof. Westlich von Kirche und Friedhof, drüben am Segelflugplatz, schmiert Anton Scheiberl, dem der Platz gehört, die Seilwinde, um sie geräuschloser zu machen. Pater Timo bereitet seine Sonntagspredigt vor, und Odilo, ein Vieri- oder Fünfjähriger, schwingt sich auf, sich im frei stehenden Holzbackofen zu verstecken, während seine Mutter auf Zehenspitzen unter dem Amselnest steht und wartet, dass die Jungen endlich schlüpfen. Das hätten sie schon vor ein, zwei Monaten tun sollen.

Thea Brommel plant, den Einzug in ihr Haus mit Bier, Grill und Musik zu feiern. Sie hatte sich vom allerersten Augenblick an in dieses einstmals weiß gestrichene, von alten, ungestutzten andalusischen Rosen bewachsene Haus verliebt. Lange hatte sie davon geträumt, es zu erwerben. Und nun ist es so weit.

Niemand ahnt, dass bald ein grässlicher Mord Kirchwies, das Herzlichste Dorf, aufscheuchen wird wie einen Schwarm Fliegen von einem Haufen Kuhfladen.

***

Die Hunde sind zu dritt. Früher hatte jeder einen Namen gehabt, aber seit die alte Kernerin tot ist, hat sich kaum jemand mehr um die drei Mischlinge gekümmert. Man hätte ja meinen müssen, dass die drei komplett verwahrlost wären. Oder den Hungertod gestorben wären. Doch sie entpuppten sich als wahre Überlebenskünstler. Jeder für jeden, alle für einen, so beschaffen sie sich ihr Futter und ihren Schlafplatz in und um Kirchwies. Jeden Tag und jede Nacht aufs Neue.

Einer, der braune Kurze, findet zwischendurch immer wieder einmal Unterkunft und Verpflegung bei einer menschlichen Wohltäterin und kann dann seine Freunde mit Resten versorgen. Er ist der natürliche Anführer der drei, die sämtlich keine Familie und kein weiteres Streben haben als Essen und Trinken und ein bisschen Wohlbefinden.

Auch heute sind sie wieder unterwegs. Heute, an diesem Montag, einem Junitag, im Morgengrauen. Später glaubte ein Frühaufsteher, die drei von seinem Fenster aus bemerkt zu haben. Die Dorfstraße hinunter Richtung Rathaus und Sparkasse seien sie gelaufen, gab er an.

Hinterm Dorfkramer machen sie eine Biege. Beim Dorfkramer gibt's immer was Essbares aufzutreiben. Manchmal kommt der kleine Chinese sogar selbst aus seinem Laden, um ihnen ein Stück Wurst, einen Kanten altes Brot oder ein paar überreife Erdbeeren zukommen zu lassen. An diesem Morgen aber steht er nicht vor der Tür. Also biegen sie auf den Sandweg ein, der zum Hühnerhof führt. Die Hühner interessieren sie nicht, ebenso wenig die beiden jungen Ziegen und das weiß-schwarz gefleckte Lamm. Sie sind schließlich keine Mörder.

Warm ist's, und es staubt ein wenig, als sie hinter einem Wald voller Brennnesseln die beiden Mäuse ausscharren, die sie vor Tagen dort erlegt und vergraben haben.

»Grad für den hohlen Zahn«, kläfft der braune Kurze.

»Sei nicht undankbar«, erwidert der wollige Dicke. »Man muss alles nehmen, wie es kommt.«

»Hunger!«, knurrt das hochaufgeschossene Skelett.

Beim Schmied hält der Schulbus an. Die drei rümpfen die Nase vor dem Abgasgestank und verfolgen interessiert, wie eine Gruppe Kinder einsteigt. Das eine oder andre Mal hatte ihnen schon mal eines der Kleinen ein Pausenbrot zugeworfen oder ihnen eine verhutzelte Banane hingehalten. Heute nicht. Der Braune bellt auf. Seine Stimme überschlägt sich. Dann überqueren sie auf lautlosen Pfoten gemeinsam die leere Straße.

Sie wenden sich seitwärts, dorthin, wo der Feldbach unweit des Rathauses druckvoll den Hügel hinunterfließt. Sie kühlen sich die Beine im rauschenden Wasser und nehmen ein paar tiefe Schlucke. Das Skelett leckt dem Dicken die Ohren.

Sie biegen in den Libellenweg ein. Ein Sträßchen mit netten Häusern, die man sich leisten kann. Kaum eines hat einen Zaun.

Der Braune bleibt stehen. »Blutgeruch«, winselt er und reckt die Nase in die Luft. »Riecht ihr das auch?«

Die anderen blicken um sich.

»Frischfleisch«, beginnt das Skelett zu jubilieren.

Der Blutgeruch ist da, kein Zweifel. Sie warten eine Weile am Wegesrand. Der Dicke besitzt die empfindlichste Nase. Er versucht zu wittern, woher der Duft kommt.

Langsam, sachte, mit der Nase am Boden streifen sie hinter dem Braunen her. Der Geruch zieht von einem der Häuser herüber, die lieblich aufgereiht am Libellenweg liegen.

Die drei sind jetzt auf der Hut. In der Nähe von Menschen gilt es, vorsichtig, zurückhaltend und geduldig zu sein. Ein Kind schreit in der Nähe. Ein junges Kind. Zwei, drei schwarze Vögel mit gelben Schnäbeln fliegen aufgeregt hintereinander her hinauf zum Wald.

Der Geruch kommt von der Rückseite des Hauses, vor dem sie innehalten und warten. Könnten sie Zahlen lesen, würden sie feststellen, dass es die Nummer achtzehn ist. Die beiden anderen Hunde wenden ihren Blick dem Skelett zu. Das Skelett ist hoch und dünn, man erkennt die Rippen. Das Skelett ist sechseinhalb Jahre alt und eine erwachsene Frau. Sie ist die mutigste. Sie bewegt sich schließlich. Langsam stakst sie entlang der weiß gekalkten Mauer des Hauses Nummer achtzehn. Seltsame Geräte stehen herum. Ungewöhnlich für Menschen, diese Unordnung. Es riecht nach altem Rauch. Das Skelett schnüffelt uninteressiert an einem tropfenden Bierfass. Sie hält die Zunge hin. Und zieht sie eine Sekunde später wieder zurück. Schleckt sich das Maul ab, um den grässlichen Geschmack zu entfernen.

Als sie die Terrasse betritt, heult sie kurz auf.

Der Braune und der Dicke halten das für Triumphgeheul und folgen ihr. So kommt es, dass alle drei gleichzeitig die frische Leiche, einen weiblichen Kadaver, entdecken.

Der Blutgeruch wird stärker. Vorsichtig tappen sie darauf zu. So, wie das Fleisch gelagert ist, wollen sie es nicht verzehren. Sie blicken um sich. Der Dicke entdeckt einen Ort, wohin sie die schwere Beute gemeinsam über den kurz geschnittenen Rasen ziehen – ein Gartenhaus mit kleiner Holzterrasse.

Niemand hat sie bisher entdeckt. Das Schweigen im Dorf ist vollkommen. Sie sind jetzt alle drei sehr hungrig. Hunger ist ihnen nicht fremd. Jede Gelegenheit, ihn zu stillen, nutzen sie. Sie sind wild lebende Tiere und kämpfen zu jeder Zeit ums Überleben. Gnadenlos.

Wolken sind aufgezogen und werfen kühle Schatten auf den Rasen. Nachdem der Braune mühsam einen Turnschuh von einem Fuß gezerrt hat, beginnen sie, das weibliche Bein von unten her abzunagen. Kein Knurren, kein Futterneid. Es ist genug da. Während sie gierig fressen, beginnt es leicht zu regnen.

Erster Teil

eins

Schlecht gelaunt und schweißgebadet wachte Max Campari auf. Seine Gänseherde unten im Garten schnatterte wie blöd. Es gab zwei Gründe für sie, sich aufzuregen. Erstens, wenn sie ihr Spiegelbild in den Kellerfenstern erkannten, und zweitens, wenn die Kirchenglocken läuteten. De facto regten sich die depperten Viecher also die ganze Zeit auf. In diesem Fall galt zweitens.

Bis Weihnachten, dachte der Bürgermeister, dann wär's vorbei. Er wälzte sich herum und warf einen Blick auf die Uhr. Halb acht. Dic Glocken riefen pünktlich zur Frühmesse. Pater Timo ließ grüßen. Er zog noch selbst am Seil, der Dorfpfarrer, und Campari war sicher, dass er mit jedem Zug einen gesegneten Gruß an ihn mitschickte. »Ich werd dich doch wohl wach kriegen«, sollte das heißen. Immer lauter und lauter wurde das Geläut. Vor allem die Bassglocke dröhnte hämisch zum halb geöffneten Fenster herein.

Campari rollte sich mühsam zur Seite und aus dem Bett. Dann schloss er das Fenster, ging in die Küche, öffnete den Kühlschrank und stürzte eine halbe Flasche eiskaltes Mineralwasser hinunter. Seine Zehen juckten. Er wollte hinunterschauen, doch das funktionierte nicht. Bücken und Kratzen schon gleich nicht. Die blassweiße, pralle Wampe stand dazwischen. Wie bei seinem berühmten Vater. Während er trank, blickte er aus dem weit geöffneten Fenster. Das Morgenlicht versprach einen schönen Tag, der Himmel war klar und wolkenlos.

Auf der anderen Seite der Dorfstraße winkte sein Geschäftshaus herüber. Ein schöner Anblick. Im Untergeschoss die Sparkasse, im ersten seine bürgermeisterlichen Amtsräume und unter dem Giebel die kleine Wohnung, die für Besucher reserviert war. Das alles gehörte ihm. Weit hatte er's gebracht. Vom Hauptkommissar in der Mordkommission bis zum Bürgermeister daselbst.

Er rülpste leise. Das Wasser rumorte im Magen. Er hatte eine hundsgemeine Nacht hinter sich. Pausenlos hatte er sich im Bett herumgewälzt, war wieder eingedöst, schließlich in einen Halbschlaf gefallen. Er war aufgestanden und umhergewandert, hatte sich wieder hingelegt und endlich eine Stunde lang tief geschlafen. Bis die verdammten Glocken mitsamt den blöden Gänsen ihn weckten. Wartet nur, Weihnachten kommt bald!

Die Einladung heute Nachmittag lag ihm im Magen.

Er ging ins Schlafzimmer und zog sich mühsam an. Unterhose, Hemd. Für die Hose musste er sich am Schrank festhalten, um hineinzuschlüpfen. Dann ließ er sich aufs Bett sinken, um die Socken unter heftigem Ächzen und Stöhnen über die Füße zu streifen. Gut, dass die Margot grad heut bei ihrer Schwester ist und erst morgen zurückkommt, dachte er. Sie hasste seine Schnauferei, vor allem nachts, wenn das Schnaufen Schnarchen hieß.

Diese Einladung. Die Brommel Thea. »Housewarming Party« hatte sie's genannt.

Er hatte die Thea noch spielen sehen in Wasserburg beim TSV. Wann immer er konnte, hatte er sich ein Spiel angesehen. Vor allem, wenn's um die entscheidenden ging. Die Deutsche Basketballmeisterschaft hatten die Wasserburger Damen schon x-mal errungen. Die Thea war ein exzellenter Center mit ihren knapp ein Meter achtzig, die irrsinnig schnell spielen konnte. Und jetzt machte sie Physiotherapie. Das, was sie gelernt hat. Hatte sich in dieses weiße Haus am Libellenweg verliebt und schon alles eingeräumt.

Am Einzugstag hatte er sie besucht. Es sollte der Höflichkeitsbesuch des Dorfbürgermeisters werden. Doch es wurde mehr daraus. Er hatte eine Flasche Rotwein mitgebracht, die tranken sie gemeinsam aus. Dann holte Thea noch eine Flasche. Auch die wurde geleert. Und schließlich fanden sie sich gemeinsam im Bett wieder. Er konnte sich danach zwar nicht mehr an jedes Detail erinnern, aber – wow, was für eine Frau!

Und heut nun die Einweihungsparty. Die Housewarming Party.

Ihm lief das Wasser im Mund zusammen, als er sie vor Augen hatte. Groß, schlank, sportlich. Ein helle, fast transparente Haut mit Sommersprossen wie helle Leberflecken, etwas schräge Augen, er glaubte grüne, und ein Mund, der heruntergezogen immer etwas spöttisch blickte. Am auffallendsten war ihre Nase. Sie war die des Habichts. Geschweifte Nasenlöcher mündeten in eine Spitze, die kühn nach unten strebte.

Thea Brommels Gesicht war ein Gesicht, das er vom ersten Tag an zu vergessen versuchte und nicht vergessen konnte. Zum Anbeißen, das Mädel.

***

»Vater, vergib ihnen, denn sie wissen nicht, was sie tun.«

Pater Timo kniete in seiner Kirche vor der überlebensgroßen Christusfigur und hatte noch immer in den Ohren, was er in der Beichte erfahren hatte. Ihn schmerzten die Knie, es knackte, wenn er sic bewegte. Die buschigen Augenbrauen machten seine Miene streng, der angegraute Pferdeschwanz zitterte vor Mitgefühl.

»Ich bereue, dass ich Böses getan und Gutes unterlassen habe. Erbarme dich meiner, oh Herr.« Und dann war ein Geständnis gefolgt, das den Pater Timo fast aus dem Beichtstuhl gefegt hätte. Das »Geh hin in Frieden« war ihm diesmal nur sehr schwer über die Lippen gekommen. Als wenn dickflüssige schwarze Lava aus seinem Mund gequollen wäre.

Heute Nachmittag würde er die Frau vom Beichtstuhl wieder treffen. Bei dieser Housewarming Party am Libellenweg. Sauschwer für einen Pfarrer, dachte er, dann so zu tun, als wüsste er von nichts.

Pater Timo richtete seinen Blick in die Höhe. Er war wie verliebt in seine Kirche. Er empfand eine beinahe menschliche Zuneigung zu ihr.

Das barocke Gotteshaus war einschiffig, hatte einen Hochaltar, zwei Nebenaltäre, kunstvoll geschnitztes Gestühl und eine Orgel aus dem achtzehnten Jahrhundert, die Balthasar Barfüßer d. Ä. zugeschrieben wurde. Der Glockenturm darüber hatte sich vor Monaten schon etwas zur Seite geneigt. Es waren Ritzen und Risse entstanden, in denen im nächsten Frühjahr die Schwalben nisten würde. Falls dann der Turm noch stand.

Es tat Timo weh, wenn er daran dachte und, so wie jetzt, den Blick nach oben richtete. Manchmal sah er den Turm wie einen Betrunkenen schwanken, und er fragte sich, ob die Vorstellung real war oder sich in seinem Kopf abspielte. Eines aber wusste er: Es fühlte sich an, als ob er selbst ein Krebsgeschwür hatte.

»Frühstück is feddich«, ertönte eine Stimme hinter ihm.

Fanny, seine ältere Schwester. Die Fanny sah nicht nur aus wie Dürers Mutter, sie sprach auch das gleiche Fränggisch wie jene. Sie machte Timo den Haushalt, seit er die Gemeinde Kirchwies als Pfarrer übernommen hatte.

Gemächlich drehte er sich um und zog eine Braue hoch. »Ich sprech grad mit dem Herrn Jesus«, sagte er, um eine vorwurfsvolle Tonlage bemüht.

»Ja freili«, sagte die Fanny, »und mein schönes Frühstück wird kalt.«

Die Geschwister waren im Knoblauchland in der Nähe von Nürnberg aufgewachsen. Vater Postbeamter, Mutter fleißige Hausfrau. Timo geriet dem Vater nach, Fanny der Mutter. Eine stinknormale Familie also. So hatte es Pater Timo einmal im Dorf erzählt, kurz nachdem er die Pfarrei übernommen hatte.

»Du wirst einmal Beamter so wie ich. Das ist was Sicheres. Beamte werden immer gebraucht.« Dieser Satz seines Vaters hatte Timo über Jahre verfolgt. Deshalb stieg er nach dem Abi ins Physikstudium ein, doch sein Hang zum Philosophischen war stärker. Nach dem dritten Semester wechselte er ins theologische Fach. »Gott hat die Theologie erfunden, um etwas mehr über sich selbst zu erfahren.« Diesen Spruch hatte er im achten Semester geprägt.

Fanny machte eine Ausbildung als Hauswirtschafterin. Nach Stellen beim 1. FC Nürnberg, im Regensburger Schloss und in der Hotellerie folgte sie ihrem Bruder nach Kirchwies. Man konnte sagen, dass sie gläubiger war als ihr gläubiger Bruder. Sie glaubte nicht an das, was in den Büchern stand, sondern daran, was sie im Kopf hatte. Fast fanatisch mutete sie manchmal an. Es hieß, sie sei mit ihren über fünfzig Jahren noch Jungfrau, weil sie sich für den Herrn Jesus aufheben wollte.

Die beiden lebten wie ein altes Ehepaar zusammen. Timo war der gutmütige Philosoph, Fanny die energische Hausmeisterin, Gärtnerin und Köchin. Jeder hatte seine Gewohnheiten und seine Marotten, sie zankten sich, sie vertrugen sich, sie mochten sich.

Pater Timo lag es nicht, den Boss und Geldgeber raushängen zu lassen. Doch wenn es sein musste, vermochte er durchaus auf den Tisch zu hauen, um zu zeigen, wer der wahre Herr im Haus war.

»Na, schmeckt's dir?«, fragte die Fanny und schenkte Kaffee nach.

Die Terrasse des Pfarrhauses lag nach Osten. Genau das Richtige also für ein sonniges Frühstück. Am Rand des Rasens spendete blauer und weißer Hibiskus wohltuenden Schatten. Meisen, Finken und Amseln badeten in steinernen Tränken, die Pater Timo speziell für sie auf dem halbhohen Mäuerchen aufgestellt hatte, das ein paar Meter weit entlang des Holzzauns lief. Das Gepiepse der Vögel, ihr Gezwitscher und Geplätscher waren meist die einzigen Geräusche im Pfarrgarten.

»Schmeckt's?«, fragte die Fanny noch einmal, diesmal ungeduldiger.

Pater Timo nickte und deutete auf seinen vollen Mund. Der Pferdeschwanz bebte.

Wäre Pater Timo kleiner gewesen, hätte er als Sitzriese gegolten. Und der Pater war über eins neunzig groß. Ohne Pferdeschwanz. Dazu kam, dass die Soutane, die er zu jeder Tages- und Nachtzeit trug, ihn noch schlanker und länger machte.

»Von wem ist die Wurst?«, fragte er.

»Na, vom Kürmeier«, sagte die Fanny verwundert.

»Und das Brot?«

»Vom Miedl, ist doch klar. Und die Eier sind heute vom Herrn Wang. Warum fragst?«

Timo breitete die leeren Hände aus. Diese Geste war ihm sehr geläufig. Er hatte sie dem segnenden Jesus abgeschaut. Auf einmal grinste er breit. »Wie im allerbesten Hotel. Ach, was sag ich. Weltbesten.«

Dann überlegte er kurz, während er sein drittes weiches Ei salzte. »Sag mal, wie ist eigentlich der Chinese in unser Dorf gekommen? Du kennst dich doch aus in diesen Dingen.«

»Wang Ming? Weiß ich auch nicht recht. Der alte Dorfkramer starb, und der Herr Wang war plötzlich da und stand im Laden.« Die Fanny wischte sich eine Locke aus der Stirn und fuhr sich über den Eiermund. »Ich glaub, das hat noch der Vater vom Campari eingefädelt. Der war damals immer wieder mal zur Sommerfrische in Kirchwies. ›Außenwirtschaftliche Beziehungen‹ nannte er das.«

Beim Namen des Bürgermeisters zuckte der Pater zusammen, als ob er einen Stromschlag bekommen hätte, und warf einen Blick hinauf zum Kruzifix in der Ecke. Grad, dass er sich nicht bekreuzigte, als wär's Luzifer persönlich.

Die Fanny kannte das und erwähnte deshalb den Namen, so oft es nur ging. »Ja, zuck nur zsamm«, sagte sie überlegen. »Der Campari kauft fleißig beim Herrn Wang ein.«

»Ja, aber ich hab doch gefragt ...«

»Nach dem Wang Ming, ich weiß. Also, eines Tages steht der in dem Laden und räumt aus, ein und auf. Es heißt, er soll einmal ein China-Restaurant drin in der Stadt geführt haben. Aber als dann noch vier andere Chinesen zusätzlich aufgemacht haben, ist der Ansturm auf die freien Plätze weniger geworden. Und da hat er sein Restaurant wieder zugemacht, der Herr Wang. Oder sein Lokal übergeben, was weiß ich. Wang ist übrigens der Nachname. Ming ist das, was bei uns der Vorname ist. Ja, und den Rest kennst ja.«

Zack!

»... scheint aber ein gutes Händchen gehabt zu haben mit dem Chinesen. Beim alten Kramer hast du grad mal ein paar Semmeln gekriegt, eine Packung Persil, Wäscheklammern, eine Rohwurst, saure Gurken, Briefumschläge, Schulhefte, Bleistifte. Der Chines hat alles. Vom Tragel Bier über Räucherlachs, Damenschlüpfer, Schweineschnitzel, CDs, Whisky, Tabak bis hin zum kleinen Außenborder und der kompletten Angelausrüstung. Alles, was du brauchst zum Glücklichsein.«

Timo legte die Stirn in Falten. »Whisky, Außenborder. Äh, Alkohol? Führt er auch Bibeln?«

Da musste die Fanny laut lachen. »Ganze Stöße davon. Direkt neben den Playboy-Hefterln. Lauter dicke rote Bibeln. Geh doch selber hin, dann kennst du den Laden.« Sie stützte das Kinn in die Hand. »Für den Campari hat er sogar die Gletscherpris angeschafft.«

Zack!

»Gletscher... was?«

»Na, seinen Schnupftabak halt.«

»Heut Nachmittag«, lenkte Pater Timo ab, »bin ich eingeladen. Brommel, die Basketballerin ... Thea, glaub ich, heißt sie.«

»... weiht ihr Haus ein, ich weiß. Sollst du den Segen sprechen?«

Ihr Bruder griff sich an den Hals und lächelte dünn.

Fanny zog eine Schublade auf und suchte etwas.

»Was suchst du?«, fragte er.

»Ach, hier müssen irgendwo noch ein paar Zivilklamotten von dir sein. Musst du immer nur in deiner Dienstkleidung herumlaufen? Wie ein schwarzer Rabe? Wär doch ganz freundlich, dich mal in Jeans und einem Polohemd anzutreffen.«

»So muss ich nie lange überlegen, was ich anziehen soll. Ich bleib dabei«, entschied der Pater.

Es würde ein heißer Tag werden. Nicht der Hauch eines Lüftchens war zu spüren, wenn auch die Luft langsam feuchter wurde. Pater Timo, die zwei obersten Knöpfe der Soutane geöffnet, schwitzte leicht. Er sah seine Schwester nicht direkt an. Es hatte den Anschein, dass er über Büsche und Sträucher hinweg in die Ferne starrte, doch in Wirklichkeit betrachtete er Fanny aus den Augenwinkeln. Er saß leicht abgewandt am Tisch, sodass wegen der offenen Knöpfe seine Brusthaare und die kleinen feuchten Perlen auf seiner Haut zu erkennen waren. Er dachte nach.

»Hast du deinen Lottoschein schon abgegeben?« Sie fuhr mit der Hand durch die Luft und rümpfte die Nase.

Pater Timo zuckte zusammen. Eine Stück Tomate fiel ihm von der Gabel. Ihm ging etwas anderes durch den Kopf. Etwas völlig anderes als der Lottoschein.

»Würdest du das für mich tun?«, bat er. Durch seinen Kopf jedoch irrte nur ein Gedanke. Die Beichte! Diese Beichte! Manchmal bereitete ihm der Inhalt einer Beichte ein kleines Vergnügen. Doch die, die er vorhin angehört hatte, war anders. Sie traf ihn im Inneren und führte ihn in einen widerlichen Zwiespalt.

»Kann ich noch einen Schluck Wasser haben?«, bat er sie.

Sein Mund war trocken.

zwei

Der Junge, der Wang Ming die Tür öffnete, war höchstens vier oder fünf Jahre alt und trug den Ausdruck eines eiskalten Killers im Gesicht.

»Wer bist du, Fremder?«, fragte er.

Wang Ming musste noch etwas verschnaufen. Er hatte sein Fahrrad drunten vor dem Gartentor stehen lassen, und die Strecke über den bergauf führenden Plattenweg war anstrengend und wollte erst einmal verdaut werden.

»Ich bin Wang Ming, der Dorfklamer«, antwortete der Chinese schlitzäugig lächelnd.

Herr Wang war rund von Gesicht und dorfweit als eine Ausgeburt an Freundlichkeit bekannt. Niemand hatte ihn je ungehalten, störrisch oder nervös erlebt. Sein Deutsch war einwandfrei und bayerisch angehaucht, entbehrte jedoch des Buchstabens R.

»Niemand kriegt mich lebend«, rief der Kleine und schoss ihm mitten in die Stirn. Nur gut, dass es eine Wasserpistole war.

Wang ließ sich auf eine spielerische Rauferei mit dem Buben ein. Er entwaffnete ihn kurzerhand. Als der deswegen zu weinen anfing, schoss Wang ihm eiskalt ins Gesicht und auf den Oberkörper und machte ihn patschnass.

»Odilo! Was ist denn los? Warum weinst du?«

Die Mama des niedlichen Engels, Fritzi Gernot, kam aus dem Haus gespurtet. Sie hob die Pistole auf und warf sie in das bereitstehende Erdbeerbeet.

Das Haus war eine Villa, so groß wie ein normales Achtfamilienhaus, das Anwesen drum herum entsprechend. Es lag in einem mehr als einen Hektar großen Garten auf einem Hügel am Rand des Dorfes. Das Gebäude hatte rustikale Dachbalken, schwarzweiße Badezimmerfliesen, bunte Geranien und Begonien vor den Fenstern, moderne und alte Bilder in den Gängen und viele Zimmer. Hinterm Haus meckerten Ziegen, auf dem Dach saßen Tauben und Amseln friedlich nebeneinander, ein Mäusebussard schwebte hoch am Himmel.

Früher war dieser Landsitz ein Reiterhof gewesen. Fritzi Gernot hatte ihn nach dem Erwerb zu einem fröhlichen Ferienhof umgebaut, der stets ausgebucht war. Der Name »Blumenhof« traf den Nagel auf den Kopf.

Die Anlage erstreckte sich über mehrere Ebenen und Terrassen und bot einen weiten Ausblick auf das fortlaufende Tal und blau schimmernde Gebirgszüge mit im Dunst verschwindenden knallgrünen Almwiesen und weißgrauen Felshängen. An klaren Tagen hatte man sogar einen beeindruckenden Blick auf den über fünfzig Kilometer entfernten Olympiaturm in der Landeshauptstadt.

»Schluss jetzt mit dem Krach!«, kreischte die Mutter, halb im Zorn und halb im Spaß.

Odilo schrie wie am Spieß und rannte mit hämmernden Armen ins Haus.

»Haben Sie ihm dieses verdammte Spielzeug mitgebracht? Ich hab genug Arbeit mit diesem kleinen Teufel. Da brauch ich nicht auch noch Action von außen!«

Fritzis Hautfarbe wechselte von rötlich zu normal sportlich gebräunt. Sie hatte sich beruhigt. Innerhalb von Sekunden. Resultat ihres letzten Berufs. »Was wollen Sie denn eigentlich, Herr Wang?«, fragte sie den Chinesen verwundert.

Er deutete eine Verbeugung an.

Was Wang Ming wollte, war leicht zu erklären. Sein Laden belieferte die Feier von Thea Brommel. Da er wusste, dass Flau Gelnot der Flau Blommel bei den Vorbereitungen half, wollte er sicherstellen und sich erkundigen, dass nichts vergessen worden war. Herr Wang war da gewissenhaft.

Sein Dorfkramerladen war ein Wunder an kaufmännischer Bedarfsdeckung. In dem Laden gab es kaum etwas, was es nicht gab. Die wenigen Sachen, die Wang Ming nicht führte, gab es gegenüber in der Kirche, auf dem Friedhof oder bei Thea Brommel selbst.

Was Wang Ming mit seinem Geld anfing, wusste keiner der Dörfler. Vielleicht bekam er ja nie Geld. Vielleicht bestand sein ganzer Reichtum aus Rechnungen, die nie bezahlt wurden. Seine Kunden machten sich manchmal einen Spaß daraus, ihren Einkauf anschreiben zu lassen. Dann traute er den verehrten Mitbürgern exakt so lange, bis weiteres Vertrauen lächerlich oder geschäftsschädigend gewesen wäre. Er war beliebt im ganzen Dorf, alle schätzten sein zuvorkommendes Wesen, und man hatte vor ihm Respekt. Außerdem war er sozusagen das Schwarze Brett für alle. Die Lokalzeitung.

Fritzi und er gingen die mitgebrachte Einkaufsliste durch.

»Doch«, meinte Fritzi, »das müsste reichen. Wenn was fehlt, sind Sie ja nicht weit. Ich kümmere mich schon …«

»He, Fremder, zieh!«, kam es gellend laut von der Ostterrasse her.

Klein-Odilo kam auf einem zum Rappen umgebauten Plüschkamel angeritten. Seine Rechte umklammerte die tödliche Waffe, die auf den Eindringling zielte.

Herr Wang riss die Arme über den Kopf und hisste die weiße Flagge.

Hätte er nicht tun sollen.

Mutter Fritzi verübte einen eingesprungenen Rittberger und entriss dem Bandido die Waffe, konnte es jedoch nicht vermeiden, dass sie von einem dicken, langen Wasserstrahl getroffen und von der Hüfte abwärts durchnässt wurde.

Herr Wang ließ es sich nicht nehmen, einen heimlichen Blick auf ihre durchscheinende Sportlerfigur zu werfen.

»Saubär, du elendiger!«, rief Fritzi.

Nach heftiger Gegenwehr entwand sie dem reizenden Söhnchen die zweite Waffe und warf sie der ersten hinterher.

»Ciao«, sagte Herr Wang im Weggehen. Er kostete jedes Wort ohne R genüsslich aus. »Ciao, bis später. Leben Sie wohl. Flitzi.«

Dann fuhr er mit dem Rad die Dorfstraße hinunter, an den lüftlbemalten Häusern und den blumengeschmückten Gärten vorbei, winkte dem Bürgermeister auf dem Balkon zu, dem Schmied vor seiner Schmiede und der Flau Klaxbichler, die mit einem Spaten über der Schulter zu Fuß nach Hause strebte. Bevor er seinen Laden erreichte, hielt er noch einen kurzen Schwatz mit dem Pfarrer ab. Pater Timo hatte gut gefrühstückt. Das sah man ihm an.

Es begann etwas zu regnen, als Wang Ming das zweispännige

Pferdefuhrwerk mit eisgekühltem Bier, dem Grill, dem Leberkäs und den anderen Sachen belud. Er hatte trotz des Regens ein gutes Gefühl. Diese Kundin würde nicht anschreiben lassen. Thea Blommel verdiente gutes Geld. Und das regelmäßig. Das wusste er.

Niemand wusste, woher er das wusste. Und er selbst hatte vergessen, woher er es wusste. Thea Brommel verdiente gutes Geld. Sie würde die Rechnung bezahlen.

Was er dabei nicht berücksichtigte: Es existieren die unterschiedlichsten Methoden, einen solchen Vorsatz außer Kraft zu setzen. Die Methode, um die es in dieser Geschichte geht, war eine besonders originelle.

drei

Die tief stehende Sonne besaß noch genügend Kraft, um die feuchte Erde in dem zauberhaft angelegten Garten zum Dampfen zu bringen. Thea Brommel hatte alles eingeladen, was in Kirchwies Rang und Namen hatte. Das alte weiße Haus mit den burgunderfarbenen andalusischen Rosen blickte nach Südwesten, war von hohen Blutbuchen geschützt und mit einem Jägerzaun umfriedet. Fenster und Türen standen offen, die Gäste konnten sich im gesamten Haus tummeln, das sich drinnen – ganz anders als der Garten – vollkommen unaufgeräumt darstellte. Oder sie konnten auf den sorgfältig geebneten Gartenpfaden wandeln.

Der Garten fiel zum Libellenweg hin etwas ab. Die andere Seite des Wegs war von einem elektrischen Weidezaun begrenzt. Ein schmales Bächlein floss entlang, ein benachbarter Bauer ließ gegenüber sein Vieh weiden. Das Plätschern des Wassers über kinderkopfgroße Kieselsteine hinweg und das sanfte Muhen und schmatzende Wiederkauen der weiß-braun gescheckten Kühe war von diesem Ort nicht wegzudenken.

Als die Gäste – so gegen acht, halb neun – das erste Fassl Bier geleert hatten und Wang Ming für Nachschub sorgen musste, waren die Ohren taub für den Tumult der Vögel in den Zweigen und blind für die Pracht der von Bienen und Hummeln besetzten Blumenbeete. Die Gäste hatten getrunken, und keiner war mehr ganz nüchtern.

Bürgermeister Campari kreuzte das Besteck auf dem leeren Teller vor sich und musterte Pater Timo ohne Wohlwollen. Er sah dabei so grantig drein, dass man hätte meinen können, er wolle dem Pater gleich an die Gurgel gehen. Doch seine bedrohliche Erscheinung verriet nichts von seiner zarten Seele und seinem Charme. Wenn er wollte, vermochte er jeden zu fesseln. Nur nicht die eigene Ehefrau.

Pater Timo wusste das natürlich. Deshalb spielte stets ein leicht spöttisches Lächeln um seine Lippen, wann immer er dem großen Rivalen begegnete. Er war fest entschlossen, sich aus den Liebeswirren des Bürgermeisterpaars herauszuhalten.

Eine junge Frau in den Zwanzigern kam, um die Teller abzuräumen, und stellte eine Karaffe Rotwein auf den Tisch, der mit blau kariertem Tuch bezogen war. Gegen den leichten Luftzug von Norden her war es mit Klammern am Tisch befestigt.

»Danke, Heidi«, sagte Pater Timo und lachte sie an.

Sie ließ ihr süßestes Lächeln spielen.

»Wackelt der Glockenturm noch?«, fragte Campari mit gespieltem Interesse, während er sich ein Glas einschenkte. Als er es ans Licht hielt, leuchtete der Wein rubinrot.

Pater Timo verschränkte die Arme vor der Brust. Die schwarze Soutane stand ihm gut. Nur der angegraute Pferdeschwanz mutete daneben etwas verloren an.

»Beim letzten Sturm ist er noch etwas schiefer geworden«, erwiderte er mit sanfter Stimme. »Mehr als zwei weitere Stürme wird er gewiss nicht mehr aushalten. Dann brechen die Holzbalken, und die schwere Glocke könnte herunterfallen. Hoffentlich geht dann nicht grad ein Bürgermeister vorbei.«

Campari beugte sich vor, obwohl ihm seine ansehnliche Wampe die Bewegung sichtlich schwer machte. Er wollte gerade antworten, da mischte Thea Brommel mit, die sich hoch aufragend hinter ihm platziert hatte.

»Der Pater hat doch einen Zuschuss beantragt«, sagte sie vorwurfsvoll zum Bürgermeister. »Wo bleibt der? Wir können doch nicht einfach unseren Glockenturm auf den Acker schmeißen! Das wär gar nicht gut für unser Herzlichstes Dorf.«

»Sache der Katholischen Kirche!«, entgegnete Campari laut. »Die Kirche ist voll mit goldenem Gerümpel. Verkauft des, nachher könnt ihr den Turm wieder herrichten und gleich noch einen zweiten daneben bauen!« Damit erhob er sich schwerfällig und watschelte hinauf zum Haus, wo Wang Ming mit dem Bierfass stand.

»Und des lässt du dir einfach so gfalln?«, moserte Fanny, die Ältere, ihren Bruder an. »Gell, Frau Brommel, mir behaldn ein waches Auge auf den Herrn Bader.«

Fanny meinte mit »Bader« nicht den Dorffriseur, sondern

Pater Timo. Da das Fränkische jedoch keine harten Laute kennt, kommt es mitunter zu Missverständnissen.

»Je höher der Kirchturm, desto schöner das Geläut«, trug der Pater weise bei.

Mühsam reckte sich der Bürgermeister und ging ein paar Schritte. Dann blieb er stehen und drehte sich zum Pater um. »Sie mit Ihrem Kirchturm«, fuhr er ihn aus der Entfernung an. »Letztes Jahr bei dem Erdrutsch, da hab ich euch Grünen schon nachgegeben und hab Geld für die Aufforstung besorgt. Bleiben Sie mir jetzt bloß vom Hals mit dem Turm. Ich bleib dabei. Das ist Sache der Kirche, basta!«

Er hätte sich gern entfernt, doch Timo ließ nicht locker. »Wie halten Sie's eigentlich mit dem C in eurer Partei?«, rief der ihm zu. »Das steht für ›christlich‹, wenn ich nicht sehr irre, oder? Da müsste doch das Geld für die Reparatur unseres Gemeindekirchturms drin sein. Wenn man sich entsprechend einsetzt. Jedenfalls für ein klitzekleines Türmchen.«

Selten hatte man einen katholischen Priester in Schwarz so verschmitzt grinsen sehen.

Campari ließ sich nicht beirren. »Ich weiß von einem aus eurer Grünen Liga drin in der Stadt, der will das Glockengeläut in seinem Viertel verbieten lassen. Weil's seine Frau beim Schlafen stört. Also – werd's euch doch erst einmal selbst einig.«

Der bullige Bürgermeister trat wieder auf Timo zu und stützte sich an der Tischkante auf. Die buschigen Augenbrauen machten die Pose noch bedrohlicher. »Ja, wenn ich erst einmal im Landtag sitz, ja dann … Da können S' ja ein gutes Wort für mich bei Ihrem Chef einlegen.« Er richtete die Augen zum Himmel und entfernte sich unter lautem Gelächter.

Thea Brommel war vor ihn hingetreten und deutete eine Luftwatschn an. Betont langsam umrundete sie dann den Tisch und massierte unter Fannys forschendem Blick dem Pater das schmerzende Genick. Bevor die strenge Schwester jedoch Einspruch erheben konnte, ließ sie's wieder bleiben und sah zum Himmel, als das heisere Krächzen der Krähen einen neuen Anlauf nahm.

Thea Brommel fühlte sich gut. Sie meinte, vom Dorf akzeptiert zu sein, und ihre Party versprach ein voller Erfolg zu werden. Zum x-ten Mal schaute sie sich um.

Drüben stand ihre Freundin Fritzi mit einem Glas Wasser in der Hand und unterhielt sich mit Pauli, dem Maler. Der wohnte am Grünsteinsee in einem Hausboot und bastelte seit zwanzig Jahren an einem Ruderboot herum, in dem er seine Freundinnen auf dem See herumruderte und die Schwäne ärgerte.

Soweit Thea das mitbekommen hatte, war auch Fritzi schon auf dem Boot gewesen. Fritzi mit dem unleidlichen Odilo. Sie hatte mit ihren gut dreißig Jahren bereits einen Lebensweg hinter sich, für den normale Menschen drei Leben benötigten.

Fritzi Gernot war ein hübsches, zierlich-kerniges Persönchen. Als promovierte Ärztin, Assistentin an der Klinik, entdeckte sie das Boxen als ihr Hobby. Innerhalb kürzester Zeit gewann sie die deutsche Meisterschaft und wurde international bekannt. Sie entschied sich fürs Profiboxen, hängte den Arztberuf an den Nagel und erkämpfte sich innerhalb von zwei Jahren den Weltmeistertitel im Fliegengewicht. Und verlor den Mann. Der hielt den Stress, die Abwesenheit und die Eifersucht nicht aus und verschwand von einem Tag auf den anderen. Fritzi hatte nie wieder etwas von ihm gehört.

Güterwagenmäßig Knete habe sie mit ihrem Sport verdient, hieß es. Sie zog sich zurück und erwarb den Reiterhof genau unterhalb vom Wieskircherl, den sie zum »Blumenhof« umbaute und an Feriengäste vermietet.

Thea war erstaunt gewesen, als sie Fritzi kennenlernte, überrascht, als sie erstmals mit ihr gesprochen hatte. Die graziöse Frau hatte eine tiefe, volltönende, in ihrer Rauheit beinahe vulgäre Stimme, einen feinen Humor und die Fähigkeit, über sich selbst zu lachen.

Ein unbeschwertes Glücksgefühl, fast wie am Mittelmeer, befiel Thea. Unter dem Zirpen der Grillen und dem herben Aroma von Rosmarin und anderen Gewürzen stand Heidi auf der von zwei hohen Zypressen beschatteten Terrasse am Grill. Sie hatte sich eine braune Lederschürze umgebunden – »Flötzingerbräu« stand drauf – und lächelte ihr Grübchenlächeln.

Thea war Heidi, der Blumenfrau von Kirchwies, dankbar

für diese Nachbarschaftshilfe. Heidi war Köchin von Beruf und in einem Zweisternehotel am Chiemsee groß geworden. Doch irgendwann hatte sie den Stress der Sterneküche gegen die verwaiste Tankstelle von Kirchwies eingetauscht und ein Blumen- und Ökogeschäft draus gemacht. Der Laden florierte, nicht zuletzt der Touristen wegen. Heidi war es auch gewesen, die den überflüssig gewordenen Straßenkreisel in ein Sommermeer aus roten und rosa Rosen und blauem Lavendel verwandelt hatte. Im Frühjahr leuchteten Märzenbecher, Krokusse in den verschiedensten Farben und Narzissen die Dorfstraße hinunter, im September die üppige Pracht der Herbstblumen. Auch der Heidi, so munkelte man, sei das Ruderboot vom Pauli nicht ganz unbekannt. Anscheinend war Thea die einzig Unbescholtene im Ort, was den Pauli anbetraf.

»Heidi«, war eine schrille Stimme über das raunende Stimmengewirr hinweg zu hören. Es war Fanny, die Schwester des Paters. »Ich brauch dringend das Rezept für die Pfaffenbäucherl mit Petersilienkartoffel noch mal!«

Lachend hob Heidi die Hand und nickte. Mit der anderen packte sie dem reichen Anton Scheiberl eine Riesenscheibe Leberkäs auf den Teller, gefolgt von frisch zubereitetem Kartoffelgurkensalat.

»Pfaffenbäucherl, Pfaffenbäucherl«, plärrte ein kleiner Fratz dazwischen und hämmerte mit beiden Fäusten dem Pater Timo auf dem Bauch herum.

»Odilo! Wirst du wohl aufhören!«, schimpfte die Fritzi nicht ganz ernst.

»Sag ich's doch immer! Das kleine Ekel ist grad so unleidlich wie sein Name. Odilo!« Margot Campari, die Bürgermeistersgattin, kündigte ihr Erscheinen an.

»Des stimmt. Den Buben sollde man im Griff ham«, pflichtete Fanny bei.

Pater Timo hob wie zum »Ave Maria« besänftigend die Hand und senkte den Kopf. Keiner schien sein breites Grinsen zu sehen.

Als der Bürgermeister auf der Terrasse unter den Zypressen die Stimme seiner Frau hörte, zog er wie von der Viper gebissen blitzartig den Arm von der Hüfte der Heidi zurück. Doch zu spät. Margot hatte die zwei bereits erspäht. Sie ruderte mit den Armen und kämpfte sich schwer atmend vor.

Ganz geheuer war Thea Brommel das nicht. Heldenhaft warf sie sich dazwischen. »Ihr Mann wollte doch nur beim Grillen helfen!«

Doch gegen Margots Fleischmassen hatte Thea keine Chance. Margot Campari packte ihren Mann am Kragen und schleifte den schweren Burschen an seinen Platz. Wo er gesessen hatte, erkannte sie unschwer an der Ray-Ban-Sonnenbrille neben dem Rotweinglas. Niemand sonst in Kirchwies trug eine Ray Ban.

Die beiden stritten, dass die Fetzen flogen.

Durstig konnte keiner mehr sein, denn der Biervorrat war halb aufgebraucht. Trotzdem schoben sich manche Gäste – immer wieder dieselben – durch das muntere Gewirr der anderen nach vorn zum Fass hin und zum Grill.

Im Westen schickte sich die Sonne an, einen blutroten Abendhimmel zu inszenieren. Wie ein Heiligenschein, dachte Pater Timo entzückt und verfolgte das Schauspiel.

»Pfaffenbäucherl, Pfaff–«

Die Watschn, die Odilo von irgendwoher einfing, saß. Weinend verwandelte er sich in einen Hubschrauber, propellte an den vielen Beinen vorbei und warf sich in einen hölzernen Kübel voller Geranien. Mit den kleinen Fäusten hämmerte er auf die Blumen ein.

Die Luft war erfüllt vom Geheul des Buben, dem Krächzen der Krähen, dem Bellen der Hunde, dem Geschnatter der Frauen, dem Geblöke der Kühe, dem Gewieher der Zugpferde drunten am Weg, denen das Warten zu lang und der Lärm zu groß wurde. Da entschloss sich Anton Scheiberl zu einem Soloauftritt als Tenor.

Eingehüllt vom würzigen Duft gebratenen Fleisches und gebackener Folienkartoffeln hielt er eine kurze Rede. Keiner hörte zu. Dann deutete er mit ausgestrecktem Arm auf den blutrot-orangefarbenen Abendhimmel und schürzte die Lippen zum Capri-Lied. Schon in seiner Jugend hatte diese Schnulze einen Zopf gehabt.

Wenn auf Capri die rote Sonne im Meer versinkt …

Zum Schmalz des Lieds passten die Pomade in seinen Haaren

und die langen Koteletten. Ein bisserl Elvis Presley, ein bisserl George Williams. Er hätte sich lächerlich gemacht, hätte er nicht hohes Ansehen genossen. Einst hatte er ein Firmenimperium besessen, ihm gehörte der kleine Sportflugplatz vor den Toren seiner Villa, und er saß im Gemeinderat.

Zu dieser Melodie tanzte der Bürgermeister Campari eng umschlungen mit Margot, seiner Gattin, inmitten einer schwitzenden, glücklich angeheiterten Menge, umgeben von Capriflair. Es war ein bisschen so, als würde ein Gorillaweibchen von ihrem Silberrücken in die Arme geschlossen. Seine Bartstoppeln kratzten an ihrem Hals, als er sie fragte: »Alles in Ordnung, Spatzl?«

Sie sah mit großen Augen zu ihm auf und nickte. Sie konnte nicht ahnen, wie unheilvoll der Tag noch werden sollte.

Die Leute tanzten, kauten auf dem letzten Rest Grillfleisch herum, tranken Bier, ihnen war heiß, und sie waren glücklich und zufrieden. Am engsten ans vollkommene Glück schmiegte sich in diesem Augenblick Margot Campari.

Zu früh. Denn hinter ihrem Rücken zwinkerte der Silberrücken einem anderen Weibchen zu.

Pater Timo hatte sich erhoben und schlenderte bewusst unauffällig zu dem tanzenden Paar hin. Im Vorübergehen sagte er in dezenter Lautstärke, sodass er sicher sein konnte, dass Margot es hörte: »Ihre Frau wird sich bedanken!«

Die Bemerkung war an und für sich unverfänglich. Doch Frauen haben ein untrügliches Gespür für die Tonart.

»Wen hast du denn jetzt schon wieder im Visier, du Lump?«, schrie Margot Campari. Ihre Stimme überschlug sich, während sie ihren Mann vehement von sich wegstieß.

Ein Glück für ihn, dass Thea, der sein Blick gegolten hatte, gerade Anton Scheiberl den Nacken massierte und nur Augen für den Caprisänger hatte.

»Bella, bella, bella Marie«, knödelte der Sänger
»Bleib mir treu, ich komm zurück morgen früh
Bella, bella, bella Marie
Vergiss mich nie.«

Thea nahm die Hände von Scheiberls Nacken, gab ihm einen Klaps auf den strammen Rücken und rannte auf die Gruppe zu. »Macht mir nicht mein Gartenfest kaputt«, fuhr sie laut dazwischen. »Hört auf mit eurem blöden Ehekrach.«

»Da hast du was Schönes angerichtet«, keifte Fanny böse und schob ihren Bruder vor. »Jetzt bügel's aber auch wieder aus! Los, hopp!«

Pater Timo wusste, dass seine Schwester recht hatte. Bevor etwas Ernsthaftes passierte, richtete er sich zu seiner ganzen Länge auf und ging zu der Bürgermeistergruppe hin. Wie zum Abendsegen breitete er die Arme aus. »Meine lieben Freunde«, sprach er kanzelmäßig. »Lasst's gut sein und vertragt euch wieder. Es ist nichts passiert, und das bisschen, was passiert ist, hat keiner böse gemeint.«

Thea lief ins Haus, kam mit einem Akkordeon wieder heraus, band es sich um den Hals und begleitete den Caprisänger. Ihre Virtuosität auf den Tasten und die Beweglichkeit ihrer Hüften steckten an. Aller Streit war vergessen. Die Gäste sangen im Chor, tranken, stießen miteinander an, rülpsten, wischten sich mit schweißfeuchten Taschentüchern oder an den Tischdecken die Stirn trocken. Sie lockerten Hosengürtel oder Reißverschlüsse, um noch Platz für die Torte zu schaffen, die zum Nachtisch angekündigt war.

Mitten im tumultartigen Gewühl, als sich die Sonne endgültig hinter die Berge verzogen hatte, schoss ein wie vom Affen gebissener Hund herein. Er wuselte bellend um sämtliche Beine herum, als ob er hinter etwas oder jemandem her war, und suchte Aufmerksamkeit. Der Hund war ein braunes verfilztes Etwas von unbestimmter Rasse, bestimmt aber hoher Intelligenz. Denn im Nu hatte er gefunden, was er wollte. Sobald er die Heidi erspäht und gerochen hatte, brach er in ein infernalisches Freudengeheul aus, das einem Wolfsrudel alle Ehre gemacht hätte.

»Ja, Brauner, wo kommst du denn her? Was willst du denn hier?« Heidi war es sichtlich peinlich, mit dem Tier in Verbindung gebracht zu werden.

»Heidi«, rief die Fanny hinüber. »Denkst du an das Rezept für die Pfaffenbäucherl?«

Gleichzeitig ging drunten am Libellenweg ein Mann vorbei. Langsam ging er vorbei. Er betonte jeden Schritt. Offensichtlich wollte er gesehen werden.

»Hallo!«, rief Thea Brommel laut und winkte ihm überschwänglich zu. »Komm doch herein, junger Mann!«

Augenblicklich trat Stille ein. Alle sahen zu dem Passanten hin.

Er hatte zerschlissene Bermudas von undefinierbarer Farbe an, seine Füße steckten in Badeschlappen, und an jedem sichtbaren Teil seines Körpers war er tätowiert. Das Auffälligste aber war seine Gestalt. Er war ein Kerl wie ein zweiflügeliger Schrank, hatte lange Haare und einen tiefschwarzen Vollbart.

Die Partygäste sahen sich an und tuschelten. Jede Feindseligkeit untereinander war mit einem Schlag beigelegt und konzentrierte sich auf eine neue.

»Das ist doch der …«

»Ja, genau, der …«

Nur zwei der Anwesenden wussten, wie der Mann mit Namen hieß.

»Der Tätowierte.« So kannten ihn alle. Der Tätowierte.

***

»Oh Herr«, sprach Pater Timo in seiner Kirche halblaut zu dem Gekreuzigten. »Vergib uns unsere Sünden.«

Der Herr Jesus am Kreuz war Pater Timos liebster Gesprächspartner, wenn er etwas loswerden wollte, sich in ihm das Bedürfnis breitmachte, mit jemandem allein reden zu müssen, oder wenn er eine Antwort suchte. Das mannshohe Kruzifix hing neben der Kanzel an der Südwand der Kirche und war aus purem Holz gefertigt. Die Arbeit war etwas angegraut, abgegriffen und verwittert, doch beileibe nicht alt. Trotzdem kannte keiner den Meister dieses Werkes.

Durch eine handbreite Ritze am Glockenturm war ein Quadratzentimeter des sternenbedeckten Nachthimmels zu erkennen. Ein schmaler Mondstrahl, der Staubkörner in der Luft tanzen ließ, fiel wie ein Wunder als verglühender Scheinwerfer direkt auf das leidvolle Gesicht des Gekreuzigten.

Pater Timo saß schräg in der Kirchenbank zu Füßen seines Herrn, ihm zugewandt und die Arme auf die vordere und hintere Rückenlehne neben ihm gestützt. Er hatte die Nase voll von Gartenfesten.

»Du weißt, Herr Jesus, warum ich zu dir komme. Tagtäglich begegne ich solchen, die sich an dir versündigen. Doch dass sich eine Person wie diese in unserem gesegneten Dorf aufhält, ist ungeheuerlich. Dass sie zur Beichte gekommen ist, schätze ich sehr. Du vergibst alle Sünden, so sie denn wirklich und aufrichtig bereut werden. Die Person gibt vor, zu bereuen. Aber was fange ich jetzt mit dem Inhalt ihrer Beichte an?«

Pater Timo langte nach hinten oben und strich mit der Rechten über seinen Pferdeschwanz. Eine Geste, so wie sich ein anderer an der Nase kratzt. »Hilf mir, oh Herr! Bitte rate mir, was zu tun ist.«

Er saß mit gefalteten Händen quer auf seiner Bank, die Fußspitzen angestellt, und wartete. Es roch nach verblichenem Weihrauch, und die Bank knarzte, sobald er sich bewegte.

Nach einer ganzen Weile ertönte die Stimme seines Herrn. Als hätte Pater Timos Anfrage einen irrsinnig weiten Weg zurückzulegen gehabt. Er kannte den Tonfall aus vielen Zwiegesprächen. Jesus hatte eine sympathisch geduldige Stimmlage und klang wie aus einem perfekt eingestellten Klangapparat.

»Mein Sohn! Du machst es dir zu leicht. Es ist nicht meine Aufgabe, dir weltliche Entscheidungen abzunehmen. Geh in dich und tu das Richtige!«

Damit verstummte die Stimme. Christus zog sich zurück. Und er, der Dorfgeistliche von Kirchwies, ein winzig kleiner Vertreter Gottes auf Erden, war so klug wie zuvor. Er musste sein Problem mit sich herumtragen. Und irgendwann selbst entscheiden.

Es war wie im ganz normalen Leben.

Gott hilft dir nur dann, wenn Matthäi am Letzten und die Not am größten ist.

vier

Eine Myrte kroch über den Bauch des Kupferkessels und erfüllte die Luft mit dem Duft von wildem Anis. Ihre weißen Blüten sahen aus wie handtellergroße Seesterne, die spitz zulaufenden Blätter wie aus grünem Leder geformt.

Thea hatte die Pflanze vor Jahren von einem Basketball-Champions-League-Spiel aus Valencia mitgebracht. Nun beugte sie sich hinunter, um den intensiven Duft einzusaugen. Es war fast drei Uhr in der Früh, und alle Gäste waren gegangen. Die plötzliche Stille tat gut. Thea setzte sich mit einer Tasse Kaffee und einer Zigarette auf die obere Terrasse, von wo aus sie den Sternenhimmel und den Halbmond über dem Dach des Gartenhauses betrachten konnte.

Thea spürte ein intensives Gefühl unbeschwerter Freude. Als hätte man ihr einen Eimer Glück ins Gesicht geschüttet. Es war ein gelungenes Fest gewesen, und – soweit sie es beurteilen konnte – alle waren beschwingt und zufrieden nach Hause gegangen. Sie war in fröhlicher Stimmung wegen des Hauses und sicher, mit dem Erwerb ein glückliches Händchen gehabt zu haben.

Kaum jemals hatte Thea gelacht, wenn sie allein war. Doch sie musste laut auflachen, wenn sie daran dachte, wie der kleine Odilo die gesamte Meute aufgescheucht und durcheinandergewirbelt hatte. Die paar geknickten Geranien im Holzkübel würden sich wieder erholen oder nachwachsen. Sie bewunderte Fritzi dafür, welche Freiheiten sie dem Kleinen gewährte. Theas Lachen mündete in ein verhaltenes Glucksen, als ihr der alltägliche Ehestreit der Camparis vor Augen kam.

Mit jedem Zug an der Zigarette erglühte die gläserne Terrassentür in leisem Widerschein. Leichter Nebel stieg von dem Rasenstück hinterm Haus auf, und ein feiner Geruch von verglimmender Holzkohle drang von vorn durchs offene Haus.

Margot Campari – im Dorf hieß sie nur die Bürgermeisterin – hatte sie gegen Ende zur Seite genommen und ihr ins Ohr geflüstert: »Du hast bestimmt dein Haus noch nicht in Ordnung bringen können, weil du erst eingezogen bist. Aber das wird sich ja bald ändern, nicht wahr, meine Liebe?«

Blöde Gans! Und wenn sie wüsste, was Thea von ihrem Mann wusste.

Die Bürgermeisterin war am meisten geschockt gewesen, als Thea den Tätowierten auf ein Bier hereingebeten hatte. Aber nicht nur sie hatte ihm die kalte Schulter gezeigt. Der Hüne hatte das gespürt und sich nach dem Getränk und etwas Kartoffelsalat wieder verabschiedet. Sein strenger Geruch hatte noch länger im Garten gehangen.

Geruch! Thea stand auf und sah sich um. Lag da ein schwacher, beinahe unmerklicher Duft von Parfüm in der Luft? Einer, der typisch war nach einer Mahlzeit beim Chinesen oder nach einem Toilettenbesuch. Kölnisch Wasser oder so? Er übertönte sogar den Geruch der Myrte.

Doch niemand war da. Sie schnupperte noch eine Weile, dann war das Phänomen verschwunden. Trotzdem war ihr, als stimmte etwas nicht. Sie wurde nervös und versuchte, sich zu beruhigen.

Da war ein Geräusch. Es kam aus dem Haus. Natürlich, alles war offen. Doch wer sollte sie um diese Zeit schon besuchen? Außer, einer ihrer Gäste hatte etwas vergessen.

Ein wuchtiger Schatten trat aus dem Dunkel auf sie zu.

Thea fuhr zusammen. Der Tätowierte?

Sie wusste, dass es keine Einbildung war.

Hing die Erscheinung mit dem Duft zusammen?

»Hallo, Thea, stör ich?«

Nein, das war nicht seine Stimme. Theas Augen suchten das Dunkel und den Schatten zu durchdringen.

»Hast du plötzlich Angst vor mir?«

Nun erkannte sie die Stimme. Nervös lachte sie auf. »Nein, Angst, wieso?«

Anton!

»Aber was willst du hier?«

»Was werd ich wohl wollen, mein Täubchen? Zu dir will ich. Und du zu mir. Komm her! Jetzt! Auf der Stelle! Ich will dich ficken!«

Jetzt sah sie, dass er die Arme ausbreitete und schwankend auf sie zukam.

Anton Scheiberl. Er war betrunken. Betrunkener noch als beim Verlassen des Festes. Sie überkam ein ungutes Gefühl. Freilich, ab und zu überließ sie ihm ihren Körper, wenn sie bei ihm war und ihn behandelte. Doch er war noch nie in ihrem eigenen Bett gelandet.

Sie wich zurück.

Und stolperte.

Rückwärts stürzte sie, in der Luft nach Halt ringend, über den Kessel mit der Myrte. Doch eine Basketballspielerin ist im Fallen geübt. Bevor Scheiberl nach ihr tapsen konnte, stand sie schon wieder auf den Beinen. Sie griff zur Seite nach dem Lichtschalter. Hell flammte die Terrassenbeleuchtung auf.

»Hau ab, Anton«, rief sie mit gedämpfter Stimme. »Jetzt ist weder die Zeit noch der Ort für solche Spielchen. Schwing dich auf dein Fahrrad und fahr wieder heim.«

Er kniff die Augen zusammen und hielt einen Arm schützend vor sich. Am Mittelfinger blitzte ein schmaler Saphirring. Sein Mund verzog sich zu einem hässlichen Grinsen.

»Fahrrad? Ich bin mit dem Auto da. Hast du mich nicht kommen hören? Hehehehehe. Einen Achtzylinder hörst du nicht. Der flüstert nur. Komm her, mein Täubchen, flüstre mir was Schönes ins Ohr.«

Mit dem Auto da. *Die* Todsünde schlechthin in Kirchwies.

Noch nie hatte sie Anton Scheiberl so erlebt. Er war kein sexgeiler alter Bock. Zwischen ihnen hatte es sich einfach so ergeben. Sie war unter seinen Worten, den zarten Küssen und unter der Liebkosung seiner Hände dahingeschmolzen.

Ihr Gehirn lief auf Hochtouren. Sie wollte ihn loswerden. Unbedingt. Noch ein bisschen aufräumen und dann ins Bett. Allein.

»Schleich dich. Du bist unwillkommen«, sagte sie zu ihm.

Kalt wie ein Fisch.

Irgendetwas in ihrem Gesicht musste wohl zu ihm durchgedrungen sein. Er sah plötzlich zerknirscht aus und wollte ihre Hand nehmen. Sie ließ es nicht zu und wandte sich ab.

»Willst du durchs Haus verschwinden oder ums Haus herumgehen?«, sagte sie mit dem Rücken zu ihm.

Anton Scheiberl brauchte eine Weile. Doch dann war er weg. Thea hatte sogar den Eindruck, dass ihn die Sache wieder ernüchtert hatte. Sie hörte eine Autotür schlagen, Motorengeräusch und keuchendes Husten oder sanftes Männerrülpsen, dann war Ruhe. Dass er nach Kölnisch Wasser gerochen hätte, hatte sie nicht bemerkt. Dafür war die Alkoholfahne zu dick gewesen.

»Noch eine Zigarette«, flüsterte sie vor sich hin. Die Haustür schloss sie diesmal ab, schaltete die Terrassenbeleuchtung aus und saß im Halbdunkel des bleichen Mondlichts. Alle Sinne waren hellwach.

Da hörte sie erneut das Geräusch. Hatte sie sich wieder getäuscht?

Sie hörte noch einmal hin. Es klang wie ein Scharren. Als ob sich jemand schlurfend vorwärtsbewegte. Doch sie konnte nicht feststellen, aus welcher Richtung. Sie hatte die Eingangstür abgeschlossen. Entweder war jemand schon vorher im Haus gewesen, oder er hatte sich ums Haus herum geschlichen.

Ihr Herz klopfte schneller.

Das scharrende Geräusch. Es kam näher.

Sie sprang auf und wollte zum Außenlichtschalter greifen. Doch etwas hielt sie davon ab. Etwas bedeckte ihre Augen und verdunkelte die Welt. Eine behandschuhte Hand zwang ihren Mund auf und flößte ihr gewaltsam etwas ein.

Sie kämpfte sich hoch und stieß mit den Ellenbogen nach hinten. Beim Basketball ein grobes Foul. Sie wurde von einer hysterischen Angst erfasst und wollte sich wehren. Gab aber keinen Laut von sich.

Der Griff lockerte sich. Zunächst besaßen die Hände keinen Körper, keinen Mund, keine Ohren.

Dann wurde sie herumgewirbelt.

Nun sah sie die Gestalt als Silhouette, ummantelt von silbrigem Mondlicht. Sah, wie sie sich zurückbeugte, etwas über dem Kopf schwang …

»Du?«

Und noch einmal »Du? Was machst du da?«, stieß sie voll Entsetzen aus. »Wie ...«

Sie war entsetzt. Doch ihr Entsetzen endete im Nichts. Das Etwas über dem Kopf sauste wie ein Schwert auf sie herab.

Sie erstarrte.

Ich sehe Gespenster, redete sie sich in dieser letzten Sekunde ein. Noch einmal wollte sie rufen. Sie öffnete den Mund.

Dann spürte sie einen stechenden, brüllenden Schmerz. Er traf sie von oben und fuhr direkt durch sie hindurch. Es war, als würde sie von glühenden Nadeln durchbohrt. Der Schmerz war so stark, dass sie nicht mehr die Kraft fand zu schreien. Unmittelbar bevor Thea Brommel starb, durchfuhr sie der Geruch der Myrte und von Kölnisch Wasser, und sie roch das Mondlicht und spürte ihre Finger über das Akkordeon hüpfen ...

... und blieb an ihrem eigenen Schmerz hängen.

Ein letztes Mal versuchte sie, sich davon zu befreien.

Dann war alles vorbei. Lautlos vorbei.

Im Osten begann es zu dämmern, der Mond zog sich zurück. Noch gut zwei Stunden, dann würden die Hunde sie abnagen.

Der Schatten, der Thea Brommel getötet hatte, stand noch einen Augenblick regungslos vor seinem Werk. Wie zum stillen Gedenken an einem Grab. Der Strahl einer Taschenlampe wanderte über die leblose Gestalt am Boden. Dann wurde der Schatten noch einmal tätig, tat, was er vorgehabt hatte zu tun, knipste schließlich die Lampe aus und schlich behutsam davon.

Der Gedanke, etwas Verdorbenes entfernt zu haben, ließ die Erregung steigen.

fünf

Als die Heidi damals die Tankstelle übernommen und den Kreisel mit Rosen bepflanzt hatte, hatte es in ihrem Umkreis noch keinen Hund gegeben. Ihr wäre es auch nie in den Sinn gekommen, sich einen anzuschaffen.

Eines Tages aber war er vor ihr gestanden, hatte sie angelächelt und mit dem Schwanz auf den Boden geklopft. Sie hatte gerade die Tankstellenräume bezogen, die Zapfsäulen abbauen und farbenfrohe Lamellenvorhänge an den hohen Fenstern anbringen lassen und es sich im Innenraum gemütlich gemacht. Um nichts in der Welt hätte da ein Hund reingepasst. Sie hatte ihre Laufschuhe nach dem Hund geworfen, aber er kam wieder, einen Laufschuh im Maul, ohne Vorwurf und ohne Arg.

Der Hund war kastriert. Nachdem er zwei weitere Male aufgetaucht war, hatte sie es erkannt. Ein Hund ohne festen Boden unter den Füßen. Herrenlos. Sie hörte sich um und erfuhr, dass eine Frau im Dorf, die alte Kernerin, verstorben war und drei Hunde zurückgelassen hatte. Einer davon war »Der Braune«. So hatte Heidi das Tier, das von nun an täglich dastand, an einem heißen Morgen kurzerhand getauft.

Die drei Hunde waren der Kernerin zugelaufen und selbst unter deren Obhut nie recht heimisch und zutraulich geworden. Sie waren praktisch nur zum Fressen zu ihr gekommen, wenn auf der Straße, in der Nähe von Wang Mings Hühnerhof oder beim Stall vom Bauern Benedikt nichts mehr zu finden war. Mit anderen Worten: Ein wahres Haustier sieht anders aus.

An jenem heißen Morgen hatte Heidi Mitleid mit ihm gehabt und ihm eine Keramikschüssel mit kaltem Leitungswasser hingestellt. Er schlappte sie leer, leckte auch noch die letzten Tropfen vom Rand, grinste sie unter buschigen Brauen an und begann wieder, mit dem Schwanz zu klopfen. Am nächsten Tag hatte Heidi sich in Erwartung neuerlichen Hundebesuchs einen halbierten Kalbsknochen vom Metzger besorgt. Ergeben tauchte der Braune tatsächlich auf, nahm die Delikatesse artig an, trug sie fort und vergrub sie bei den Abfalltonnen hinter dem Seitenflügel, wo sich die stillgelegten Außentoiletten befanden. Heidi hatte eigentlich erwartet, dass sich der Hund ratzfatz über den Knochen hermachte oder ihn wenigstens mitnahm, um ihn mit seinen Spezln zu teilen. Aber offenbar betrachtete er das Tankstellenareal schon als sein ganz persönliches Revier.

Fünf Minuten später hatte er wieder vor ihr gestanden und sich das Maul geleckt. Dann lächelte er. Klopf, klopf, klopf ging der Schwanz am Boden. Eine Fliege schwirrte um Heidis Kopf und verfolgte sie hartnäckig, als sie in ihre Behausung ging und mit einem ungeputzten Bergstiefel wiederkam. Die Laufschuhe hatten nichts geholfen.

Ohne große Begeisterung warf sie den Stiefel in hohem Bogen nach dem Hund. Der Braune legte den Kopf schief und duckte sich weg. Er sah dem schweren Schuh hinterher, der sich überschlagend einen Meter weiterkullerte, bis er auf der Seite liegen blieb. Langsam rotierte der Kopf auf dem kurzen Hals. Großes Erstaunen. Der Blick aus seidigen Hundeaugen richtete sich wieder auf die Frau. Eine Lefze hob sich spöttisch. Klopf, klopf, klopf.

»Du meinst wohl, ich gehör dir schon?«, sagte Heidi halb laut und halb belustigt.

Dieser Hund war nicht bösartig und stank nicht, obwohl er sich herumtrieb. Doch behalten wollte sie ihn nicht. Auf keinen Fall. Sie wusste nur nicht, wie sie ihn wieder loswerden sollte.

Hatte er vielleicht Flöhe? Dagegen würde ein Flohhalsband helfen. Ein wenig Erfahrung mit Hunden hatte Heidi bereits.

Totschlagen? Erschießen? Auch nicht das Wahre.

Der Hund konnte Heidi Gesellschaft leisten, er passte zu ihr, es sah aus, als habe er schon immer zu ihr gehört. Sie marschierte mit ihm zum Tierarzt im Dorf. Der war hauptsächlich fürs Großvieh zuständig. Doch er untersuchte den Hund, erklärte ihn für gesund, gab ihm eine Spritze, stellte den Impfausweis aus und erklärte Heidi, dass sie das Flohhalsband am besten übers Internet kaufen könne. Die Lederleine und das lebenswichtige Trockenfutter verkaufte er ihr selbst.

»Kastriert ist er ja schon. Er wird dir also nicht einfach wegrennen und über Nacht wegbleiben.«

Eine gewagte Prognose.

Zuerst war alles gut gegangen.

Wo Heidi auch ging und stand, der Braune kam mit. Manchmal durfte er umherstreifen, wie er es gewohnt war. Er liebte das Wasser, durchforschte jeden Gebirgsbach nach dem schönsten Stein und grub am Grünsteinsee längst untergegangene Schätze der vergangenen Jahre aus. Alles Mögliche schleppte er an. Verwitterte Äste, die Mammutknochen ähnelten. Leere Plastiktuben für Kokosöl, von Riesenhand zerknüllte Bierdosen, Zigarettenschachteln. Manchmal auch Dinge, die er offensichtlich nicht ausgraben musste. Ein helles Handtuch, eine leere Pizzaschachtel, ein herumliegendes Eichhörnchen. Die verwegensten Mitbringsel innerhalb der ersten paar Wochen waren eine abgewetzte Lederhose mit Trägern und eine Kettensäge, die er am Griff heranschleifte, gewesen.

Der Braune schwamm gern. Nicht nur im Grünsteinsee. Die Heidi rannte mit ihm am Feldbach entlang bergauf und im Wasser des Feldbachs wieder hinunter. Sie watete in Schuhen, er schwamm wie ein Biber, Augen und Schnauze über Wasser. Er konnte viel schneller schwimmen und die kleinen Stromschnellen überwinden, als sie durch überschwemmte Bachkiesel waten. Es schien, als würde er nie müde werden.

Am Samstag vor dem schrecklichen Ereignis hatten sich Heidi und der Braune im Kirchbach Gesellschaft geleistet. Sie waren am frühen Abend über die schönsten Kiesel gestolpert und hatten mit einem alten Treibholzstock Holen gespielt. Bald war es kühler geworden, Heidi zog sich etwas über. Sie saßen nebeneinander, wurden von der untergehenden Sonne geblendet und beobachteten den nervösen Tanz der Forellen.

Nur ein Moment der Unachtsamkeit, da war der Braune weg gewesen. Er kam die ganze Nacht nicht wieder. Nach längerer Zeit verbrachte Heidi erstmals wieder die Nacht allein in der Tankstelle. Sie vergaß, die Leuchtschrift draußen auszuschalten. »Blumen-Heidi« prangte die Nacht über grell gelb am Pavillon. Seitdem hatte Heidi den Braunen nur auf Theas Einweihungsparty kurz zu sehen bekommen. Sie vermisste ihren Spezl.

Nun war Montag. Der Blumen- und der Gemüselieferant

waren in aller Herrgottsfrüh mit ihren Lkws vorgefahren. Die Heidi ordnete die Schnittblumen in große Vasen ein; auf ihre Rosen war sie besonders stolz.

Die Sonne nahm Gestalt an und wuchs droben über dem Tal in einer Bergsenke zu einem orangefarbenen Kürbis heran.

Klopf, klopf, klopf.

Der Braune. Das Original.

Er sah sie aus den treuherzigsten, ehrlichsten Augen an, die Kirchwies je gesehen hatte. Wie immer, wenn er vor ihr saß. Keine Spur von schlechtem Gewissen. Selbstbewusst wie immer.

Nur etwas war anders.

Er hatte blutrote Lefzen. Er lächelte sie an, und die Region um sein Maul war voller Blut.

Voll frischem Blut, wie's schien.

Der Braune, so wie sie ihn kannte, war kein Typ, der Schafe reißt. Doch Heidi wusste um seine Vergangenheit. Was hatte er da bloß aufgegabelt?

Sie wollte es wissen.

Noch drei Stunden, bis ihr Laden öffnete. »Bin gleich zurück.« Vorsichtshalber hängte sie das Schild an die Tür.

»Komm, zeig's mir«, zischte sie aufmunternd. »Brauner, such.«

Sie schwang sich aufs Fahrrad. Lange Zeit tanzte eine Libelle surrend neben ihnen her. Hoch über ihnen zeichneten Schwalben wirre Muster in den Himmel, Zeichen für gutes Wetter. Der neue Tag begann.

Die Leiche hatte einen Zementsack über dem Kopf. Sie sah weiblich aus. Wer es war, konnte Heidi nur kombinieren. Libellenweg 18.

Um Gottes willen. Thea?

sechs

Max Camparis Urgroßvater Duilio war vor hundert Jahren mit einigen Arbeitskollegen nach Bayern gekommen. Sie hatten in den Marmorsteinbrüchen rund um Carrara in der Toskana gearbeitet, nun aber besser bezahlte Arbeit gesucht.

Wie die Zugvögel kamen sie im Frühjahr und reisten wieder in die Heimat zurück, bevor der kalte Winter anbrach. Zunächst wurde jede erdenkliche Drecksarbeit angenommen, die deutsche Arbeiter nicht verrichten wollten.

Duilios Sohn jedoch spezialisierte sich auf das, was er konnte: die Arbeit in Steinbrüchen. Bald besaß er einen eigenen kleinen Steinbruch an der Grenze zu Tirol, erwarb Maschinen und beschäftigte eine eigene Mannschaft. Er, längst Deutscher, reifte zum wohlhabenden Mann mit mehreren Steinbrüchen heran. Der Besitz warf gutes Geld ab, mit dem er seinen vier Söhnen ein Studium ermöglichen konnte.

Tonio, Max Camparis Vater, studierte Jura und Politische Wissenschaften und wechselte zügig in die Politik, wo er es bis zum Minister im Freistaat Bayern brachte. Max wuchs in einem herrschaftlichen Haus auf. Auch er hatte alle Chancen zu Größerem. Doch Tonios Sohn wurde schon als Kind von einer Leidenschaft getrieben, die er lange geheim halten konnte.

In dem Ort, in dem die Familie lebte, gab es auf dem Friedhof ein Leichenschauhaus, in dem die Toten öffentlich aufgebahrt wurden. Dieses Leichenschauhaus fand der Bub so spannend, dass er – der Sohn des Ministers – sich immer wieder in der Nähe der Toten herumtrieb. Hier traf er die Totenfrau Käthe. Sorgfältig, fast liebevoll richtete sie die Toten her. Nachher sahen sie aus wie im Leben, nicht selten sogar edler. Als Max acht Jahre alt war, machte ihm die Frau im Leichenschauhaus einen Vorschlag. »Wenn du eh dauernd hier bist, kannst du mir auch helfen.«

Das fand der Bub klasse. Er durfte Zeitungspapier zerknüllen und zwischen die Beine der Toten stecken, damit das Tuch, mit dem der Leichnam bedeckt war, schön ebenmäßig verlief. Für seine Hilfe bekam er von der Käthe eine Mark oder eine Tafel Schokolade.

Max lieferte ein Abitur mit Prädikat ab. Doch gleich danach versetzte er den Eltern einen nie wiedergutzumachenden Tiefschlag: Er wurde Todesermittler im Kommissariat 12 der Münchener Mordkommission. Bei ungeklärten Fällen hatte er die Todesursache zu klären. Manchmal überbrachte er persönlich den Angehörigen die traurige Nachricht, obwohl das nicht zu seinem engsten Aufgabenbereich gehörte.

Bald wurde der damalige Leiter, Kriminalrat Josef Ottakring, auf den eifrigen jungen Mann und dessen siebten Sinn für Todesursachen aufmerksam. Er ließ ihn zum Mordermittler ausbilden und nahm ihn teilweise selbst unter seine Fittiche.

Zu dieser Zeit lebte Campari bereits in Kirchwies. Er hatte Margot, eine Einheimische, geheiratet. Im Dorf beknieten sie ihn, für die nächste Bürgermeisterwahl zu kandidieren. Er gewann die Wahl und wechselte den Beruf. Zum großen Bedauern von Ottakring. Der Chef der Mordkommission hatte Bedeutenderes mit Max Campari vorgehabt.

Dieser frühe Morgen wurde einer der schlimmsten in Camparis Leben. Es gelang ihm lange nicht, sich von dem Gefühl zu befreien, mitten in einem unfassbaren Alptraum gefangen zu sein. Doch alles, was er hatte ansehen müssen, war real. Und diese Wirklichkeit war grauenhaft.

In seinem früheren Polizistenleben hatte er zwangsläufig häufig Zeuge von Szenen werden müssen, die von einem blutigen und brutalen Drama zeugten. Aber es war ihm nie so nahegegangen wie dieser Mord. Denn dass es sich um Mord handelte, war eindeutig. Als Heidi ihm ihren grausigen Fund am Telefon geschildert hatte, hatte er vollkommen unterschätzt, was ihn erwartete. Es war noch nicht einmal geklärt gewesen, wer die Tote war. Aber schon in dem Augenblick, als er am Libellenweg 18 um die Ecke bog und auf die hintere Terrasse zuging, hatte er das Schlimmste befürchtet. Und er sollte recht behalten.

Sie beide, Campari und Heidi, hatten das Grundstück lautlos umkreist. Vorsichtig, als seien sie auf dem Weg über ein Feld voller Tretminen. Die Haustür war abgeschlossen. Kurz hinter der Terrasse verharrten sie. Die Terrassentür stand sperrangelweit offen. Campari hörte Heidi hinter sich stoßweise atmen. Er wehrte sich mit beiden Händen gegen einen Mückenschwarm.

Schon nach dem ersten Blick stand Campari vollkommen unbeweglich. Er streckte beide Arme von sich, als wollte er sich gegen den Anblick wehren, von Entsetzen gelähmt. In diesem Augenblick gab es keine Unklarheit. Die da vor ihm lag, war Thea Brommel. Und Thea Brommel war tot.

»Was ist hier passiert?«, fragte er mehr sich selbst. Seine Stimme klang brüchig.

Campari stand da mit pochendem Herzen und nahm das Bild in sich auf. Die leblose Gestalt, die vor ihm auf der Seite halb im Gras, halb auf der kleinen Holzterrasse vor dem Gartenhaus lag, war oben mit dem gelben Top bekleidet, das Thea auch beim Gartenfest getragen hatte. Von der Hüfte abwärts war sie nackt. Über den gesamten Unterbauch verlief ein tiefer Schnitt. Die Hände waren hinter dem Rücken mit einem Elektrokabel gefesselt.

Vor wenigen Tagen noch hatte er diesen nackten Bauch geküsst.

»Oh mein Gott! Thea!«

Er war nun vollends sicher, dass es Thea sein musste, deren Kopf sich da unter etwas wie einem Zementsack verbarg. Es war ihr Top, es war ihre Figur, es war …

»Hol ein Tuch«, rief er Heidi zu. »Eine Decke. Irgendwas. Wir müssen sie bedecken.«

Sofort ging es um Details. Blut hatte das Papier des Zementsacks durchdrungen und bildete einen hässlichen Fleck auf den frisch gestrichenen Holzdielen. Vertrocknetes Blut seitlich davon. Sein Blick glitt nach unten.

Er erstarrte. Er hatte Heidis Schilderung keinen Glauben schenken wollen. Der angenagte Fuß. Zwei Zehen fehlten ganz, eine halb. Die offene Wade. Blut. Überall Blut, selbst im Gras. Ein weiterer Blick zeigte ihm, dass der Körper von der Hausterrasse hierhergeschleift worden war. Es war offensichtlich. Wenn Heidi recht hatte, von den Hunden. Tierfraß.

Drüben auf der Terrasse, unter der Dachrinne, stand eine niedrige Regentonne. Daneben letzte Reste eines Wasserflecks. Campari wusste, dass er weiß war im Gesicht. Er beugte sich vor, als hätte er Schmerzen in der Brust. Wimmernd kehrte Heidi mit einer roten Decke zurück. Er würde ihre Reaktion nie vergessen. Die sonst hartgesottene, fröhliche Heidi wimmerte wie ein Kind, das seine Mutter verloren hat. Er warf die Decke über den Unterkörper und die Beine und strich sie glatt.

Thea Brommel. Die fröhliche, lebenslustige Thea.

Er machte sich den Vorwurf, dass er keine Handschuhe mitgenommen hatte. Im Durcheinander des offen stehenden Gartenhäuschens fand er Arbeitshandschuhe. Vorsichtig zog er sie an und streifte vorsichtig, Zentimeter für Zentimeter, den Zementsack vom Kopf der Toten. Das Gesicht war verunstaltet. Sie hatte einen Schnitt an der Stirn, ein weiterer verlief unterhalb der Nase schräg über den Mund zum Unterkiefer. Um ihren Hals spannte sich ein Kabel.

Er fühlte sich an den Grieblmeier-Fall erinnert, seinen spektakulärsten Fall als Mitglied der Münchener Mordkommission. Paul Grieblmeier, ein Tankstellenbesitzer aus dem Münchener Norden, war im Herbst 2006 tot in seiner Schwabinger Wohnung aufgefunden worden. Man hatte ihn gewürgt, mehrere Messerstiche in Hals und Brust versetzt und schließlich mit einem Hammer erschlagen. Die Tat war ein Raubmord gewesen, wobei Campari der Nachweis nie so recht gelungen war, ob nicht zusätzlich noch ein Sexualmotiv vorgelegen hatte. Auch die Verhöre der Täter und anderer Kontaktpersonen aus der Schwulenszene hatten nicht zur Aufklärung beitragen können.

Er war schon so lange Polizist gewesen, dass es keine Limits gab für das Grauen und die Gewalt, die er hatte erleben müssen. Als er später zum Bürgermeister von Kirchwies gewählt wurde, hielt er seine ausgeprägt guten politischen und polizeilichen Beziehungen nach München weiterhin stramm aufrecht.

»Oh Gott, Thea!«, stieß er immer wieder hervor, während er den Leichnam voller Entsetzen und Abscheu betrachtete.

Beide standen stumm da. Campari drehte sich Heidi zu. Wortlos starrten sie sich an. Beide hatten Tränen in den Augen.

Dann ging ein Ruck durch den stämmigen Mann. Entschlossen riss er sein Handy aus der Tasche und begann zu handeln.

»Komm her, Fritzi. Sofort. Es ist was passiert. Ich brauche dich als Ärztin.«

»He, mach mal easy. Was ist passiert? Und wo soll ich hinkommen? Ärztin, das war ich mal. Brauchst du keine Boxerin? Außerdem – einen Blinddarm oder so hab ich noch nie operiert.«

Es war die falsche Reihenfolge. Zuerst hätte er die Spurensicherung verständigen sollen. Er erklärte Fritzi kurz und so nichtssagend wie möglich, was los war und wohin sie kommen sollte. Aber pronto! Dann rief er die Nummer an, die er gespeichert hatte.

»Campari hier. Kirchwies …«

»Ja bitte, Sie wünschen?«

Es war die Vermittlung im Münchener Polizeipräsidium. Die Vermittlung. Warum nicht die Spusi? Herrgottszeiten, wie lange war er schon außer Dienst? Wieso hatte er die Vermittlung gespeichert? Wie deppert stellte er sich an?

»Campari«, bestätigte er auf Nachfrage. »Stellen Sie mich zur Spusi durch. KHK Bruni.«

Im Nu war Bruni dran. Er war vor gut einem Jahr von Rosenheim nach München versetzt worden. Das übliche Spiel: Ist jemand gut, rutscht er auf der Leiter des Erfolgs eine Sprosse höher.

»Bruni? Campari hier, in Kirchwies. Hier liegt eine Tote, ein Bein ist angefressen. Sieht so aus, als hätte man sie totgeschlagen.« Dann nannte er die Adresse.

»Wir kommen«, sagte Bruni.

Fast hätte er es vergessen. Mein Gott, ich werde alt. Campari war über die Maßen geschockt. Geschockt wie noch nie im Leben. Er brauchte die Rechtsmedizin vor Ort. Fritzi konnte schließlich keinen forensischen Mediziner ersetzen.

»Halt, Bruni, sind Sie noch dran?«

»Grad noch!«

»Dann sind S' bitte so nett und bringen die Rechtsmedizin mit. Oder geben ihnen wenigstens Bescheid. Machen Sie das?«

»*I'll do my very best!* Wenn's nicht klappt, ruf ich noch mal zurück.«

In Camparis Kopf hallte das Echo seines Kommentars nach. Totgeschlagen. Er merkte, wie ihm langsam schlecht wurde.

Auch Heidi ging es nicht besser.

»Heute wegen Todesfall geschlossen« hängte sie an die Tür.

Sie musste sich hinlegen und starrte an die Decke. Ab und zu hörte sie Verkehrslärm aus der Ferne. Das mussten die Polizeiautos sein. Mit einem Ohr lauschte sie, ob das Telefon schellen würde. Man würde sie sicher noch einmal anhören wollen.

Eine Weile später stand sie wieder auf und trat auf den Vorplatz der alten Tankstelle. Früher ein trister, nach Benzin stinkender Schmutzfleck. Jetzt ein duftendes Blumenmeer. Doch ihre Blumen sah die Heidi nicht. Hitze wallte in ihr auf. Zaghaft zunächst, dann in immer stärkeren Wellen.

Das Bild ging ihr nicht mehr aus dem Kopf. Theas verstümmelte Leiche am Boden, Campari davor. »Oh Gott! Thea.« Camparis kraftlose Stimme klang in ihr nach. Als ob die Tote seine Frau oder seine Schwester wäre, nicht irgendeine Bewohnerin des Dorfs. Das erstaunte sie.

»Oh Gott, Thea!« Immer und immer wieder. Warum war sein Schreck so groß, die Trauer so stark? Nachdenklich holte sie sich noch einmal die Bilder vor Augen.

Hier am anderen Ende des Dorfs war alles ruhig. Heidi atmete ein wenig auf. In dem kleinen Garten, den sie gestaltet hatte – die Schwester von Pater Timo hatte ihn kniehoch ummauert –, hatte sie eine Rosenrabatte angelegt. Die Rosen blühten und dufteten, als hätten sie ein Leben lang nichts anderes zu tun gehabt. Ein Wildentenpaar flog geräuschvoll vom Himmel herab, landete quakend und kunstvoll drüben im Teich jenseits der Straße. Bei der Landung wirbelte es das Wasser zu weißem Schaum auf. Mei, kam es Heidi in den Sinn, solche niedlichen Entchen hab ich früher in der Pfanne gebraten und mit Rotwein verfeinert.

Sie ging hinein, verschloss die Tür sorgfältig, zog die Plissee-Stores herunter und legte sich wieder aufs Bett. Sie schlief kurz ein, aber sofort ließ kalte Angst sie wieder hochfahren. Eine ganze

Weile stand sie am Fenster und sah hinaus. Dann saß sie am Tisch, trommelte mit den Fingern und stierte blind gegen die verhüllte Fensterwand. Sie huschte ins Badezimmer und weinte ein wenig. Sie ging wieder zum Fenster und sah zu, wie es zu dämmern begann.

Thea war nicht einfach nur gestorben. Durch einen Verkehrsunfall oder am Berg oder so. Sie war ermordet worden! Licht fiel durch die Ritzen des Plissees. In einem Sonnenstrahl tanzten winzige Staubkörnchen.

Wo war eigentlich der Braune? Sie hatte ihn nicht mehr gesehen, seit er ihr seine Entdeckung mitgeteilt hatte. Doch größere Sorgen über ihn machte sie sich nicht. Bei seiner Bande war er sicher gut aufgehoben, und wegen Leichenschändung konnte man ihn schlecht belangen.

Widerstrebend hatte sich Fritzi zum Libellenweg 18 begeben. Ihr schwante Schreckliches. Und das bewahrheitete sich auch.

Fritzi Gernot besaß gute Nerven. Sie war ausdauernd, zäh und beharrlich. Sie besaß die Fähigkeit, Schmerz und alles, was damit zusammenhing, zu unterdrücken oder gar nicht erst hochkommen zu lassen und wahrzunehmen. Doch angesichts der Toten war sie von einem tiefen Gefühl der Sinnlosigkeit befallen worden.

Ihre beste Freundin im Dorf lag leblos und verstümmelt zu ihren Füßen und rührte sich nicht. Nie mehr. Der Schreck traf sie wie eine Serie von Peitschenschlägen.

Sie hatte sich gefragt, warum Campari sie gerufen hatte. Er brauche sie als Ärztin, hatte er behauptet. Doch die Rechtsmedizinerin aus München mit einer Assistentin war zusammen mit den Herren von der Spurensicherung eingetroffen. Eine traurige Premiere! Zum ersten Mal in Kirchwies, dem Herzlichsten Dorf, Männer in weißen Overalls bei der Arbeit. Es hieß, dass Fritzis Freundin bereits diese Nacht in einem Kühlfach in der Rechtsmedizin in München verbringen würde.

Sie selbst hatte nur mehr den Tod feststellen können. Campari verfolgte offenbar die Absicht, den Mordfall selbst zu bearbeiten. Er hatte so etwas erwähnt. Das ganze Gespräch hindurch vermieden sie es, den Begriff Mord in den Mund zu nehmen, doch er lauerte hinter allem, was sie sagten.

»Und du stehst mir dabei zur Seite«, hatte er gesagt und sie dabei so durchdringend angeschaut, dass sie unmöglich ablehnen konnte. Danach war sie wie in Trance wieder zum Blumenhof zurückgeradelt. Sie fror.

Nun stand sie im Garten und hielt eine Hand schützend vor die Augen. Wie um sich ein wenig von dem tiefen Schock zu erholen, studierte sie liebevoll die Linien der Berge ringsum. Sonnwendjoch, Lechnerkopf, Riesenkopf, der Wildbarren, alle überragt vom mächtigen Wendelsteinmassiv. Hinter einem Gesteinsbrocken versteckt lag Flintsbach und noch weiter rechts der Madron mit dem Steinbruch, in dem sie oft schon Eidechsen beim Sonnenbad beobachtet hatte. Sie mochte Eidechsen. Sie waren Verwandte der Dinosaurier, konnten senkrechte Wände hinaufklettern und sich durch engste Ritzen schmiegen. Droben am Wendelstein, oberhalb der Mitteralm, sah sie den Bahnhang, an dem sie sich im vergangenen Winter beim Skifahren einen viel beachteten Sturz eingehandelt und das Schlüsselbein gebrochen hatte. In ihrer aktiven Zeit als Boxerin hatte sie nie auf Skiern gestanden. Zu gefährlich.

Sie musste niesen. Sie stand im Luftzug. Sie wandte sich zum Gehen und wollte wieder ins Haus. Da spürte sie, wie ihr Blut über die Lippen rann. Sofort suchte sie mit der einen Hand nach einem Taschentuch, die andere Hand fuhr zur Nase.

Nasenbluten. Wieder einmal. Spätfolge ihres Berufs. Nicht von den Boxkämpfen selbst, aber vom Training und den ungezählten Sparringrunden, in denen man bei aller Meisterschaft oft einen Schlag gegen die Nase einfing, hatte sie sich das Leiden geholt. Bei kleinster Belastung wie Niesen oder Schnäuzen platzten feine Äderchen in der Nase, und es kam zu starken Blutungen. Man hatte ihr die Nase dreimal in der Klinik verätzt. Danach blutete sie seltener, aber wenn, dann heftig. Immer wieder stand sie stumm über die Badewanne, das Waschbecken oder eine Schüssel gebeugt, einen kleinen See gerinnenden Blutes unter sich. Unbeweglich wie eine Statue, damit sich die verdammte Nase beruhigte. Diesmal schaffte sie es nicht einmal bis ins Haus.

Das Blut floss in senkrechtem Strahl in das Zinnienbeet neben der Terrassentür.

»Kann ich Ihnen behilflich sein?«, hörte sie eine Stimme unmittelbar hinter sich.

Ach, der Journalist, dessen Namen sie sich ums Verrecken nicht merken konnte. Sie behielt den Kopf unten und schielte nach hinten.

»Einen Eimer. Eine Gießkanne. Eine Schüssel«, schnorchelte sie und ruderte hinter dem Rücken mit den Armen.

Aus ihrer Froschperspektive sah sie ihn vor sich. Schwarze Baseballmütze, Brille, Dreitagebart, Jeanstyp.

Der Journalist. Er war heute kurzfristig mit dem Zug für eine Reportage über Kirchwies, das Herzlichste Dorf, angereist und hatte sich am Bahnhof ein Fahrrad ausgeliehen. Morgen wollte sie ihn dem Bürgermeister vorstellen. Trotz des Dilemmas, in dem sie steckte, musste sie nervös kichern. Jetzt konnte er eine Reportage über eine viel spannendere Story machen.

»Haben Sie das öfter?«, fragte er. Als er keine Antwort erhielt, wollte er es wissen. »Ist etwas passiert?«

Wie er darauf käme, fragte sie ihn, als sie sich wieder gefangen und den Kunststoffeimer von Blut gesäubert hatte.

Ein schrecklicher Verdacht keimte in ihr auf. War der Journalist vielleicht nicht erst heute Nachmittag in Kirchweis eingetroffen?

Fritzi Gernot hatte keine nennenswerte Erfahrung mit solchen Dingen. Sie hatte in ihrem Leben nicht einen einzigen Kriminalroman gelesen. Lediglich die Sonntagabendkrimis im Fernsehen sah sie sich ab und zu an. Dennoch betrachtete sie den Journalisten argwöhnisch aus den Augenwinkeln. War das Verbrechen, die Gewalt mit dem Journalisten eingezogen?

Sie selbst, Fritzi, hatte das Gartenfest kurz vor Mitternacht verlassen, um Odilo ins Bett zu bringen. Danach war sie noch einmal hingeradelt und hatte sich gegen zwei endgültig verabschiedet. Thea hatte noch gelebt. Sie musste also in den folgenden Stunden ihrem Mörder begegnet sein.

Eine Mörderin käme zunächst nicht in Frage, hatte Campari gemutmaßt. Keine Frau käme auf die Idee, ihr Opfer mit einem Elektrokabel zu fesseln. Sie hätte wohl auch kaum die Fertigkeit und die Kraft dazu. Der Mörder müsste also eher handwerklich begabt sein. Herauszufinden, woher das Kabel stammte, ob mitgebracht oder vielleicht aus Theas Gartenhaus, war nach Campari einer der vordringlichsten Punkte seiner Ermittlungsarbeit.

Fritzi musterte den Mann erneut, diesmal eindringlicher.

»Sind Sie ein Heimwerker?«

»Reparieren Sie Ihre Kaffeemaschine selbst?«

»Wo waren Sie vergangene Nacht zwischen zwei und acht Uhr?«

Diese Fragen hätte sie ihm gern gestellt.

Ja, sie würde Campari bei seinen Ermittlungen zur Seite stehen. Ja, gern würde sie alles tun, was in ihrer Macht stand und wessen sie fähig war. Sie wollte den Tod ihrer Freundin aufklären helfen.

Jetzt aber musste sie erst einmal nach Odilo schauen.

Wieder streifte sie den Journalisten mit einem nervösen Blick.

Wo Odilo sich nur wieder herumtrieb?

***

Wie ein Lauffeuer verbreitete sich die grauenhafte Nachricht vom Mord. Nichts annähernd Vergleichbares hatte Kirchwies jemals erlebt. Pater Timo erfuhr es fast gleichzeitig von drei Seiten.

Die Wirtin vom Kirchwieser Löchl klopfte aufgeregt an der Tür und berichtete brühwarm.

»Stellen S' Eahna vor, die Frau Brommel ist erschossen worden.«

Selbst Campari rief an, um ihn kurz zu informieren. »Haben Sie einen begründeten Verdacht?«, fragte er den Pater auf seine überaus charmante Art.

Pater Timos erster Gang war in seine Kirche. Dort sprach Jesus vom Kreuz zu ihm herab. »Es ist etwas Schreckliches geschehen«, sagte er mit der ihm eigenen sonoren Stimme. »Und es betrifft auch dich.«

Timo nickte mit schreckhaft geweiteten Augen. »Steht die Beichte dieser Frau damit in Verbindung?«, fragte er den Herrn. »Ist es möglich, dass es einen Zusammenhang gibt?«

Der Herr schwieg für einen Augenblick. Dann sprach er weise: »Die Erkenntnis wird sich dir offenbaren. Aber wahre das Geheimnis!«

Wie nach dem Ende eines Telefongesprächs war danach Ruhe.

Pater Timo verbrachte noch eine Weile still in seiner Kirche. Die Stimmen, die er hörte, erschienen ihm wie Hundegebell. Münder tauchten auf, verzerrt und wässrig, Farbflecke, die kräftiger wurden und wieder verblassten, erschienen an der weiß gekalkten Innenwand. Der Riss im Glockenturm erschien ihm größer und größer. Timo hielt die Hände über dem Kopf, um sich vor dem Einsturz zu schützen. Doch die Kirche würde nicht fallen, da war er sicher. Seine Kirche besaß ein eigenes Wesen, war eine gefestigte Persönlichkeit. Eine alternde Schönheit, die ein Geheimnis barg.

Pater Timo lächelte und wandte sich zum Gehen. Es war wie das vielsagende Lächeln eines Kindes nach einer gelungenen Überraschung.

Er musste Fanny ins Bild setzen. Zuletzt war er ihr begegnet, als sie Wollmützen für den Weihnachtsbasar strickte.

sieben

»Wir müssen Fritzi Gernot zum Abendessen einladen«, bestimmte Campari.

Alles, was einen weiblichen Namen trug, streute Argwohn und Misstrauen in Margot Camparis Gehirn und zauberte drei senkrechte Falten über ihre entzückende Nase. Die Worte ihres Gatten lösten Alarm aus wie nach einem Überfall auf ihre Küche.

»Die Fritzi? Warum?«

»Weil ich sie bei meinen Mordermittlungen dabeihaben möchte.«

»Mordermittlungen? Ja, du bist doch Pensionär. Wofür gibt's denn Nachfolger?«

»Es gibt keinen besseren Mordermitt… na ja, lassen wir das. Die Spurensicherung und die Rechtsmedizinerin waren da. Den Rest mach ich. Zusammen mit der Fritzi, weil die hart ist im Nehmen und dazu noch Ärztin.«

Was er Margot verheimlichte: Er hatte die Münchener mit Charme und Argumenten dazu gebracht, ihm den Ermittlungsauftrag für den Kirchwies-Mord zu erteilen. Ihn für diese Aufgabe quasi wieder zu mobilisieren. In der Hauptstadt hatten sie eine ganze Serie von Gewaltverbrechen aufzuklären und waren außerdem von einer Viruswelle geschwächt. Auf die erforderliche Unterstützung konnte er zurückgreifen.

»Na ja, dann mach ich halt Pfaffenbäucherl«, sagte Margot. »Das Rezept hab ich von der Heidi.«

Nach dem Wort »Pfaffen…« hatte Campari das dringende Bedürfnis, loszubrüllen, um den Bann zu brechen. Er lief rot an, wenn etwas aus der Welt des Paters Timo zur Sprache kam. Selbst wenn er an ihn dachte, schwoll ihm der Kamm. Doch er zwang sich, auf künstliche Weise ruhig zu sprechen, wie ein konzentriert arbeitender Tierbändiger.

»Nein, nicht grad die. Mach halt was Gscheits, was jeder mag und ned einen so grauslichen Namen trägt.«

Am Spätnachmittag fing es wieder an zu regnen. Kalte Schauer klatschten gegen das ganz aus Holz gebaute Haus mit dem umlaufenden Balkon im ersten Stock. Überall leuchteten von hängendem Weihrauch durchwachsene Geranien und Begonien herunter.

Margot entstammte der kleinen Dorfbrauerei mit angeschlossenem Bauernhof. Die Brauerei gab es nicht mehr, geblieben war der Hof. Blumen waren ihre Spezialität. Neben Kochen und Obsteinmachen. Es konnte sogar sein, dass genau das ein Grund gewesen war, dass der damalige Mordermittler Campari um ihre Hand angehalten hatte. Er mochte bunte Blumen, gutes Essen und ein dick bestrichenes Marmeladebrot zum Frühstück.

Campari stand am Fenster, schaute dem Regen zu, wartete auf Fritzi und dachte dabei an die tote Thea. Es waren Gedanken, von denen seine Frau besser keine Kenntnis hatte. Sie hätte ihn gefoltert, erschlagen und anschließend überfahren. Glücklicherweise war die geistige Abwesenheit nur von kurzer Dauer. Die Fritzi stand pünktlich vor der Tür. Im langen grünen Dirndl mit Schürze.

»Wenn kalt und nass der Juni war, verdirbt er meist das ganze Jahr«, sprach sie und klappte den Schirm zu.

Campari lachte. Zurückhaltend, denn er war ja in Trauer.

»Soll gedeihen Korn und Wein, muss im Juni Regen sein«, konterte er.

Da erst registrierte er Klein-Odilo an der Hand seiner Mutter. In kurzer, bestickter Lederhosn mit Edelweißhosenträgern. Campari und seine Frau schauten sich stillschweigend an. Mit einer Miene, als hätte ihnen jemand Gift ins Bier geschüttet.

»So«, sagte die Margot, als sie nachher das Essen auftrug. »Vorweg gibt's eine Tafelspitzbrühe mit selber gmachtem Brätstrudel und Gemüsestreifen und a bisserl Grünzeug drinnen. An Guadn!«

»I will aber die Pfaffen–«

Bevor der niedliche Odilo seinen perversen Wunsch zu Ende quengeln konnte, gab ihm die Fritzi schon eine hinter die Ohren.

»Genau«, knurrte Campari und nickte beifällig. »Noch ist die Prügelstrafe in Bayern nicht verboten. An Guadn allerseits.«

»Und als Hauptgang a Jungschweinsülzerl mit rote Zwieberl, Kürbiskernöl und Bratkartoffel. Des erweckt Magen und Darm zu neuem Leben«, schwärmte die Margot und warf einen prüfenden Blick auf die Fritzi.

Campari saß am einen Kopfende des Tisches, Margot am anderen, die Fritzi und der Odilo saßen sich in der Mitte gegenüber. Schweigend verzehrten sie das Essen. Selbst Odilo hielt den Mund und widmete sich mit Schnute und niedergeschlagenen Augen konzentriert zuerst der Suppe, danach dem Sülzerl.

Nach dem Essen nahm Campari die Fritzi zur Seite, verfolgt von den kritischen Blicken seiner Frau. Er unterrichtete Fritzi über den Stand der Dinge.

Draußen hatte zusätzlich zum Regen ein Gewitter begonnen. Es dunkelte. Blitze zuckten über dem Dorf und beleuchteten malerische Häuser und bizarre Berge wie bei einem gigantischen Feuerwerk.

»Gibt's im Juni Donnerwetter, wird auch das Getreide fetter«, rief Margot aus der Küche.

Der Odilo half ihr ohne einen Mucks beim Aufräumen und Saubermachen.

»Hat die Spusi, wie du sie nennst, oder die Pathologin Zeichen für ein Sexualmotiv gefunden?«, fragte Fritzi, als Campari geendet hatte. »Dass Thea untenrum nackt war, ist doch ziemlich eindeutig, oder? Sie wird sich doch nicht freiwillig entblößt haben.«

»Keine äußerlichen Anzeichen. Doch sie sind noch beim Auswerten diverser Körperspuren. Eine DNA ist nicht im Nu erstellt. Selbst unter Zeitdruck kann es Tage dauern.« Campari schüttelte den Kopf.

»Thea hat einen massiven Schlag mit einem stumpfen, schweren Gegenstand auf den Kopf erhalten«, fuhr er fort. »Der war nicht tödlich, doch sie wird bewusstlos geworden sein. Gestorben ist sie an dem Kabel, das danach um ihren Hals gewickelt wurde. Das hat die Autopsie ergeben.«

»Hat man das Tatwerkzeug gefunden?«, fragte Fritzi nach. Sie saß Campari nachdenklich gegenüber und hatte das Kinn in eine Hand gestützt.

Aus der Küche waren schwaches Geschirrgeklapper und Margot zu hören, die sich mit Odilo unterhielt.

»Bisher nicht«, sagte der Bürgermeister. »Ich hab mich mit Bruni verständigt. Er meint –«

»Wer ist Bruni?«

»Der Chef der Münchener Spusi-Truppe. Er meint in Übereinstimmung mit der Rechtsmedizin, es könne so etwas wie ein dicker Prügel gewesen sein. Ein Baseballschläger. Oder auch Metall. Jedenfalls ein stumpfer Gegenstand, wie es in ihrer Sprache heißt.«

»Also war es ein Mann, oder? Und was war mit dem Zementsack? Warum wurde der über den Kopf gezogen?«

Campari zuckte die Achseln. »Darüber kann man vorläufig noch streiten. Fest steht, dass es erst nach ihrem Tod geschehen ist. Sie ist nicht durch Mangel an Luft in dem Sack erstickt, sondern eindeutig durch Erdrosseln mit dem Kabel.« Er räusperte sich. »Das mit dem Sack ist das Erste, was wir herausfinden werden. Das Nächste wird das Kabel sein. Wie kommt der Sack dorthin? Mitgebracht wird der Täter ihn nicht haben. Woher stammt das Elektrokabel? Dafür benötige ich deine Hilfe, Fritzi. Tatort ist übrigens nicht gleich Fundort. Thea wurde von den Hunden weggeschleift. Der Mord selbst geschah auf der oberen Terrasse, nicht vor dem Gartenhaus. Darauf weisen die Spuren eindeutig hin.«

»Wer ist erstickelt?«, fragte Odilo fröhlich. Er hatte sich unbemerkt in den Raum geschlichen und kauerte jetzt unterm Tisch.

Fritzi sprang auf. »Ich dachte, er sei noch bei deiner Frau in der Küche«, stieß sie aus und zog das Kind am Arm unter dem Tisch hervor.

»Eher hält man einen Sack Flöhe zusammen als diesen Burschi«, sagte Margot. Sie stand in der Tür und hatte die Hände in die Hüften gestützt. »Er ist natürlich scharf auf eure Fachgespräche.«

Odilo verwandelte sich wieder einmal in einen Hubschrauber und flog auf sie zu.

Campari winkte ab. Er war aufgestanden, hielt sich an einem Stuhl fest und sah Fritzi an.

»Eines muss ich noch hinzufügen«, sagte er verhalten. »Die Tatsache, dass die Hunde mitgemischt und Theas Füße auch noch angeknabbert haben, erschwert die Sache unnötig.«

Dann zog er den Bauch ein und stellte sich vor ihr in Position. Er überragte sie um mindestens einen Kopf. »Das Gröbste hab ich dir geschildert«, sagte er. »Machst du mit?«

Mehr sagte er nicht. Er wollte Fritzis Gedankenfluss nicht stören. Er hatte das sichere Gefühl, dass sie das Problem auf Anhieb erfasst hatte.

Er warf einen verborgenen Blick auf seine Frau. Wenn sie ihm bloß keinen Strich durch die Rechnung machen würde!

***

Pater Timo hatte seine Schwester zu sich gerufen und mit ihr geredet. Sie hatte die schlimme Nachricht noch nicht vernommen gehabt, schlug die Hand vor den Mund und war über die Maßen entsetzt.

»Hab ich mir's doch gleich denkt«, sagte sie in verschwörerischem Ton. »Da wo dieser dädowierte Dunichtgut unten vorbeigegangen ist und die Thea ihn hereingeholt hat. Da hab ich schon gwusst, dass etwas nicht mit rechten Dingen zugeht.«

»Wie meinst du das, nicht mit rechten Dingen?«

»Na ja, der hat schon gleich so komisch gschaut. Und dann seine Dädowierungen! Da graust's ja einen Ochsen davor!«

»Willst du damit sagen, dass du den Mann möglicherweise verdächtigst, die Thea Brommel umgebracht zu haben? Nur weil er komisch gschaut hat?« Pater Timo zog die Augenbrauen hoch. »Sieh dich vor, Schwester! Zu Hause hast du hundert Augen, draußen bist du blind.«

Beim Abendessen im Pfarrhaus versöhnten sie sich wieder. Pater Timo war auch nicht eingeschnappt, als es die Pfaffenbäucherl mit Petersilienkartoffel gab.

»Ich hab die gleich brobieren müssen. Ich hab's Rezebt doch von der Heidi gekriegt.«

Auf diese Weise bekam der Pater mit, was es mit Pfaffenbäucherl auf sich hatte. Es war ein mit Schinken und Emmentaler gefüllter Pfannkuchen, dazu eine Halbe dunkles Bier. Er aß drei Stück davon zu den Kartoffeln und griff sich an den Bauch. »Da fehlt's noch weit«, murmelte er zufrieden. »Prost, Schwester!« Er hob das fast leere Glas. »Guter Trunk macht Alte jung.«

Doch ganz so zufrieden war Timo nicht, wenigstens nicht innerlich. Im Gegenteil, es rumorte in ihm. Die Worte Jesu in der Kirche fielen ihm wieder ein. »Die Erkenntnis wird sich dir offenbaren.«

Andererseits wusste Timo aus früheren Gesprächen mit dem Herrn, dass er es nicht gern hatte, wenn einer nur dasaß und abwartete, bis sich etwas von selbst offenbarte. Man musste seinen eigenen Teil dazu beitragen.

Und das wollte er jetzt unverzüglich tun.

Vor Camparis Haus schüttelte er den Regen ab und strich sich ein letztes Mal die Soutane glatt. Mit einem Fußtritt stieß er die angelehnte Tür auf und trat ins Haus.

Campari kam ihm mit hochrotem Kopf entgegen.

»Was sagt mir die Wirtin vom Kirchwieser Löchl?«, rief Timo aus. »Thea Brommel ist erschossen worden? Und Sie wollen den Mord selbst aufklären? Ganz ohne den Beistand unseres Herrn?«

Campari schnappte nach Luft. »Wenn Ihr sauberer Herr funktioniert hätte, wär die Thea jetzt nicht tot«, rief er aus. »Ich halt hier Dorf und Leut zusammen, und Ihr Herr funkt mir so dazwischen. Und Sie, Pater Timo, vertreten diesen Herrn.«

Sie standen in dem Raum zwischen Eingangsdiele und Wohnzimmer. Fritzi Gernot nahte von hinten.

»Die Thea wurde nicht erschossen«, sagte sie laut. »Sie wurde erdrosselt.«

Pater Timo seufzte und richtete Augen und Hände gen Himmel.

Campari fasste sich rasch und war wieder in seinem Element. »Wer nur nach dem Himmel sieht, fällt leicht mit der Nase auf die Erde«, spottete er und rieb sich die Hände. »Ich hab die Fritzi gebeten, bei der Ermittlung mitzumachen. Sie hat akzeptiert. Wir werden diesen schrecklichen Mord in unserem Herzlichsten Dorf so rasch wie möglich aufklären. Sie sind herzlich eingeladen, Pater, mit Ihren überirdischen Beziehungen daran teilzunehmen.« Nach einer kurzen Pause, die niemand störte, sagte er: »Oder hast du was dagegen, Fritzi?«

Fritzi schenkte dem Pater ein bezauberndes Lächeln. »Nein, nein, wie sollte ich? Himmlische Eingebungen sind immer willkommen.«

Odilo hing brav in ihrer Kniekehle. Er kratzte sich am Kopf, dann schlang er ein Ärmchen um ihr Knie und zog mit den Fingerchen die Haut am Schienbein zusammen. Nachdenklich sagte er mit fester Stimme: »Du bist schon ganz runzlig, Mami, du stirbst bestimmt auch bald.«

Niemandem war zum Lachen zumute.

Pater Timo faltete die Hände, lächelte sanft und sprach: »Wo der Teufel eine Tür zuschlägt, macht der liebe Gott ein Fenster auf.«

Campari gab sich einen Ruck und hob segnend die Arme. »Oh Brüder und Schwestern, lasset uns friedlich sein. Hören wir auf mit diesem Scheiß. Wir sind schließlich das Herzlichste Dorf.«

Timo nickte. Er war hergekommen, um Genaueres über Theas Tod zu erfahren. Er spürte aber, dass sein Kurzbesuch alles andere als willkommen war. Campari wollte nicht streiten – nun, zumindest das war ein den Umständen entsprechendes gutes Gefühl.

Nur wenn er an Theas Beichte dachte, überkam ihn wieder das große Grausen. Er warf einen letzten nachdenklichen Blick auf den Bürgermeister. Mit dessen Anblick vor seinem inneren Auge machte er sich wieder auf den Weg zum Pfarrhaus. Plötzlich packte ihn schlechte Stimmung, zäh und schwer. Und das hatte mit niemandem anderen als Campari zu tun.

Definitiv.

acht

Will man einen Mörder finden und überführen, empfiehlt es sich, tausend Dinge gleichzeitig zu tun.

Doch Campari war erfahren genug zu begreifen, dass das unmöglich war. Er musste Schwerpunkte setzen.

»Margot, Liebes, du musst dich um den Kleinen kümmern.«

»Wie bitte? Um welchen Kleinen?«

»Na, um den Odilo halt.«

»Was? Was soll ich mit dem Fratz? Was is mit der Fritzi?«

»Die Fritzi muss mir beim Ermitteln helfen. Ich brauch eine Ärztin.«

»Was brauchst du? Eine Ärztin zum Ermitteln? Du willst doch nur dein Gspusi pflegen.«

»Ach was, Margot, Spatzl. Du bist mein Ein und Alles. Wenn ich dich ned hätt … Schau, jetzt bin ich in einer Notlage. Wenn du den Odilo ned nimmst, kann die Fritzi ihren Ermittlungsauftrag ned ausführen. Wir sind das Herzlichste Dorf. Einer hilft dem anderen, haben wir uns all geschworen. Also bitte hilf uns.«

»Und warum nimmt den kleinen Deifi ned jemand anders? Die Fanny zum Beispiel? Die hat genug Zeit.«

»Jetzt hör aber auf. Die Fanny, die Schwester vom Pater. Erst amal weißt du, wie ich zu denen steh. Und außerdem hat die doch keinerlei Gspür für Kinder. Du hast dir immer ein Kind gewünscht. Und da hättest du die Gelegenheit, einmal eins auf Probe zu halten. Zu haben, mein ich.«

»Aber ned glei so einen Spasti. Wie lang soll nachher des sein?«

»Mir suchen den Mörder von der Thea. Da weiß man nie, wie lang des dauert. Aber du kannst sicher sein, dass mir den so schnell wie nur irgend möglich derwischen und einbunkern wollen.«

»Also gut. Aber nur auf Probe und bloß für kurz. Und bloß am Tag.«

Was ist eine Ehefrau? Campari fiel der Spruch ein, den er kürzlich gelesen hatte. Ein Geschöpf, das sich verpflichtet, die

Sorgen mit uns zu teilen, die wir nicht hätten, wenn wir sie nicht geheiratet hätten.

Zunächst erteilte er Fritzi Gernot die Aufgabe herauszufinden, woher das Elektrokabel kam und welche Rolle der Zementsack spielte. Eine erste Bewährungsprobe für die ehemalige Boxerin. Er war gespannt, wie sie die Aufgabe bewältigen würde, ohne ihr reizendes Söhnchen zu sehr zu vernachlässigen.

Am Tag nach dem gemeinsamen Essen machte er sich gemächlich zu Fuß auf den Weg durchs Dorf. Er wollte ein Gefühl dafür bekommen, was in dem Ort eigentlich los war. Welche Stimmung herrschte. Wie solch ein Mord geschehen konnte. Willkürlich und ohne großen Plan fing er an.

Das erste Geschäft in der Dorfstraße auf der rechten Seite war der Brunnerbeck, eine Bäckerei, die es seit vier Jahren gab. Der Bäcker in der Backstube, seine Frau im Verkauf und die Tochter am kleinen Stand außerhalb hatten vage vernommen, dass die Frau, die am Libellenweg eingezogen war, umgebracht worden war.

»Aber gesehen haben wir die nie«, sagte die Bäckerin. »Eine berühmte Sportlerin soll sie gewesen sein. Aber wir haben sie nicht gekannt. Wie sollten wir auch – sie hat sich uns nie vorgestellt. Wir wussten gar nicht, wie sie aussieht. Niemand in unserer Familie interessiert sich für Sport.«

Das konnte nicht sein. Unmöglich. In einem Dorf wie Kirchwies kannte doch jeder jeden. Oder sollte Campari sich so geirrt haben, seit er Bürgermeister war? Konnte es wahrhaftig sein, dass Thea Brommel nie beim Bäcker eingekauft hatte?

Er ließ nicht locker. Immer mehr kehrte er den Polizisten heraus. Schließlich wurde klar, dass Thea, wenn sie sich im Dorf bewegt hatte, aus irgendeinem Grund regelmäßig die andere Straßenseite benutzte.

Und tatsächlich – in Wang Mings Dorfkramerladen gegenüber war die Thea täglich mindestens einmal gewesen. Campari traf den Chinesen hinterm Haus beim Garteln neben seinem Hühnerhof an. Offensichtlich hatte er sich den Hausgarten bei den einheimischen Bauern abgeschaut. Er war auf einer Seite von einem Lattenzaun eingefriedet, auf der anderen von einer Thujenhecke.

Nicht zu groß, nicht zu klein. Die Fläche war sauber in Beete unterteilt, in denen der Chinese aus Rittersporn, Margeriten, Rosen und Lavendel eine duftende, leuchtende Blütenpracht hervorgezaubert hatte. In einer Ecke rankte eine weiße Clematis an einem Birnbaum empor. Die andere Hälfte der Fläche war von Gemüse und einem Kräutergärtlein besetzt.

Wang Ming selbst war dabei, einen wuchtigen violetten Rhododendronstrauch von verblühten Knospen zu säubern und eine blau blühende Hortensie mit Wasser aus einem lustig plätschernden Springbrunnen zu verwöhnen. Er steckte in Jeans, hatte ein kariertes Flanellhemd an und einen braunen Filzhut auf dem Kopf. Unwillkürlich kam Campari das Bild eines Reisbauern in den Sinn, der sein Feld bewirtschaftet.

Nebenan krähte der Hahn, und die Hühner gackerten, als Campari seine Fragen stellte.

Ja, er habe Thea gut gekannt, sagte Wang. Täglich sei sie mindestens zweimal in seinen Laden gekommen. Schon in der Früh zum Semmelholen sei sie da gewesen.

»Manchmal hat sie auch die Bildzeitung mitgenommen. Sie ist immer eine gute Kundin gewesen. Wenn auch nicht lange, wie sich jetzt herausstellt.«

Aha, sie brauchte den Bäcker also nicht. Campari hatte nicht gewusst, dass der Dorfkramer auch Brot führte.

»Und von wem haben Sie die Semmeln bezogen?«

Wang schob den Hut aus der Stirn und sah ihn erstaunt an. »Vom Bäcker, wo sonst?«, sagte er. Anscheinend konnte der Chinese inzwischen mühelos Sätze ohne den Buchstaben R produzieren.

Ein kleines Grinsen flog über das Gesicht des Ladenbesitzers. »Sie war sehr hübsch. Und Sie wissen ja, Herr Bürgermeister, sie kam in viele Häuser.«

»Wie meinen Sie das, Herr Wang?«

»Ihr Beruf war Physi… Physiotel… na, Sie wissen schon. Massagen und Gelenke verbiegen. Sie hat Hausbesuche gemacht.« Er legte den Kopf schief. »Ich habe schon davon gehört, dass Sie den Fall selbst übernehmen wollen. Deshalb habe ich Ihren Besuch erwartet, wenn auch nicht so schnell. Und Sie werden wissen wollen, wo ich von Sonntag auf Montag in der zweiten Nachthälfte gewesen bin? Oder?«

Pfiffiges Kerlchen, der Chinese. Campari konnte einen bewundernden Blick nicht unterdrücken. Er sagte nichts.

»Sie wissen natürlich, dass ich Theas Gartenfest beliefert habe. Als es zu Ende war, so gegen halb zwei, zwei, habe ich meine Sachen – die leeren Bierfässer, den Grill und so weiter – auf den Pferdewagen geladen und bin hierhergetuckelt. Und hier habe ich ausgeladen. So gegen halb fünf, fünf war ich damit fertig.« Er reckte den Hals, lupfte den Hut und schaute Campari erwartungsvoll an. »Genügt das?«

Campari hatte nicht vor, zu nicken. Zu viel war ihm in seinem Berufsleben widerfahren, als dass er bei einer Mordermittlung frühzeitig jemanden für unschuldig gehalten hätte. Und der Herr Wang – mit diesen reglosen Gesichtszügen …

Weitere Gedankengänge blieben ihm erspart. Sein Handy klingelte. Es war Fritzi. Bevor er ranging, griff er zur Schmalzlerdose und nahm eine tiefe Prise. Das würde seine Nerven beruhigen.

Wenn Fritzi anrief, dann bestimmt nicht, um ihm Fragen zu stellen.

Selten hatte Fritzi Gernot sich so unwohl gefühlt. Durch ein fremdes Haus zu kriechen und nach Dingen zu suchen, die einem nicht selbst gehörten. Freilich, sie kannte Theas Haus nicht erst seit dem Fest. Sie wusste um den leicht chaotischen Ordnungssinn ihrer Freundin. Doch dass sie in solch einem Durcheinander, ja Saustall lebte, war ihr vorher nie aufgefallen.

Nein, sie fühlte sich nicht wohl. Und ihre Nerven waren gespannt wie Klaviersaiten. Für einen Augenblick schien die Zeit stillzustehen.

Sie sitzt in einem kleinen Raum im Krankenhaus. Sie ist die junge Assistenzärztin und hat Bereitschaft. Es ist still und halbdunkel im Haus. Jeden Augenblick kann die Tür auffliegen, kann jemand hereinstürmen und ihr Gewalt antun. Niemand würde es merken. Kein Hilferuf würde in den leeren Gängen unter der Erde gehört werden.

Diese Angst, diese anhaltende Angst während ihrer Bereitschaftszeiten, ist es, die sie schließlich dazu bringt, sich einem Kampfsport zuzuwenden. Und so kommt sie von jener unaussprechlichen Sportart, an die sie sich kaum mehr erinnert, über Umwege zum Frauenboxen. Sie fühlt das feuchte, warme Blut, das ihr übers Kinn läuft. Sie trainiert viel und heftig. Die Sportart ist noch jung, sie boxt sich durch. Auf dem Weg nach oben gibt es weniger und weniger Konkurrentinnen, die ihr gewachsen sind. Das Training ist kaum je vor Mitternacht vorbei. Und dann kommt der Nachhauseweg.

Die belebten Hauptstraßen in der Großstadt sind okay. Doch zu der Wohnung, die sie damals gemietet hatte, führt ihr Gang nur durch dunkle, einsame Gassen über Kopfsteinpflaster. Da ist sie wieder, die Angst. Kein Kampfsport, kein Boxen kann sie davor bewahren. Sie hat einfach Angst, selbst im Laufschritt.

Einmal war sie von einem Hund angefallen worden. Er hatte wohl etwas gegen ihr Laufen. Es war ein Chow-Chow. In Panik hatte sie ihn, bevor er sie packte, an den haarigen Seiten ergriffen, wie eine Hammerwerferin herumgewirbelt und losgelassen. Er krachte mit dem Rücken gegen den Pfosten einer Bogenlampe. Es knackte, der Körper wickelte sich verkehrt herum um die Stange und rutschte herunter. Der Hund war sofort tot gewesen.

Daran musste Fritzi denken, als sie konzentriert durch Theas Haus strich. Die Außentüren hatte sie abgeschlossen. Seltsamerweise – im Gegensatz zu den übrigen Räumen – war das Schlafzimmer blitzsauber. Es gab ein extra breites Doppelbett, einen kleinen Tisch mit Festnetztelefon und Fernseher, einen größeren Tisch mit drei Sesselchen drum herum, ein Toilettentischchen mit vier schmalen Schubladen und einen Schrank mit Spiegeltüren. Zwei der Schubladen waren vollgestopft mit Fotografien. In einem Winkel befand sich hinter einer Glasschiebetür ein luxuriös gekacheltes Badezimmer mit Toilette, Bidet und einem Doppelwaschbecken, darüber ein Spiegel über die gesamte Breite der Wand. Außer dem Balkon gab es noch ein Fenster, das hinten auf die Grünfläche mit dem Gartenhaus hinausging. Es roch nach Parfüm. Es musste ein schweres Parfüm sein, wenn es sich so lange in der Luft hielt.

Campari hatte ihr eingeschärft, Latexhandschuhe zu tragen, und ihr welche mitgegeben. Sie zog eine der beiden Schubladen mit den Fotografien heraus.

Die Sonne trat hinter einer Wolke hervor und warf einen dicken Strahl in Theas Schlafzimmer.

Unter den vielen Fotografien, die Fritzi sich genauer ansah, war ein großer grüner Umschlag mit zwei Dutzend Aktfotos von Thea. Fritzi kriegte immer größere Augen. Sie war wie vor den Kopf geschlagen. Keines der Bilder würde man als harmlos bezeichnen. Die Fotos waren mal in provozierender, mal in eindeutig obszöner Pose in Nahaufnahme. Eine Art Vorzeigekatalog für erstklassige Ware.

Das war ihre Freundin gewesen? Die Klasse-Basketballerin vom TSV Wasserburg? War sie nymphoman gewesen, oder tat sie es für Geld? Was das Geld anging, hatte sie doch recht gut verdient in den beiden Jobs als Physiotherapeutin und Profi-Basketballerin. Aber mit wem hatte sie es getrieben? Bestimmt eine Sache, die es sich lohnte, weiterzuverfolgen.

Der Schimmer einer Träne hing in Fritzis Auge. Doch es galt, cool zu bleiben. Sie musste Campari informieren.

Es schellte keine zwei Mal, dann war er dran.

»Ja, Fritzi?«

»Da haut's mi glatt um!«, rief Campari am Telefon aus. »Ich mach grad hier meinen Job noch fertig. Dann treffen wir uns bei Thea, okay? Ein Hammer ist das!« Kurze Pause. »Hast du schon was mit dem Zementsack und den Kabeln rausfinden können?«

Nein, Fritzi hatte sich bisher im Inneren des Hauses umgeschaut. Bis sie den Umschlag gefunden hatte.

Campari beeilte sich, das Gespräch mit Wang Ming zu beenden, und machte sich auf den Weg. Er ging am Kirchenhügel vorbei, über die Dorfstraße, überquerte den Feldbach, noch einhundertfünfzig Meter, an Dreilinden vorbei, dann bog er links in den Libellenweg.

Wenn er schon einmal dabei war, wollte Campari gern der Nachbarin in Nummer 20 einen Besuch abstatten, bevor er Fritzi in Theas Haus traf.

Frau Stadtmüller in Nummer 20 war ein lebender Fleischkoloss.

»Kommen Sie herein!«, hatte sie gerufen. Die Haustür war nur angelehnt.

Er kam herein. Frau Stadtmüller saß in ihrem Rollstuhl und strickte. Campari hielt das, woran die Frau arbeitete, für cremefarbene Wollstrümpfe von gigantischem Ausmaß. Der Rollstuhl war das Schmalste an ihr, alles andere quoll darüber hinaus. Die Arme glichen riesigen Ingwerwurzeln, die Knöchel waren keine Knöchel, sondern gelbliche Ballons mit roten Flecken. Doch ihr Haar, das war in edles Blau getaucht und die Frisur frisch onduliert.

»Schrecklich«, klagte sie, als er eingetreten war. »Schrecklich, der Tod von meiner Nachbarin.« Sie klang, als spräche sie aus einem hohlen Baumstamm. Ihr Strickzeug hatte sie auf den Schoß sinken lassen.

Campari erklärte ihr seine Rolle.

»Aha, unser Bürgermeister ist also auch Kriminalkommissar. Interessant.« Sie lächelte verschmitzt. »Nehmen Sie doch Platz, Herr Kommissar. Vielleicht hab ich ja ein paar Neuigkeiten für Sie.«

Das hoffte Campari auch. Sollte er auf eine Quelle gestoßen sein?

»Schießen Sie los«, sagte er. Er hatte sich an den Tisch in der Mitte des Zimmers gesetzt, einen Arm auf die Platte gelegt und sich ihr zugewendet. Sie hatte ihren Rollstuhl ein paar Schritte näher an ihn herangefahren.

»Erst einmal wollte ich betonen«, sagte sie, »dass ich auch zu Theas Gartenfest eingeladen war. Ich hab aber abgesagt, weil – was soll ich da? Kann mich ja nicht rühren.« Mit einer erstaunlich gelenkigen Bewegung warf sie das Strickzeug samt Nadeln auf den Tisch, genau neben Camparis Arm.

»Ich hab die blöde Angewohnheit, beim kleinsten Geräusch aufzuwachen. Wenn um Mitternacht eine Maus quiekt, fahre ich hoch. Wenn um halb zwei drei Regentropfen aufs Dach fallen, krieg ich das voll mit. Und wenn um kurz nach drei in der Früh ein Auto bei der Thea vorfährt und um fünf vor halb vier wieder weg – dann hör ich das natürlich.«

Ein Auto! Mitten in seinem Dorf!

»Ein Auto?«, fragte er ungläubig. »Sind Sie ganz sicher?« Ein Ochs auf einem Fußballplatz wäre ein vergleichbarer Verstoß. »Meinen Sie wirklich ... in der Früh um halb vier – am Montag? In der Nacht, in der Thea Brommel ermordet wurde?«

»Ja freili«, sagte Frau Stadtmüller. »Es war ein ganz leises Auto. Man hat den Motor kaum gehört. Wie a elektrische Nähmaschin. Wenn ich schnell genug aus dem Bett gekommen wär, hätt ich ja nachgschaut, weil ...« Sie machte eine hilflose Geste und deutete an sich herunter. »Aber so.«

Einen kurzen Augenblick lang entstand in Camparis Kopf eine völlige Leere. Er konnte nicht denken. Dann hörte er innerlich das Motorengeräusch. Die größte Störung in der Nacht verursachte ein Moped. Wenn es also ein extrem leiser Motor gewesen war, den die Stadtmüller da gehört hatte – konnte es nur ein PS-starkes Fahrzeug gewesen sein.

Wie ein Blitz schoss ihm ein Name durch den Kopf. Wenn er das Fahrzeug fände – hatte er damit schon den Mörder?

Am Gartentürl von der Nummer 20 erwartete ihn Fritzi Gernot mit dem grünen Umschlag in der Hand.

»Ich hab mir gedacht, wenn du eh schon im Nebenhaus bist ...«, sagte sie. »Hat's was gebracht?«

Er nickte flüchtig. »Gib her.«

Zwar hatte ihm schon vorher vor dem Anblick gegraut, der ihn erwartete. Doch diese Fotos überstiegen seine bisherige Vorstellungskraft in Bezug auf Thea Brommel bei Weitem. Bilder, die sie hüllenlos von außen, teilweise auch von innen zeigten.

»Ist dir schlecht?«, fragte Fritzi. »Du bist ganz blass geworden.«

Ja. Er konnte sich gerade noch beherrschen. Musste stark sein, um nicht einfach in sich zusammenzusacken. Er atmete schwer und fühlte, wie pure Eifersucht ihn überkam. Seine innere Erregung wuchs immer mehr, während er versuchte, Fritzi gegenüber unbeteiligt zu tun.

Ein schwarz-weiß gesprenkelter Hase sprang in Frau Stadtmüllers Garten herum. Er fetzte durch die Blumen im Vorgarten und quietschte kurz auf, als er die Hausmauer streifte. In Camparis Kopf vollführten Bilder einen unkontrollierten Tanz.

Thea! Oh Gott, Thea! Tote Menschen glichen sich ebenso wenig wie lebende. Jeder Tote und jede Tote war einzigartig. Nichts war gleich. Doch die tote Thea, die er gesehen hatte, bevor sie in die Kühlkammer befördert wurde, glich in keiner Weise der Thea, die er erlebt hatte.

An jenem Abend nach seinem Höflichkeitsbesuch in ihrem neuen Eigenheim steht Thea vor seinem Haus in der Dorfstraße. Er sitzt am Tisch auf der hinteren Terrasse und liest Sten Nadolnys »Selim oder die Gabe der Rede«. Als er das Klingeln an der Haustür hört, legt er das Buch weg und geht nach vorn.

Er fragt sich: Will sie was von dir? Warum wäre sie sonst gekommen? Er will mit ihr ernsthaft über den Vorabend reden. Aber stattdessen zieht er sie an der Hand wie eine lang Vertraute hinters Haus, umarmt und küsst sie.

Sie lässt es wie selbstverständlich zu.

»Magst einen Rotwein?«, fragt er.

Wie kleine Kinder lachen sie und freuen sich.

Margot ist außer Haus. Sie schwört einige Damen aus dem Dorf aufs Gemüsepflanzen ein. Bis mindestens zehn oder elf Uhr wird sie gebunden sein. Sie darf natürlich nichts von diesem Besuch erfahren. Soll sie ruhig auf seine Assistentin in der Amtsstube eifersüchtig sein und ihm ihretwegen Szenen machen.

Es ist schon dunkel geworden. Der Garten ist rundherum dezent beleuchtet. Thea ist in einem überlangen Oberteil mit exotischen Vögeln erschienen und einem weißen Rock von der Größe eines mittelbreiten Gürtels.

»Warum kommst du zu mir?«, fragt er sie.

»Weil du so arrogant bist, aber so gütige Augen hast«, antwortet sie.

Sie würden zukünftig alle erdenklichen Vorsichtsmaßnahmen treffen, um nicht ertappt zu werden, nehmen sie sich vor. Thea besitzt seit ihren Ausbildungsjahren ein Studentenappartement in Rosenheim, was keinem bekannt ist. Es liegt in einer gottverlassenen Gegend am Rand der Äußeren Münchener Straße. Wenn er sie da bald wieder besuchen würde, bräuchte er eine Stunde Anfahrt, wäre zwei, drei Stunden mit ihr zusammen und würde dann aufbrechen, um für eine weitere Stunde nach Kirchwies unterwegs zu sein.

Wie soll ihnen da irgendjemand auf die Schliche kommen?

Mit den Zähnen reißen sie sich die Kleider vom Leib und lieben sich. Vierzehn Tage später ist Thea tot.

Campari kannte ihn schon, den Knoten im Magen. Wie oft schon hatte er ihn damals in München während seiner aktiven Zeit als Kriminaler gespürt. Und doch war es jetzt, als sei's das erste Mal. »Oh Gott, Thea!«, sagte er ungewollt laut.

Sie hatten ihren Standort auf eine Bank in Frau Stadtmüllers Garten verlegt, die hinter Rosenstauden und einer Sammlung bizarrer Figuren fast verborgen war. Fritzi blickte ihn aus fragenden Augen an. Frauen haben oft treffende Intuitionen. Doch anmerken ließ sie sich nichts.

»Hier hab ich noch etwas«, sagte sie unvermittelt und zog drei weitere Fotos hervor. »Diese drei waren nicht in dem Umschlag. Sie lagen unter den anderen einfach so in der Schublade. Hier.«

Sie hielt ihm eine Farbaufnahme hin, die sichtlich nicht mehr ganz frisch war. Sie zeigte eine hochschwangere Thea, die verliebt zu einem großen, blonden Sportlertyp mit kluger Brille hochsah. Sie klebte förmlich an ihm. Campari vermied es, ungläubig den Kopf zu schütteln.

»Und dann das hier.« Fritzi reichte ihm das nächste Foto.

Darauf war Thea mit einem kleinen Jungen abgebildet. Beide sahen mit zerzausten Haaren fröhlich, fast ausgelassen in die Kamera. Im Hintergrund war aufgewühltes Meer zu sehen.

»Sie scheint ein Kind zu haben«, sagte Campari nachdenklich. »Einen Jungen.«

»Und hier das dritte.«

Hier war der Junge etwas älter. Er und Thea sahen sich sehr ähnlich, hatten dieselben Augen, die gleiche Mundpartie und waren zweifellos Mutter und Sohn.

»Du warst doch mit ihr befreundet«, sagte Campari. »Hast du das nicht mitbekommen, dass Thea ein Kind hat?«

Fritzi schüttelte den Kopf. »Nein. Wer weiß, vielleicht hat sie auch zwei? Oder drei? Die Frage ist, wo halten sie sich auf?« Ihre Augen leuchteten auf. »Spielt das eigentlich eine Rolle in unserer Ermittlung? Tut das was zur Sache?«

Campari hielt ihr das erste Foto hin und zeigte auf den Mann. »Mehr noch als die Kinder: dieser Mann. Vielleicht der Vater. Vielleicht ein Verdächtiger.«

»Wie wär's«, fragte Fritzi hastig, »wie wär's, wenn wir die Frau Stadtmüller noch einmal befragen? Kann doch durchaus sein, dass sie etwas gesehen hat. Dass sie den Mann oder die Kinder kennt.«

Sie stellten fest, dass sich Frau Stadtmüller in ihrem Rollstuhl unter der offenen Haustür geparkt hatte. Hatte sie mitgekriegt, was gesprochen worden war?

»Nein, nein«, war ihre entschiedene Antwort. Die Stricknadeln wirbelten wieder. »Ein Kind hab ich nie in ihrer Umgebung gesehen. Aber sie war ja erst seit nicht einmal vier Wochen meine Nachbarin. Außer Guten Morgen und Grüß Gott haben wir auch kaum ein Wort gewechselt. Ich hab mich schon gewundert, ob die mich nicht mag oder was. Aber einmal hab ich ihr was auf die Entfernung zugerufen, und dann war sie wie verwandelt. Nur meinen Namen hat sie sich nicht merken können. ›Grüß Gott, Frau Dorfmüller, Frau Stadthuber, Frau Weißnichtwas‹.« Frau Stadtmüller riss den Mund auf und drosch auf das unschuldige Strickzeug ein. Offensichtlich war es ihre Art, zu lachen.

Es war wohl wie beim Fußball, dachte sich Fritzi. Es brauchte mehrere Angriffe, um einen Treffer zu erzielen. »Diesen Bub, haben Sie den schon einmal gesehen?« Fritzi hielt der Stadtmüller die Fotos hin. »Oder diesen blonden Mann hier?«

Frau Stadtmüller beugte sich mühsam vor und beäugte die Bilder mit viel Interesse. Dann schüttelte sie den Kopf und machte eine abweisende Geste.

Nach außen mochte Bürgermeister Campari uninteressiert wirken. Seine schmalen Augen funkelten jedoch vor Vergnügen, während er eine Herde weißer Ziegen beobachtete, die jenseits des Libellenwegs und des schmalen Bachs hinter dem Weidezaun ruhig graste. Ein Hund rannte umher und bellte sie an. Ansonsten war es unendlich ruhig. Nur das entfernte Plätschern des Bächleins und das Rauschen der mit Früchten beladenen Obstbäume rings ums Haus unterbrachen die Stille. Die Luft, die aus Norden wehte, war klar und süß wie eisgekühlter Apfelmost. Und doch hatte sie einen Biss, der darauf schließen ließ, dass kühle Sommernächte drohten.

Camparis gelassen wirkendes Verhalten täuschte. Jedes Wort, das gesprochen wurde, registrierte er aufmerksam, und er bekam jede Geste mit. »Also, Sie haben kein Kind und keinen Mann in Theas Nähe gesehen«, mischte er sich ein.

Fritzi war auch der Meinung, dass man unter diesen Umständen zum Schluss kommen und sich wichtigeren Aufgaben zuwenden konnte.

Doch es kam anders.

»Das hab ich nicht gesagt«, meldete sich Frau Stadtmüller noch einmal zu Wort. Das Strickzeug lag in ihrem Schoß, ihre Augen glänzten. »Einen Mann hab ich mehrmals gesehen. Sie hat ihn auch hineingelassen. Aber das war auch nicht weiter verwunderlich. Thea war Physiotherapeutin, und das wird ein Patient gewesen sein. Ich hab mich nur gewundert, dass ich niemals eine Frau gesehen hab. Auch Frauen haben Rückenweh.«

»Haben Sie den Mann gekannt?«, fragte Fritzi.

»War es einer aus dem Ort?«, fragte Campari.

Langsam schüttelte sie den Kopf. »Ich glaube nein. Wobei das relativ ist. Ich kenne schließlich nicht alle Männer vom Ort. Ich komm ja nicht so häufig rum.« Sie sprach mit leiser Stimme.

»Reden Sie«, bat Campari. »Ihnen liegt doch noch etwas auf der Zunge.

Fast dankbar schaute die Frau ihn an. »Sie machten beide den Eindruck, vertraut miteinander zu sein. Als ob er ein Verwandter war. Ein Cousin. Oder ein Bruder.«

»Aber der Mann auf dem Bild war es nicht? Da sind Sie ganz sicher?« Noch einmal hielt Fritzi der dicken Frau das Foto unter die Nase.

Sie sah nicht einmal hin. »Absolut sicher«, sagte sie. »Den hab ich nie gesehen.«

Konnte es sein, dass die Person, welche Frau Stadtmüller beobachtet hatte, der Vater von Theas Jungen war und der auf dem Foto ein unbedeutender anderer? Männer schien ihre Freundin schließlich reichlich gekannt zu haben.

Fritzi warf einen prüfenden Blick auf Campari. Er wirkte blass und ernst. Vorhin hatte er für ein, zwei Augenblicke den Eindruck erweckt, auch er habe etwas mit Thea gehabt. Sie verwarf den Gedanken. Doch etwas anderes entdeckte sie in seinen Augen. Ungeduld und Ärger. Worauf oder auf wen war er ärgerlich?

Diesen Gedanken konnte sie nicht mehr zu Ende führen. Es klingelte an der Tür. Gleichzeitig sahen Campari und Fritzi der Frau im Rollstuhl fragend ins Gesicht.

Sie hob die Schultern. »Keine Ahnung«, sagte sie. »Wären Sie so nett?«

Fritzi ging zur Tür und öffnete nichts ahnend.

Fast wäre sie erstarrt.

Schwarze Baseballmütze. Brille, die weit vorn auf einer schnabelartig gekrümmten Nase saß. Dreitagebart. Schwarze Jeans.

Ihr Journalist!

Sie hielt den Atem an. »Ist etwas mit Odilo passiert?«, rief sie ihm entgegen.

Sie hatte Odilo diesmal bei Heidi abgeliefert. Margot Campari war für kurze Zeit aushäusig. Nein, mit Odilo war nichts passiert. Ein kurzer Anruf bestätigte das. Die beiden kamen gut miteinander klar.

»Wenn er nicht den Blumenpavillon anzündet oder dem Hund ein Ohr ausreißt«, scherzte Heidi. »Oder noch schlimmer: nicht in eine Ecke pieselt.«

Camparis Blick ruhte besorgt auf Fritzi, als ihm der Mann vorgestellt wurde. Journalist, mit der Bahn angekommen, der plane, eine Reportage über das »Herzlichste Dorf« zu schreiben.

»Ich bin Reporter, kein Journalist. Ich bin besser als die. Ich schreibe keine Klatschgeschichten. Ich schreibe nur Ernsthaftes. Zum Beispiel über Ihr Herzlichstes Dorf. Meine Texte sind sauber ausgearbeitet und haben Klasse. Und da es jetzt einen Mordfall zu berichten gibt, steige ich natürlich auf der Stelle um«, sagte er begeistert. »Und Sie Herr Bürgermeister, müssen mir dabei helfen.«

Bürgermeister Camparis Miene nahm den Ausdruck eines Felsblocks an. »Einen Scheißdreck werde ich tun«, knurrte er.

»Wie bitte?«, fragte der Mann entrüstet.

»Wir haben hier eine Mordermittlung laufen und wollen dabei nicht gestört werden.« Schäumend wandte er sich Fritzi zu. »Ist der dein Gast? Wohnt der bei dir?«

»Ja«, bekannte sie leise. »Er ist freier Reporter. Er handelt ohne Auftrag. Seine Geschichten verkauft er erst, wenn sie fertig sind.«

»Genau«, sagte der Mann und nestelte an seiner Brille. »Erst der Text, dann die Entscheidung, wer sie bekommt. Ich verkaufe nicht an jeden.«

Seine großsprecherische Art nervte den Bürgermeister. »Sie sind die Karikatur eines aufdringlichen Journalisten«, sagte er. Seine Zähne knirschten. »Wir haben wahrhaftig Wichtigeres zu tun, als Sie zu bedienen. Ziehen Sie sich unauffällig zurück, und kommen Sie meinetwegen wieder hervor, wenn unsere traurige Sache hier zu Ende ist. Wenn der Mordfall gelöst ist.«

Damit war für ihn die Angelegenheit beendet. Die schlechte Angewohnheit, bei Anspannung die Lippen zusammenzupressen, verlieh ihm einen solch abweisenden Gesichtsausdruck, dass der Journalist sich freiwillig verabschiedete.

»Wir sehen uns später«, raunte er Fritzi zu, bevor er das Stadtmüller'sche Grundstück verließ.

Er bewegte sich fluchtartig durch einen Irrgarten aus Vorgartenzwergen und Plastikfiguren hindurch auf die Straße zu. Die auffälligsten Stücke aus Frau Stadtmüllers Sammlung waren zwei fleischfarbene Schweine mit Glücksklee im Maul, vier kleine Kunststoffentenküken in eingefrorenem Watschelgang hinter ihrer Kunststoffmutterente und ein viel zu groß geratenes Mainzelmännchen, das einen mit eiergelben Wachsblumennarzissen gefüllten Korb an seine Brust drückte.

Auf der Dorfstraße blieb der Journalist kurz stehen und warf einen fragenden Blick zurück auf seine Vermieterin und den Bürgermeister. Ein Blick, der alles bedeuten konnte.

»Pffffhhhh«, entfuhr es Campari. Beim Hinausgehen lehnte er sich gegen den Stamm eines Birnbaums, an dem schon kleine grüne Früchte reiften. Unter den Bäumen war es schattig und kühl, und es roch angenehm moderig wie in alten Kellern.

»Warum gehen wir nicht hinüber und setzen uns einen Augenblick«, sagte Fritzi und nickte in Richtung Nummer 18 nebenan.

Campari wunderte sich. Die Frau wollte freiwillig zurück an den Ort des Grauens, an dem ihre Freundin umgebracht worden war?

... Von der Hüfte abwärts war sie nackt. Über den gesamten Unterbauch verlief ein tiefer Schnitt. Die Hände waren hinter dem Rücken mit einem Elektrokabel gefesselt ...

»Komm, hilf mir im Gartenhäusl nachzuschauen«, sagte Fritzi und zog ihn mit. »Vier Augen sehen mehr als zwei.«

Campari starrte Fritzi fasziniert an. Er wusste nicht recht, ob das Gefühl schon immer in ihm drin gewesen war oder ob ihm ihr Liebreiz erst in diesen Stunden aufgefallen war. Manchmal flachste sie mit ihm herum wie ein Kind. Allein schon, wie sie ihn herumdirigierte, mit einem Arm wedelte oder auf etwas deutete – alles an ihr schien zu pendeln, jede ihrer Bewegungen war harmonisch. Wie hypnotisiert verfolgte er zwischendurch ihr Mienenspiel. In einem schmalen Gesicht hatte sie volle Lippen und ein breites, ein wenig schiefes Lächeln. Überhaupt war ihr ganzes Gesicht unregelmäßig – die Nase schief, das Kinn nicht eben.

»Darf ich das hier wegmachen?«, fragte sie.

Die Rede war von dem Polizeisiegel, das die Spurensicherung hinterlassen hatte. Fritzi hatte gerade ausgesprochen, da ertönte eine weitere Stimme von hinten.

»Was willst du wo wegmachen, hä?«

Campari fuhr herum.

»Was treibt ihr zwei denn da?«, bellte seine Frau.

Einen Moment lang kam er sich fast hilflos vor. »Wir suchen Schneeglöckchen«, gab er beißend zurück.

Das hätte er nicht tun sollen.

Margot stürzte sich auf ihn und hämmerte mit Fäusten auf ihn ein. Sie beschimpfte ihn, als hätte sie ihn in flagranti mit einer fremden Frau im Bett erwischt. Er kannte das und ließ die Tortur mit Engelsgeduld über sich ergehen – und mit einem krummen

Blick auf Fritzi. Er wusste, dass der Anfall ebenso schnell vorübergehen würde, wie er gekommen war.

»He, wir beide ermitteln in einem Mordfall«, sagte er, als nach einer gefühlten Viertelstunde die Gewalt der Schläge nachließ. »Warum musst du immer gleich das Schlimmste vermuten?« Sein Ton klang nachsichtig, doch seine Augen waren hart wie Kieselsteine.

Auch bei Fritzi machte sich eine jähe Vereisung im Blick bemerkbar. Als ob ein Rollo heruntergerasselt wäre.

Margot Campari war blass geworden. Sie schnaufte wie eine verendende Bärin und ließ die Arme sinken. Ihr knielanges, weißgrün kariertes Dirndl rauschte, das Samtband um ihren Hals mit dem Edelweißanhänger erzitterte. »Du mit deinen Weibern«, sagte sie mit schiefem Mund. »Bei dir weiß man ja nie.«

»Können wir jetzt weitermachen?«, bat Fritzi. Es war ihr erster Fall. Sie scharrte mit den Hufen und war unternehmenslustig wie selten. Sie sog die alpenfrische Luft tief in ihre Lungen. Das verlieh ihr ein Gefühl, als könne sie über Häuser springen.

Campari ging die paar Schritte zum Gartenhaus und beugte sich vor, um das Polizeiband abzumachen. Er spürte den stechenden Blick seiner Frau im Rücken. Als er sich umdrehte, war sie verschwunden.

»Heirate über den Mist, dann weißt du, wer sie ist«, sagte er leise und versonnen.

neun

Nach dem Brunnerbeck und Wang Ming suchte Campari heute das dritte und letzte Geschäft in der Dorfstraße auf. Den Uhrmacher. Der alte Xari Embacher reparierte Uhren aller Art und verkaufte alles, was mit Uhren zu tun hatte. Von der kleinsten Knopfbatterie bis zur größten Standuhr war bei ihm alles zu haben. Nebenher bot er die Artikel an, die seine verstorbene Frau im Geschäft betreut hatte, einen Restbestand an Modeschmuck, Goldkettchen und Glaskugelhalsketten.

Der Xari stand hinter seinem Ladentisch vor einem alten, vermoderten Vorhang, der die Reparaturwerkstatt abtrennte. Er hatte eine lederne Kniebundhose an mit Lederhosenträgern und war umgeben von Uhren, die unregelmäßig und unablässig schlugen, klingelten, krähten und kuckuckten.

Ja, die Thea habe zweimal bei ihm eingekauft, seit sie in dem Haus wohnte. Das letzte Mal am Samstag vor ihrem Tod. Das wisse er genau, sagte er, weil sie kurz vor Geschäftsschluss um zwölf Uhr noch hereingeplatzt war. Sie hätten nett geplaudert, und dann sei sie mit dem Funkwecker wieder weitergezogen.

Ob ihm was Besonderes an ihr aufgefallen sei?

Der lange Xari blickte über seine unvermeidliche Lesebrille auf Campari hinunter. »Was Bsonders? Ja, was meinst damit? Ob sie rote Flecken im Gsicht ghabt hat? Oder a Loch in der Hosn? Ja, a Hosn hat's anghabt. A so a Jeans mit Risse und Löcher, des stimmt.«

»Nein, ob sie nervös war oder verliebt gewirkt hat oder so.«

»Ja mei. Verliebt war die immer. Fragt sich nur, in wen grad.«

In Camparis Hirn wirbelte es. Die Hinweise mehrten sich. Hinweise, die andeuteten, dass Thea nicht nur mit ihm selbst eine Affäre gehabt hatte. Es war ohne Weiteres möglich, dass der Mörder aus der Reihe ihrer Verehrer kam.

Doch da war auch noch der Cousin oder Bruder, wie ihn die Stadtmüllerin bezeichnet hatte. Und der mögliche Vater des möglichen Kindes, von dem keiner was wusste. Den fremden Journalisten musste Fritzi sich vornehmen.

Durchs Schaufenster sah er die Fritzi auf dem Fahrrad nahen. Sie fuhr ein teures Mountainbike, das aussah, als könnte sie damit den Wendelstein erklimmen oder an Weltmeisterschaften teilnehmen.

»Ja, woher weißt du, dass ich grad beim Embacher Xari bin?«, fragte er sie, als die Ladenklingel verklungen war.

»Antennen«, sagte sie. »Als Frau hab ich Antennen. Die sind mir auch beim Boxen nicht abhandengekommen.«

»Pass auf«, sagte er zu Fritzi. »Der Herr Embacher vermutet ...«, er pausierte kurz, dann entschloss er sich, zu schweigen.

Sie ließen einen ratlos den Kopf schüttelnden Uhrmachermeister zurück.

Auf der Straße gab Campari Embachers Bemerkung wieder: »›Verliebt war die doch immer. Fragt sich nur, in wen grad.‹ Du müsstest das doch am besten wissen, Fritzi. Sie war schließlich deine Freundin. Du mit deinen Antennen.«

Fritzi schob ihr teures Radl und sah ihn nachdenklich an. »Gemerkt hab ich davon nichts«, sagte sie langsam. »Sie ist halt ihrem Beruf nachgegangen. Aber wenn ich so drüber nachdenk ...«

***

In den Tagen nach der Tat rückte man im Herzlichsten Dorf zunächst zusammen und pflegte die Freundlichkeit, das Grüßen, die guten Manieren noch mehr als vor dem schrecklichen Ereignis. Frauen wurde in ihre Lodenjacken geholfen, den Alten wurde im Kirchwieser Löchl ein Platz angeboten und der Stuhl hingerückt, und es wurden wieder die Hände zum Gruß geschüttelt.

Solch scheinbar überholte Umgangsformen waren im Umland der Emanzipation oder der Selbstverwirklichung zum Opfer gefallen. Man hatte sich lieber lässig und cool gegeben. Zuvorkommenheit wurde als scheinheilig oder schwächlich angesehen, frei nach dem Motto: »Höflichkeit ist eine Zier, doch weiter kommt man ohne ihr.« Zum Glück hatte das für Kirchwies nicht gegolten. Respekt voreinander und ein Lächeln auf den Lippen waren vor dem Mord an Thea selbstverständlich gewesen. »Ein ehrliches Lächeln steckt an«, hatte Pater Timo von der Kanzel gepredigt. »Warum starten wir nicht eine Epidemie?«

Doch das Trauma des Mordes an Thea Brommel hatte das Dorf in seinen Grundfesten erschüttert. Es blieb eine Wunde, die nicht heilen wollte, solange der Täter nicht gefasst war. Dass der Bürgermeister zusammen mit Fritzi Gernot die Ermittlung betrieb, wusste sehr schnell auch die letzte Katze im Dorf.

Die Beisetzungsfeier war eine Tortur. Jeder sah jeden von der Seite an. Jeder wurde verdächtigt – bis hin zu Pater Timo und Campari. Jede Form normaler Unterhaltung war unmöglich. Die Menschen standen unter Schock und scheuten instinktiv vor der Erwähnung des Namens der Ermordeten zurück, als würde ihre Beherrschung in sich zusammenfallen, wenn sie bloß darüber sprächen.

Ob Thea Brommel Angehörige hatte, die man wegen ihres Todes verständigen sollte, war bis zum Zeitpunkt ihrer Beisetzung nicht herauszufinden gewesen. Weder aus ihren Unterlagen im Haus war das ersichtlich, noch wusste sonst jemand etwas Näheres über ihr Privatleben. Lediglich der rätselhafte blonde Mann und der Junge mit den zerzausten Haaren am Meer standen auf der Fahndungsliste.

Sofort nachdem Thea unter der Erde war, legte sich tiefe Stille über das Dorf. Es machte sich besonders jetzt bezahlt, dass Kirchwies ein autofreies Dorf war. Früher, als die Umgehungsstraße noch nicht gebaut war, war der gesamte Durchgangsverkehr mitten durchs Dorf gerollt – ein endloser Strom von Fahrzeugen, die den hübschen Landhäusern und Bauernhöfen entlang der Dorfstraße und den kleinen Läden das Innerste herauszurütteln drohten. Kirchwies war ein Dorf gewesen, durch das man auf dem Weg zu einem anderen Ort einfach hindurchfuhr.

Seit der Bürgermeister – auf Initiative von Pater Timo – das Dorf nicht nur für den Durchgangsverkehr hatte sperren lassen, hatte sich das geändert. Seither konnten die Bewohner von Kirchwies die Straße überqueren und einkaufen gehen, ohne ihr Leben zu riskieren oder den Hund an der Leine führen zu müssen. Buben in kurzen Lederhosen und Mädchen in rotem oder grünem Dirndl marschierten neben den breiten, kopfsteingepflasterten Gehsteigen mitten auf der Straße zur Schule. Erste Gartenpartys waren gefeiert worden, und in dem Pavillon vorm Kirchwieser

Löchl fand jeden Freitag ein Standkonzert der Blaskapelle statt, das von keinem Auto- oder Motorradkrach gestört wurde.

Kein aufragender Lkw oder Touristenbus behinderte fortan die Sicht. Man hatte einen ungestörten Blick auf die Vielfalt der Häuser und die Geschäfte mit den Auslagen und Schaukästen, die verlockende Aussicht auf Berge und Obstgärten und auf weidengesäumte Wiesen, die in der Ferne schimmerten. Hoch oben am Himmel, über den ein paar Kumuluswolken segelten, dröhnte ab und zu eine Passagiermaschine Richtung Münchener Flughafen. Sonst war es sehr still in Kirchwies, und oft schien kaum jemand unterwegs zu sein.

Für ein erlebnishungriges Kind wie Odilo war diese Lautlosigkeit allerdings ein Graus. Er hätte es am liebsten gehabt, wenn sich rings um das Haus der Camparis Gräben aufgetan hätten, aus denen kleine Drächlein quollen, die Feen verschlangen und gegen Ritter kämpften. Und wenn Hubschrauber übers Dach gedonnert wären, die Verbrecher jagten, und sich im Garten ganze Rudel von mümmelnden Hasen und Herden blökender Schafe herumgetrieben hätten, die von ihm gestreichelt hätten werden können. So aber hörte man den ganzen Tag nichts als das Gesumme einer Brummfliege am Fenster oder ab und zu leise Schritte, wenn draußen jemand vorbeiging.

»Odilo, was machen wir uns heute zu essen?«

»Ich hab gar überhaupt keinen Hunger.«

»Odilo, putz dir die Nase, du schniefst!«

»Nein, ich will keine Nase putzen.«

»Odilo, heute ist Freitag. Wennst mogst, gehen mir heut zum Standkonzert. Oder mogst lieber warten, bis der Onkel Campari kimmt?«

»Nein, ich will Sand spielen. Und den Campari, den kannst in der Pfeife rauchen. Ich will zu meiner Mama.«

»Ja, um Gotts willen, Odilo, wo hast du denn solche Ausdrück her?«

Dann seufzte Margot, dass ihr Busen wogte, und sprach: »Da Gott nicht alles allein machen wollte, schuf er die Mutter.«

zehn

Am Sonntag nach Theas Tod war die Kirche gerammelt voll. Sogar Campari sollte irgendwo im hinteren Fünftel in der Menge gesichtet worden sein, so hieß es. Er habe an einer warmen Leberkässemmel rumgekaut, munkelte man. In der Kirche! Doch das alles blieb ein Gerücht. Pater Timo hielt eine Predigt, die besänftigen sollte. Die Ruhe unters Volk bringen sollte.

Der Grünsteinsee, in dem sich blau der Himmel spiegelte, war mit kleinen weißen Schaumtupfen übersät. Die Berge rundum waren nicht mehr von geheimnisvollem Dunst verschleiert, sondern klar und glitzernd, mit großen Flächen dunkelgrüner Tannen und Latschen gefleckt. In der kristallklaren Morgensonne war jeder Felsen, jeder Spalt und jeder noch so unbedeutende Talkessel genau zu erkennen, bis hoch zu den diamanten glänzenden Gipfeln.

Es hätte alles gepasst, um die aufgeheizte Atmosphäre zu dämpfen und zu mildern. Doch der Tratsch auf dem Vorplatz nach dem Gottesdienst wischte all die guten Gedanken beiseite. Wäre man im Wilden Westen gewesen, wäre man geschlossen zur Wohnung von Mehmet Wandra marschiert und hätte ihn am nächsten Kastanienbaum aufgeknüpft.

Dabei war Wandra nicht verdächtiger als jeder andere auch, den Campari befragt hatte. Doch der Fremde war am ganzen Körper tätowiert und sah ungewöhnlich aus. Er passte nicht ins Dorf.

***

Fritzi Gernot fuhr mit dem Bus nach Wasserburg. Erstens war ihr Auto in der Werkstatt, zweitens fuhr sie wahnsinnig gern mit dem Bus. Es war einfach gemütlich. Man konnte die Landschaft stressfrei an sich vorüberziehen lassen, kam unter Menschen und war in der Lage, nachzudenken. Und das tat sie. Nachdenken.

Campari hatte sie gebeten, mit dem Vorsitzenden des TSV

Wasserburg zu reden. Unverzüglich hatte sie mit Willy Brey einen Termin vereinbart.

»Sie war eine hervorragende Verteidigerin und mochte es, schnell zu spielen, was meiner Philosophie sehr entgegenkommt«, hatte der Coach die Stärken von Thea Brommel am Telefon beschrieben.

Das war nett. Aber sie wollte hauptsächlich wissen, ob Brey oder die anderen Spielerinnen etwas über das Privatleben Theas aussagen konnten. Hatten sie je ein Kind mit ihr gesehen oder von einem Kind gehört? War sie jemals in Begleitung erschienen?

Das Bild, das sie sich bisher von ihrer Freundin Thea Brommel gemacht hatte, begann zu verschwimmen. Sie hatte ja nichts gegen wechselnde Freundschaften oder gar gegen Sex. Aber wenn der Eindruck nicht täuschte, hatte Thea sich auf engstem Raum vergnügt. In einem Kuhdorf wie Kirchwies, dem Herzlichsten. Jedoch war noch nichts bewiesen, rein gar nichts.

Thea, die Rätselhafte. Thea, die Geheimnisvolle.

Gedanken, denen sie nachhing, als der Bus in strahlendem Sonnenschein über die B 15 von Rosenheim Richtung Norden rollte. Sie konnte sich kaum an einen Tag erinnern, der so hell und voller Farbe gewesen wäre. In der Nacht hatte es ein wenig geregnet, sodass alles glänzte wie frisch gewaschen, und auf der feuchten Straße spiegelte sich das Blau des Himmels. Links und rechts huschten grüne Bäume und blühende Büsche vorbei. Hier ein zurückliegender Bauernhof mit weidendem Vieh drum herum, dort eine moderne Fabrik, die Spezialmaschinen für die Nahrungsmittelindustrie produzierte.

Der Bus bog um eine Kurve, hielt an. Ein Paar stieg aus, und eine Handvoll Bauern stieg ein. Sie fuhren nach Wasserburg, um ihre wöchentlichen Einkäufe zu erledigen. Eine dicke Frau zwängte sich wortlos an Fritzi vorbei und hockte sich auf den freien Fensterplatz. Fritzi musste sich zurücklehnen, damit nicht der fremde Hintern an ihrer Nase entlangschrammte. Die Frau ließ sich ächzend fallen und setzte einen Korb mit Eiern auf den Knien ab, in den ein lieblos in Zeitungspapier gewickeltes Büschel gelber und auberginefarbener Zinnien gezwängt war. Sie hatte eine grüne Schürze umgebunden und einen grünen Filzhut mit

Feder auf dem Kopf und war so korpulent, dass Fritzi schließlich nur zur Hälfte auf ihrem Sitz Platz fand. Jedes Mal, wenn der Bus durch eine Kurve fuhr, lief sie Gefahr, ganz herunterzufallen.

In Sichtweite des grünen Inns durchfuhren sie eine Baustelle mit Erdbewegungsmaschinen wie prähistorische Ungeheuer, als ihr jemand auf die Schulter tippte.

»Grüß Gott«, hörte sie eine vertraute Stimme.

»Ich hab Sie schon in Rosenheim zusteigen sehen«, sagte Pater Timo. »Doch ich wollte Sie in Ihren Gedanken nicht stören. Sie waren so vertieft.«

»Das stimmt«, sagte Fanny, seine Haushälterin. Dass sie auch Pater Timos Schwester war, war nicht jedem bekannt. Man konnte ja nicht alles kundtun in der komplizierten Gesellschaft von Kirchwies.

Die Baustellenampel stand auf Rot. Der Bus wartete mit laufendem Motor, dann sprang die Ampel auf Grün, und der Bus juckelte zwischen Warnlampen weiter und erreichte den normalen Straßenverlauf.

»Fahren Sie zum Einkaufen?«, fragte Fritzi, nur um etwas zu sagen.

Unwillkürlich kamen ihr die Differenzen zwischen dem Pater und dem Bürgermeister in den Sinn. Sie erinnerte sich an den Erdrutsch und das Hochwasser im vergangenen Jahr, als der Kirchbach übergelaufen war und nicht nur am Sockel der Kirche nagte und den Friedhof unter Wasser setzte, sondern auch das Anwesen von Anton Scheiberl und einen Teil seines Privatflugplatzes überschwemmte. Hilfe tat not. Der Bürgermeister wollte Scheiberls Eigentum retten, Pater Timo aber seinen kirchlichen Besitz.

Der Pater hatte damals im Gottesdienst dem Bürgermeister und dessen Schäfchen die Leviten gelesen. Für die Reichen setzten sie sich ein. Für die Toten und den lieben Gott würden sie nichts tun. Je länger Fritzi über den Vorfall nachdachte, desto mehr Einzelheiten kamen ihr ins Gedächtnis.

Die Dorfgemeinschaft war damals in zwei Teile zerfallen. Die Schwarzen, die Campari unterstützten, und die Grünen, die zu ihrem Pater hielten. Die Schwarzen schienen übermächtig. Doch

Pater Timo ging zu Anton Scheiberl und bat um Unterstützung. Irgendwie musste er den Industriellen, der riesige Spenden an den Ortsverband der Schwarzen überwies und auch sonst eiskalt war, mit seiner schelmisch-charmanten Art um den Finger gewickelt haben.

Am Nachmittag nach der Predigt in der Kirche jedenfalls war das Dorf vereint gewesen. Die gesamte Feuerwehr rückte an und das THW aus Rosenheim. Sie schleppten Sandsäcke, bauten Wälle, saugten Wasser ab. Sie begannen an der Kirche und am Friedhof und kümmerten sich erst in zweiter Linie um die Interessen des Bürgermeisters. Campari ließ sich den ganzen Tag nicht blicken. Trotzdem: So wie Fritzi es verstanden hatte, hatte das Dorf in der Not zusammengehalten.

»Wir fahren zu einem Treffen des Netzwerks katholischer Priester in Wasserburg«, erwiderte Pater Timo auf Fritzis Frage.

»Und ich darf zum ersten Mal dabei sein«, ergänzte seine Haushälterin. »Natürlich nicht, wenn die Hochwürden tagen. Eher nur in der Küche.«

Fritzi nickte abwesend. So ganz bei der Sache war sie nicht. Noch gingen ihr andere Gedanken durch den Kopf.

Zum Beispiel die Sache mit dem Empfang am Bahnsteig: Pater Timo war zu einem Kirchentreffen in München gewesen. Er war dort ausgezeichnet worden, so war es durchgesickert, und die Mitglieder seiner Gemeinde wollten ihn mit einem herzlichen Empfang überraschen. Doch zur gleichen Zeit war das gesamte Dorf zur Feier eines Jubiläums von Kirchwies vom Bürgermeister ins Rathaus eingeladen worden. Eine Feier mit Freibier, finanziert aus der Privatschatulle Anton Scheiberls.

Als Pater Timo einsam und verlassen vom Bahnhof durchs Dorf marschierte und am Rathaus ankam, brach lauter Jubel aus. Die Menschen ehrten ihren Pater in Gegenwart des Bürgermeisters. Das Banner mit Camparis Brustbild, das hoch über ihnen von der Wand gelacht hatte, war auf einmal verschwunden. Fritzi, die auch dabei gewesen war, konnte sich noch gut an Pater Timos Unschuldsmiene erinnern.

Bei dem Gedanken musste sie laut auflachen.

»Was ist?«

»Ach, ich musste grad an etwas sehr Lustiges denken«, sagte sie. Sie hatte Mühe, ernst zu bleiben.

»... Mehmet Wandra«, hörte sie. Der Pater hatte sie angesprochen. »Den Namen schon mal gehört?« Er sah sie prüfend an.

»Ja. Natürlich.« Sie schreckte auf. Was ist ...?«

»Sie ermitteln doch mit dem Herrn Bürgermeister in der schrecklichen Mordsache.«

»Ja, sicher.« Immer, wenn sie darauf angesprochen wurde, machte sich ein gewisser Stolz breit.

»Dann wissen Sie bestimmt, dass unsere Bürger den armen Kerl am liebsten lynchen würden. Weil er tätowiert ist. Weil er nicht angepasst ist. Weil sie ihn aus diesem Grund für den Mörder halten.« Er beugte sich zu ihr herunter und sah sie an. »Was wissen Sie inzwischen über Mehmet Wandra?«

Fritzi nickte schwach. »Wenn er schuldig wäre, hätte Campari ihn längst verhaften lassen. Aber wir wissen natürlich einiges über ihn.«

»Eins fünfundneunzig groß, hundertzehn Kilo schwer, lange Haare, Vollbart.« Fanny hatte eine sympathische Art, sich auszudrücken. »Und tätowiert, vor allem. Und wie. Und wo überall. Was wissen Sie sonst noch?«

Stolz warf Fritzi den Kopf zurück. Sie hatte aus eigenem Antrieb recherchiert und einige Ergebnisse erzielen können.

»Dass er den Bauernhof – also das landwirtschaftliche Anwesen – seiner Oma nach deren Tod geerbt hat, werden Sie ja wissen«, sagte sie zum Pater. Fanny würdigte sie keines Blickes. »Vor etwa einem Jahr ist er dort eingezogen. Er kommt aus der Gegend um Burghausen und war in einer Chemiefabrik beschäftigt. Wegen eines Unfalls dort ist er seit zwei Jahren Frührentner, bezieht eine kleine Versehrtenrente, klagt gegen seine frühere Firma und schlägt sich so lala durch. Wollen Sie sich nicht setzen?«

Die fette Bäuerin war aufgestanden und strebte dem Ausgang zu. In all ihrer Korpulenz stapfte sie durch den Mittelgang, als würde sie durch Wasser waten, und schwenkte den freien Arm wie eine Ertrinkende.

Fritzi rutschte auf.

»Kennenlernen tut man die Leute auf dem Markt, nicht in der Kirche«, sagte Pater Timo, nahm ächzend neben Fritzi Platz und strich die Soutane über den Knien glatt. Er duftete schwach nach Rasierwasser.

»Gibt's denn schon einen Verdächtigen?«, fragte die Fanny mit gespannter Miene. »Dass die Thea von einem Mann umgebracht wurde, ist ja klar. Oder?«

Mit einem Lächeln, das etwas Überhebliches an sich hatte, schaute Fritzi über die Schulter, zuckte mit den Achseln und schwieg.

Schweigend verbrachten sie auch den Rest der Fahrt. Auf dem mit Kopfstein gepflasterten Marktplatz in Wasserburg stiegen sie aus.

»Viel Erfolg«, rief Fritzi den beiden hinterher.

»Gottes Segen!«, wünschte Pater Timo.

Die Fanny machte sich schnurstracks auf den Weg zur Kirche.

Fritzi wartete an der Rosenheimer Straße, um den Verkehr vorbeifahren zu lassen, bog in die Getreidegasse ein und las auf dem Schild in der Eingangshalle zu Nummer 49, die Geschäftsstelle sei im dritten Stockwerk zu finden. Sie nahm den Aufzug und klingelte dort.

Ein Mann öffnete mit freundlicher Miene. Sie trat ein und stellte mit Begeisterung fest, dass das Büro voller Licht war, hell und freundlich, ebenso das Mobiliar. Zwei Fenster gingen zur Straße hinaus. Auf dem marmornen Sims des einen stand ein Krug mit frischen Sommerblumen. Insgesamt herrschte eine Atmosphäre heiterer Geschäftigkeit.

»Ja, freilich kenn ich die Thea gut«, sagte Willy Brey. »Kannte ich«, verbesserte er in gepflegtem Bayerisch. Er hatte eine sympathische Ausstrahlung und Lachfalten um die Augen unter dichten schwarzen Brauen. Fritzi kannte das Gesicht aus der Presse und aus Interviews im Regionalfernsehen. Der erfolgreiche Basketballcoach trug ein kariertes Sporthemd und ein helles Sakko zu edel wirkenden Jeans. Als er aufsah und Fritzi anblickte, schien ihr das Gewicht, das ihr den ganzen Morgen über in der Magengrube gelegen hatte, plötzlich gar nicht mehr so schwer zu sein.

»Was für ein wunderschöner Morgen«, sagte sie geistreich.

Er lachte. »Sie sind nervös, gell? Sie machen das nicht jeden Tag.«

Wie ertappt fühlte sie sich. Ihre Wangen, auf denen im Gegenlicht zarter Flaum zu erkennen war, glühten.

»Das mit der Thea ist ja entsetzlich«, fuhr der Mann fort. »Es hat uns alle, Trainer, Betreuer und Spielerinnen, sehr getroffen. Ich werde alles tun, was in meiner Macht steht, um zur Aufklärung beizutragen.«

Er setzte sich ihr gegenüber. Sie hatte den Eindruck, dass etwas Farbe aus seinem Gesicht gewichen war.

»Schießen Sie los. Was wollen Sie wissen?«

Willy Brey wusste weniger über das Privatleben seiner Spielerin, als Fritzi sich erhofft hatte.

»Ich weiß noch nicht einmal, ob sie verheiratet war«, bekannte er. »Wenn es einen Anlass gab, haben wir auch mal zusammen gefeiert. Sanft gefeiert. Aber da waren Angehörige nie dabei. Keine Männer, keine Kinder. Ich war außer dem Sport- und dem Pressewart ihr einziger Mann.«

Fritzi hielt ihm das Foto der schwangeren Thea, das mit dem kleinen Jungen und das mit dem blonden Mann vor die Nase. »Und Sie haben nie bemerkt, dass sie schwanger war?«

Willy Brey kam sichtlich ins Schleudern. Verlegen bürstete er den Ärmel seines Sakkos frei von Fusseln, Staub und Fliegendreck. Doch bevor er sich zu einer Antwort entschließen konnte, flog die Tür auf und schlug gegen die Wand.

Eine gut aussehende Frau, groß und brünett, stand unter der Tür. Ihr Gesicht war nicht das einer Büroangestellten. Sie hatte eine hohe Stirn, tiefschwarze Augen, einen dunklen Teint, ein ausgeprägtes Kinn und einen schmalen Mund. Sie war Ende dreißig, breitschultrig und offenbar in bester Form. In Fritzi kroch unmittelbar das Gefühl hoch, dass ihr Auftauchen etwas Besonderes war.

Während Willy Brey sich zögernd erhob, fiel alle Verlegenheit von ihm ab. Er musterte die Frau auf eine Art, als würde er sie mit seinen klaren blauen Augen fotografieren.

»Darf ich vorstellen: meine Frau. Gabriella, das ist Frau … Verzeihung, wie war doch Ihr Name?«

Sie sagte es ihm.

»Gabriella, das ist Fritzi Gernot von der Kripo Rosenheim.«

Weder hatte Fritzi gesagt, wer sie geschickt hatte, noch wollte sie unter falscher Flagge segeln. Doch sie ließ es dabei bewenden. Alles andere hätte die Sache kompliziert.

»Ja, man hat mich informiert«, sagte Gabriella Brey mit einem eckigen Akzent, den Fritzi als italienisch oder spanisch einstufte. »Es ist wegen Thea, nicht?« Sie sah Fritzi aus unergründlichen Augen an.

Diese nickte nur.

»Sie fragt mich gerade«, sagte Willy Brey, »ob ich damals bemerkt habe, dass Thea schwanger war. Sie scheint wohl einen Sohn zu haben. Zeigen Sie meiner Frau bitte das Foto?«

Ohne hinzuschauen, sagte Gabriella: »Klar, das ist mir bekannt. Das war allerdings vor unserer Zeit.« Und zu ihrem Mann gewandt sagte sie: »Hast du nie davon erfahren?«

Er schüttelte den Kopf und wischte abwesend über seinen inzwischen staub- und insektenfreien Sakkoärmel.

Fritzi klammerte sich an diesen Strohhalm. »Wissen Sie«, sie sprach beide Personen an, »in einem Mordfall geht es immer zuallererst um das Motiv. Wir können nicht ausschließen, dass es sich um eine Beziehungstat handelt. Und da wäre es ungemein wichtig, Informationen über Kind und Vater zu besitzen.«

Noch einmal streckte sie die Fotos vor.

Gabriella Brey verschränkte die Arme vor der Brust. »Ich bin mir nicht sicher. Aber ich meine mehrmals gehört zu haben, dass sie den Ort Reichenhall erwähnte, als es um Ausflüge oder Fahrten am Wochenende ging.«

Fritzi nickte dankbar. Schrillte da eine kleine Alarmglocke in ihrem Kopf? Lag da ein grünes Männchen hinter einer Synapse, das ihr zuraunte: »Die weiß mehr, als sie aussagt!«

Sie schluckte und wagte einen anderen Ansatz. »Mit wem aus der Mannschaft war Thea denn befreundet? Wer ist ihr besonders nahegestanden?« Sie sprach den Trainer an. Er sollte am ehesten etwas darüber wissen.

Willy Brey hatte Fritzi nun über längere Zeit beobachtet. Nicht einfach nur so, sondern wie einen seltenen Schmetterling.

»Wissen Sie«, sagte er, »Thea Brommel war eine hervorragende Basketballspielerin. Aber sie war verschlossen. Allen gegenüber. Keinem hat sie sich nach meiner Kenntnis mitgeteilt. Sie können gern beim nächsten Training vorbeischauen und die Mädels befragen.« Sein Blick wanderte suchend zu seiner Frau hinüber. »Vielleicht erfahren Sie von der einen oder anderen mehr. Aber ich bezweifle es.«

Gabriella ging zu dem Fenster mit den Blumen davor und öffnete es. Frische Luft strömte herein. Fritzi fröstelte. Sie begann zu zweifeln, dass sie hier weiterkam. Wie es wohl Campari erging? Sie war gespannt. Immerhin hatte sie einen vagen Hinweis erhalten, einen sehr vagen. Bad Reichenhall.

»Jetzt weiß ich, an wen Sie mich die ganze Zeit erinnern, Frau …«

»Gernot«, ergänzte Gabriella Brey ihren Mann.

»Da hat's einmal eine Boxerin gegeben. Lange her, glaub ich. Ich glaub, die war sogar Weltmeisterin gewesen. Die hat grad so ausgesehen wie Sie. Komisch, nicht?«

Ja, komisch, dachte Fritzi. Komisch, wie lange das schon her ist.

Ihr graute vor der nachmittäglichen Fahrt in dem stickigen Bus durch staubige Baustellen. Da surrte und vibrierte ihr Handy in der Tasche. Sie warf einen vorsichtigen Blick auf das Display.

Campari!

elf

In der Zeit, die seine Ermittlungspartnerin Fritzi Gernot im Bus und beim TSV Wasserburg verbrachte, hatte Campari gut eine Handvoll Menschen getroffen, die sämtlich mit Thea zu tun gehabt hatten.

Campari hatte noch einmal die Kriminaltechniker angefordert. Das Elektrokabel stammte aus Brommels Gartenhaus, hatten sie bestätigt, und der Zementsack aus den Restbeständen eines kleinen Bauauftrags, den Thea einer Firma aus dem Nachbardorf erteilt hatte. Der Täter hatte demnach den Bestand vor Ort für seine Zwecke benutzt. Nicht weiter spektakulär. Zur weiteren Verfolgung ungeeignet, aber fürs Ausschlussverfahren nützlich.

Bevor er sich auf den Weg machen konnte, hatte Campari noch ein beachtliches Hindernis zu überwinden gehabt.

»Wie kommst du mit dem Odilo zurecht, Spatzl? Ist der Burschi brav?«

Margot lachte, dass ihr Busen bebte. »Brav? Der? Einen Sack Flöhe hüten ist einfacher. Aber jetzt hab ich's in die Hand genommen, und jetzt führ ich's auch zu End. Wie lang eigentlich noch?«

»Ich klapper jetzt ein paar Befragungen ab. Das wird schon ein bisserl dauern.«

»Warum nimmst du nicht das Auto dafür? Dann geht's schneller.«

»Nix Auto. Wir sind ein autofreies Dorf, und dabei soll's auch bleiben. Ich nehm mein altes Fahrrad.«

Ein verdächtiges Glitzern hatte in seinen Augen gestanden.

Campari hatte sich – was selten vorkam – auf sein Uraltfahrrad geschwungen und verschiedene Adressen abgeklappert.

Das größte Auto von Kirchwies besaß der Anton Scheiberl. Einen mit acht Zylindern, der besonders leise schnurrte. Bei Tag und bei Nacht. Zu ihm wollte Campari als Erstes.

Doch auf dem Weg dorthin ließ er sich ablenken.

Von Weitem schon hörte er das Geschrei, Gebell, Geblöke,

Gewieher, Geschnatter und Gekrähe vom Viecherhof. Auf dem umzäunten Gelände lebten ungefähr zweihundert vor dem Tod gerettete Tiere, die meisten davon schon alt und jenseits von Gut und Böse. Er als Bürgermeister des Herzlichsten Dorfs musste stets ein Auge auf erfolgreiche Medien- und PR-Arbeit haben. Obwohl die ursprüngliche Idee vom Pater Timo stammte, fand Campari es nicht schlecht, was da geschah. »Nicht schlecht«, das war das größte Maß an Lob und Begeisterung, das ein Kirchwieser oder, grob gesagt, ein Oberbayer zu erteilen bereit war.

Der Viecherhof war ein weiter, sonnenbeschienener Platz, auf dem sich die Viecher tummeln konnten. Der aber auch so gut beschattet war, dass die Tiere ihren Frieden finden konnten. Pferde, Enten, Kamele, Schweine, Papageien, Hunde, Katzen, Ziegen, Lamas, Pfaue, Honigbären, Gänse, Hirsche, Truthühner, Frettchen, Füchse, Strauße und Affen – alle lebten friedlich zusammen und erhielten ihr Gnadenbrot. Von Weitem schon waren sie zu riechen und zu hören.

In Camparis Rücken stand in der Ferne eine gezackte Felsformation am Horizont, im Osten erhob sich der Heuberg mit einem Steilfelsen voller Erosionen und unterirdischen Höhlen. In der Früh noch war er versteckt gewesen hinter dem wabernden Dunst, der aus prall blühenden Almwiesen aufstieg.

Die Melancholie des Sommers hatte noch nicht eingesetzt, und die Viecher, die Campari zu Gesicht bekam, strahlten Fröhlichkeit, Würde und Zufriedenheit aus. Ein Kamel beispielsweise kann unwahrscheinlich deprimiert dreinschauen und ein Papagei den Kopf hängen lassen oder sich vor lauter Gram die Halsfedern ausrupfen, wenn er mit sich und der Welt nicht zufrieden ist. Je näher Campari auf seinem großväterlichen Fahrrad dem Hof kam, desto mehr ähnelte dieser einem großen Sanatorium, dessen Bewohner froh und glücklich waren. Je näher er kam, desto bestialischer stank es allerdings auch.

»Griaß di«, sagte der Benedikt, der sich im Nebenberuf um die Tiere kümmerte. Im Hauptberuf war er der größte Bauer von Kirchwies. Sein wunderschöner Hof war im Hintergrund zu sehen. Ein weiß gekalktes Gebäude mit dunkelrotem Schindeldach und umlaufenden Holzbalkonen im ersten und im zweiten Stock.

Rote Geranien, gelber Sonnenhut, blaue Begonien und hängender grüner Weihrauch verzierten das dunkle Holz und machten das Bauernhaus zu einer lebenden Tourismus-Werbung. Über dem Eingang hing ein beinahe lebensecht wirkender Christus am Kreuz. Drei nussbraune Jagdhunde sprangen umher, und auf der Weide, die bis zur Koppel des Tierhofs reichte, grasten friedlich ein paar Pferde aus dem Privatgestüt des Bauern. Gackernde Hühner liefen ihnen zwischen den Beinen herum.

Der Benedikt empfand sich als guter Christ und verehrte neben der Dreieinigkeit auch den Pater Timo. Deshalb war er bei allem, was er anstellte, dem Campari immer ein bisserl suspekt. Doch, wie gesagt, er tat auch viel Gutes.

Der Bene streckte dem Bürgermeister über den Koppelzaun die Hand hin und lachte ihn freundlich an. »Seid's scho weiterkemma mit eurem Mord?«, fragte er neugierig. Er schob den Strohhut aus der Stirn und paffte an seiner Pfeife.

Obwohl er im vergangenen Jahr erst seinen fünfundfünfzigsten Geburtstag gefeiert hatte, war sein wettergegerbtes Gesicht wie bei einem Neunzigjährigen von tiefen Furchen, Runzeln und kleinen Fältchen durchzogen.

Campari hatte den Eindruck, dass sich hinter der Fassade dieser Fältchen mehr verbarg als nur Freundlichkeit. »Mogst mi ned?«, fragte er den Bauern. »Hast was gegen deinen Burgermoasta?«

Der Bene machte ein erstauntes Gesicht und schob den Hut zurück. »Wieso? Wie kimmst jetzt da drauf? Bloß, weil ich dir a Frag gstellt hab?« Schweißtropfen hatten sich auf seiner Stirn gebildet.

Was ging hinter dieser Stirn vor? Tat er nur so unschuldig, oder war er es? Er musste dem Bene Zeit lassen, das spürte Campari. Nicht mit der Axt vorgehen, sondern Fingerspitzengefühl zeigen. »Die Kirche im Dorf lassen« kam ihm in den Sinn. Doch im selben Augenblick verwarf er den Gedanken wieder. »Was hast gfragt?«, sagte er so gedankenverloren wie möglich.

»Ob ihr wegen dem Mord scho was rauskriagt habts.«

Der Bürgermeister hob die Schultern. »Wia ma's nimmt«, sagte er. »A bisserl wos geht allerweil.« Versonnen kratzte er sich mit einer Hand am Hals. Die andere hielt das Fahrrad. »Sag amoi, tätst du des hören, wenn der Scheiberl in der Nacht mit dem Auto vorbeikimmt?«

»Der Scheiberl? Mit dem Auto? Koaner fährt hier mit dem Auto, des woaßt doch du am allerbesten. Alle heilige Jahr zieht er seinen Blechfrack ausm Schuppen, um zum Flugplatz zu fahrn. Aber des is selten und außerhalb vom Dorf.« Damit beäugte der Benedikt den Campari wie ein misstrauischer Raubvogel und fragte langsam: »Warum? Habts ihr den Herrn gar im Verdacht? Es hat ja oiwei ghoaßn, dass der was mit der … der … Frau, die, wo umbracht worden is, hat. Also i moan, sie war zwar seine Masseurin oder so was, aber es hoaßt halt, da war mehr.«

Campari bekam augenblicklich schlechte Laune, wenn er daran dachte, dass seine Thea auch noch andere Männer gehabt hatte.

»Woaßt wos, Burgermoasta«, sagte der Bene unvermittelt. »Mogst ned a Brotzeit? Oder wenigstens a Schnapserl?«

Campari war versucht, Ja zu sagen. Hunger war bei ihm ein ständiger Gast, und ein Schnaps wäre auch nicht zu verachten.

Doch er winkte ab, hob die Hand zum Abschied, schob sein Fahrrad an und schwang das Bein umständlich über den Sattel. Er musste seiner Arbeit nachgehen. Alles andere war Zeitvergeudung und Geschwätz.

Der Hauptverdächtige wartete schon.

Zweiter Teil

eins

»Ja, freilich kenn ich die Thea Brommel«, sagte Anton Scheiberl. »Ohne ihre manuelle Therapie wäre ich ein Krüppel.«

Der Scheiberl Anton war stinkreich. Die einen sagten, er sei mit seinem Unternehmen bankrottgegangen wie der Schlecker und hätte sein Vermögen vorher in die Schweiz gebracht. Die anderen wussten aus sicherer Quelle, dass er dick im Waffenhandel steckte und es sich deshalb leisten konnte, die meiste Zeit in Kirchwies zu verbringen und zu faulenzen.

Fest stand, dass er ungeheuer viel Land, etliche wertvolle Immobilien und eine ganze Reihe von Flugzeugen besaß. Die Fliegerei schien überhaupt sein Hobby zu sein. Irgendwer hatte die verleumderische Geschichte verbreitet, er vermiete seine Flugzeuge hauptsächlich an die östliche Mafia. Eines seiner Landgüter im Osten sei zum ausschließlichen Weidegrund eines im Untergrund lebenden ukrainischen Mafiabosses geworden. Anton Scheiberl sollte daraufhin erklärt haben, er habe von alledem keine Ahnung. Für die Vermietung der Flugzeuge beschäftige er einen Manager, und mehr als die Hälfte seines Besitzes sei Brachland. Er könne unmöglich lückenlos darüber informiert sein, was draußen in der Pampa vor sich gehe.

»Manuelle Therapie.« Campari war nicht recht klar, worin der Zusammenhang zwischen »manuell« und »Therapie« bestand. Er ließ es sich erklären. Doch er blieb vorsichtig. In diesem Augenblick ein Wörtchen zu viel, und schon konnten Zweifel auftreten.

»Jede Woche war sie bei mir, manchmal sogar zweimal. Astrein, sag ich Ihnen. Astrein.«

»An welchen Tagen kam sie denn so?«

»Am Dienstag in der Früh. Und manchmal am Freitag spät.«

»Sagen Sie … wie viel haben Sie ihr bezahlt? Wird das von Ihrer Privatversicherung erstattet?«

»Ich bin selbstverständlich gesetzlich versichert. Und die Kasse vergütet so was nicht. Ich hab's ihr aus eigener Tasche gegeben.«

»Wie viel?«

»Achtundsechzig Euro für eine Behandlung. Aber …«

»Aber?«

»Sie hat zwei Hunderter gekriegt, wenn sie noch was extra gemacht hat.«

»Extra?«

»Na ja, Sie wissen schon.« Scheiberl machte eine eindeutige Bewegung mit der Hand. »Massieren halt.«

Campari war geschockt. Doch er durfte es sich nicht anmerken lassen. Bilder aus seinen eigenen Treffen mit Thea überschlugen sich in seinem Kopf.

Er räusperte sich, glättete mit einer Hand sein Doppelkinn und fuhr fort. »Wie haben Sie von Theas Diensten gehört?«

»Lassen Sie mich überlegen. Ach ja, von einem nahen Bekannten. Einem Freiberufler. Seine Tochter ist vormittags beschäftigt, und da hat er sturmfreie Bude.«

»Würden Sie mir möglicherweise verraten, wer dieser nahe Bekannte ist? Es geht immerhin um Mord. Der Verdacht kann jeden treffen.«

Scheiberl wurde blass. »Sie meinen … jeden? Also auch mich?«

»Kommt drauf an, wie Sie meine Fragen beantworten. Also, von wem sprechen Sie?«

»Eine delikate Angelegenheit. Das muss ich Ihnen nicht weiter erklären. Und ich darf mir sicher sein: Sie schweigen wie ein Grab?«

Campari war unsicher, was er von Scheiberl halten sollte. Immerhin hatte er aus freien Stücken seine Affäre mit Thea Brommel eingeräumt.

»Der Bauer Benedikt gleich hier um die Ecke. Von dem hab ich's erfahren. Hab ich doch gesagt: ein naher Bekannter.«

Campari war platt. Soweit er sich erinnern konnte, hatte er den Landwirt vorhin zwar nicht direkt gefragt, ob er Kontakt zu Thea Brommel gehabt habe. Aber er hätte von sich aus damit herausrücken müssen. Immer vorausgesetzt, dass Scheiberl die Wahrheit sprach. Welchen Grund mochte der Bauer haben, damit hinterm Berg zu halten?

Zunächst hielt Campari dem Unternehmer das Foto mit dem Kind vor die Nase. Anschließend das andere, worauf Thea mit dem blonden Mann abgebildet war.

Scheiberl schien unberührt. »Nein, den Kleinen hab ich nie gesehen. Ich wusste gar nicht, dass sie ein Kind hat. Und diesen Blonden auch nicht.«

»Aber in der Mordnacht um halb vier in der Früh sind Sie mit dem Auto durchs Dorf gefahren. Und haben vor dem Libellenweg 18 angehalten und geparkt.«

Das war ein alter Trick aus seiner Kriminalerlaufbahn, der ihm schon das eine oder andere Mal Erfolg gebracht hatte. Erst mal auf den Putz hauen und dann schaumermal.

Scheiberl sah ihn aus riesig großen Augen an. Er wirkte geschockt. Ein Zeichen, dass der Schuss saß.

Campari jubilierte schon innerlich, da begann der andere zu glucksen. Sein gesamter Oberkörper begann zu beben. Er blies die Backen bis zum Platzen auf, ließ die Luft pfeifend wieder heraus und warf den Kopf vor Lachen nach hinten.

»Ich mit dem Auto nachts durchs Dorf«, rief er wiehernd. »Wo das doch verboten ist. Grad so könnte ich mit dem Flugzeug unter einer Brücke durchfliegen.«

Ja, und warum nicht?, dachte Campari. »Hammer glei«, sagte er entschlossen.

Auf seinem Handy hatte er Frau Stadtmüllers Festnetznummer gespeichert.

»Frau Stadtmüller? Ich bin bei Anton Scheiberl.« Könnten Sie kurz herkommen?, wollte er schon fragen, da fiel ihm ein, das die Dame ja im Rollstuhl saß. »Wir sind gleich da.«

Er versenkte seine Augen in Anton Scheiberls Pupillen. »Wir nehmen jetzt Ihr Auto«, deutete er geheimnisvoll an, »und fahren ins Dorf. Ich will da was klären.«

Scheiberl zierte sich zwar ein wenig, doch Campari blieb konsequent. »Und Sie fahren«, ergänzte er.

Noch nie hatte der Bürgermeister diesen Wagen aus der Nähe gesehen.

»Sechsundfünfziger Buick«, erklärte Scheiberl stolz, als er die bewundernden Blicke sah.

Kein Stäubchen klebte an dem Auto, das von einer silbernen Zierleiste geteilt war: oben grün, unten creme. Weißwandreifen, Panoramafenster, innen weißes Holzlenkrad, alles helles Leder.

»Allein schon ein Grund, nicht mitten in der Nacht herumzufahren«, machte sich Scheiberl knurrend ans Werk.

Die wenigen Menschen auf der Dorfstraße drehten sich verblüfft um. Als ob ein Dinosaurier einen Ausflug machte.

Frau Stadtmüller hatte den Rollstuhl bereits in den Garten gekarrt.

»Lassen Sie den Motor ruhig laufen«, sagte Campari, als sie sich bereit machten auszusteigen. Seine Miene hätte jeden Bauern dazu gebracht, eine neue Melkmaschine zu erwerben.

»Hat das so geklungen, als Sie den Motor gehört haben?«, fragte er die Stadtmüllerin.

»Vom Sound her schon«, sagte sie nach längerem Überlegen. »Aber nicht so laut.«

Campari schob sie kurzerhand ins Schlafzimmer. »Sie bleiben hier sitzen«, befahl er Scheiberl. Und nach einer Sekunde ergänzte er: »Bitte.«

»Und jetzt?«, fragte Campari prüfend, als er mit der Frau allein im Schlafzimmer war.

Frau Stadtmüller spitzte im wahrsten Sinn des Wortes die Ohren. Sie erinnerte sich gut an das Tigerbrummen dieses Wagens in der Dunkelheit.

»Doch«, flüsterte sie nach einer Weile. »So war's. Perfekt. Genau so. Super.« Sie schloss die Augen für eine Weile. »Ja. Das ist genau der Klang. Dass ich das noch mal hab hören dürfen. Perfekt. Das ist genau das Auto. Das, wo ich in der Nacht gehört hab!«

Gab es eine bessere Bestätigung als diese?

Wenn die Stadtmüllerin nicht irrte, war Scheiberl etwa zur Tatzeit mit seinem Auto am Libellenweg 18 gewesen. Er hatte draußen auf der Straße geparkt und war nach einiger Zeit wieder weggefahren. Genau in dieser Zeit hätte er Thea Brommel umbringen können.

Doch warum hätte er das tun sollen?

zwei

Das Extra für den Bauer Benedikt hatte darin bestanden, dass er sich unter der Dusche abseifen ließ. Thea musste dabei nackt mit ihm in der Dusche stehen. An jedem der vier Mittwochvormittage, an denen Thea ihn besucht hatte, hatte der Bene sie nackt unter der Bettdecke erwartet. Es war ihre Aufgabe, ihn aus dem Bett zu jagen und ihm auf dem Weg ins Badezimmer den nackten Hintern zu versohlen. Wenn er dann schwer atmend in der Dusche stand, zog auch sie sich langsam aus, drehte das Wasser auf, seifte ihn ordentlich ein und wusch ihn von oben bis unten ab. Das war's dann auch schon gewesen, wie der Bene betonte. Keine sexuellen Berührungen, keine weiteren Intimitäten. Theas Lohn für dieses Extra: hundertfünfzig Euro. Campari fand Benedikts Erklärungen plausibel.

Was war hier in seinem Herzlichsten Dorf vorgegangen? Wie herzlich war man untereinander gewesen? Campari musste den Kopf schütteln und konnte es nicht fassen.

War die tote Thea, die er exklusiv als die seine angesehen und behandelt hatte, einer besonderen Art der Prostitution nachgegangen? Sie hatte ältere Herren besucht, die sich auf ihre alten Tage noch ein paar seltsame Spielchen gönnten. Und er selbst, Campari, hatte während der ganzen Zeit nichts davon bemerkt. Nun, wie hätte er auch sollen? Thea war liebevoll zu ihm gewesen, hatte akzeptiert, dass er verheiratet war und bestimmte Regeln einhalten musste. Die perfekte Geliebte eben. Die von ihm kein Geld verlangt hatte. Die er ab und zu mit einem kleinen Präsent verwöhnt hätte, wäre sie länger bei ihm geblieben.

Campari war für gewöhnlich ein geradliniger und unbeirrbarer Mann. Doch dieses Drama um Thea stieß seine Unerschütterlichkeit um wie einen Felsblock, der nur einen leichten Schubs braucht, um den Berg hinunterzurollen.

»Hallo, Fritzi! Wie sieht's bei dir aus?« Campari hätte sich auch ohne Telefon mit ihr unterhalten können, so laut sprach er.

Mit einem freundlichen Winken hatte sich Fritzi von Gabriella und Willy Brey verabschiedet und trat auf die Straße hinaus.

»Ich hab mit dem Trainer und seiner Frau gesprochen«, sprach Fritzi leise in ihr Handy. »Größtenteils Fehlanzeige. Willy und Gabriella Brey. Italienerin, die Frau. Ich hab ihnen die Fotos vorgelegt. Die Frau konnte sich daran erinnern, dass Thea schwanger gewesen war. Aber das war, bevor die beiden nach Wasserburg gekommen sind. Privat kannten sie die Thea auch nicht. Verschlossen sei sie gewesen, habe nichts von sich erzählt. Ich soll mich beim nächsten Training mit den Spielerinnen unterhalten, vielleicht wüssten die mehr.«

Fritzi war langsam weitergetrottet Richtung Bushaltestelle. »Aber einen Fingerzeig hab ich erhalten«, fuhr sie fort. »Thea hat angeblich öfters davon gesprochen, nach Bad Reichenhall fahren zu wollen. Grund allerdings wieder unbekannt. Es war nur ein vager Hinweis. Krieg ich jetzt eine Dienstfahrt mit dem Bus nach Bad Reichenhall?« Fritzi lachte leise.

Das Dreizehntausend-Einwohner-Städtchen Wasserburg lag malerisch wie ein kleines Venedig auf einer Halbinsel in einer Schleife des Inns. Gemächlich bewegte sich Fritzi durch die mittelalterliche Altstadt mit ihren bunten gotischen Häusern. Es war noch Zeit, bis der Bus abfuhr. Ab und zu erntete sie erstaunte Blicke, bildete sich aber nicht ein, dass das hier in Wasserburg mit ihrer boxerischen Popularität zusammenhing. Sie war sich vielmehr bewusst, dass sie zwar eine schmächtige Person war, aber jede Menge Willenskraft und Stärke ausstrahlte. Sie duckte sich unter die Arkaden hinweg und landete schließlich in einem reizenden sonnenbeschienenen Straßencafé. Mit zusammengekniffenen Augen sah sie empor zu einem mächtigen begehbaren Turm, während sie das Handy ans Ohr presste und Campari zuhörte.

»Was wissen wir?«, sagte Campari. Es klang eher so, als ob er sich selbst die Frage stellte.

»Eigentlich noch nicht sehr viel. Obwohl wir einige beachtliche Details haben, sind wir dem Täter noch lang nicht auf der Spur.«

Es folgte eine kurze Pause. Campari denkt nach, vermutete Fritzi.

»Pass auf, Kollegin. Es hat sich herausgestellt, dass Thea Brommels Leben sich erheblich von dem unterschieden hat, das wir vor ihrem Tod gekannt haben. Sie hat ein Kind, und das Kind muss einen Vater haben. Wir haben ein Foto, wissen jedoch nicht, ob es sich dabei um den Kindsvater handelt.«

Ein, zwei Sätze, die Campari sagte, entgingen Fritzis Aufmerksamkeit. Ein Flaggenband am Haus gegenüber hatte sich losgerissen und schlug im böigen Wind gegen den Mast. Sie sagte es Campari.

»Besser so?«, rief er laut durch die Leitung. »Sie scheint auch ein auffallend lockeres Liebesleben geführt zu haben.«

Und er erklärte ihr die Extras, die er von Scheiberl und von Benedikt erfahren hatte. Handbetrieb und Duschbetrieb gegen Gebühr.

»Das darf doch nicht wahr sein!«, gab Fritzi zurück und spitzte die Lippen. Peinlich, solche Details. »Hast du … ich meine haben wir schon so etwas wie einen konkreten Verdacht? Oder ein Motiv? Du hast betont, dass die Motivsuche das Allerwichtigste an einer Mordaufklärung ist.«

»Das stimmt natürlich. Nein, auf ein konkretes Motiv bin ich noch nicht gestoßen. Auf einen konkreten Verdacht schon. Keiner allerdings, der schon für einen Haftbefehl ausreichen würde. Weil es kein wirkliches Motiv gibt.«

Campari schilderte, dass Anton Scheiberl wohl am Montag in der Früh zur Tatzeit am Libellenweg 18 gewesen sein musste. Doch er war so betrunken gewesen, das er sich nicht daran erinnern konnte. Er habe die Spusi noch einmal hergebeten. Morgen würde sie überraschend bei Scheiberl und bei Benedikt einfallen und die Gebäude auf den Kopf stellen. Widerstand erwarte er nicht, meinte Campari.

»Das Volk hält natürlich übereinstimmend den Wandra für den Täter. Wir müssen aufpassen, dass sie sich nicht an ihm vergreifen. Ich werde auch schauen, ob unser Maler, der Pauli, unten am See ist. Dann hab ich den Wandra einbestellt. Und den Journalisten, der bei dir wohnt, knöpfe ich mir auch noch mal vor.«

»Da bin ich gespannt. Bis dahin werd ich ja wieder zurück sein. Letzte Frage: Wie geht's Odilo bei deiner Frau? Wie kommt sie mit ihm zurecht?«

»Das Letzte, was ich hörte: Schwerer zu hüten als ein Sack Flöhe.«

Fritzi schluckte. Sie war an der Bushaltestelle angekommen. Vergeblich sah sie sich nach Pater Timo und seiner Haushälterin um.

drei

Pater Timo befand sich in einem Film, den Gott drehte, und er selbst kam darin vor.

Er hatte sich, mit einem Spaten und einem Paar Gartenhandschuhen bewaffnet, hinters Pfarrhaus in den Garten zurückgezogen. Der Pater sah für sein Alter ziemlich jung und ziemlich lebendig aus.

Die Rabatte waren dicht bewachsen mit exotischen Gräsern aller Art, mit rot blühenden Malven, mit Hundsrosen, Dahlien, Zinnien, Fuchsien und blauen Enzianbäumchen. Admirale, Kohlweißlinge und Zitronenfalter stritten um die schönsten Blütenkelche. Hoch blühende Kapuzinerkresse und Sonnenastern harmonierten mit dem Zaun aus Holz. Ein Zaun grenzt ab und ist durchlässig. Sonst wäre er eine Wand. Und an eine Wand konnte man ohne Haken keine Gießkanne hängen.

Timos Stolz waren seine Obstbäume und die Sträucher. Vor gar nicht so vielen Jahren hatte er sie gepflanzt. Und nun standen sie da und hatten etwas von strengen Wächtern und fröhlichen Spendern. Kirschen, Zwetschgen, Äpfel, Birnen, Quitten und alle Sorten von Beeren. Außer Kap-Stachelbeeren und Preiselbeeren.

»Aus den Träumen des Sommers macht Fanny im Herbst Marmelade«, murmelte er vergnügt vor sich hin. Er warf einen liebevollen Blick zu seiner Schwester. Sie war bestimmt die beste Marmeladekocherin im Umkreis von x Kilometern. Bei Marmelade und Gelee schwor er auf sie. Sonst eher weniger.

Er zupfte das üppige Unkraut aus den Blumenbeeten und harkte die Erde. Das sanfte Geräusch, wenn das Werkzeug mit den Spitzen in die weiche Erde eindrang, hatte etwas Tröstliches. Wie kleine Dinge es inmitten einer Tragödie immer haben.

Um diese Zeit des Tages verblasste der Sonnenschein, und es wurde kühl. Ein paar Wolkenfetzen zeigten sich über den Gipfeln der Berge. Sie waren von Westen herangeweht worden, und drunten überm Grünsteinsee zeigte sich der erste Nebelstreif.

Auch bei der Gartenarbeit trug Timo die geliebte Soutane,

obwohl er von Fanny geschimpft wurde, wenn er sich schmutzig machte. »Es ist mein Gwand für den Herrgott. Und wenn ich in seiner Erde grabe, will ich es auch anhaben«, gab er dann zur Antwort.

Fanny saß auf der Terrasse und sah ihm zu. Das war jedenfalls Timos Hoffnung. Allerdings hielt er es für wahrscheinlicher, dass sie ihn kontrollierte. Doch wo lag der Unterschied? Sie strickte an einer Kindermütze aus scharlachroter und sandfarbener Wolle für den Weihnachtsbasar.

Es herrschte eine friedliche Stimmung.

Bis der Hund kam.

Heidis Brauner schlüpfte durch ein Loch im Zaun und begann fröhlich zu bellen. Er stürzte sich auf die Vogeltränke, die Pater Timo aufgestellt hatte, trank das bemooste Wasser in hastigen Zügen und ließ sich dann vor Timos Füßen auf den Rücken fallen.

»Von dem hab ich erst kürzlich einen Riesenhaufen im Garten gefunden und weggemacht«, rief Fanny herüber. »Tu den doch bittschön wieder raus, den Hund.«

Pater Timo verweigerte die Antwort. Er hatte seine eigene Vorstellung. Fanny konnte ein richtiges Biest sein, wenn sie sich in den Kopf setzte, ihn zu ärgern. Bellende Hunde beißen nicht. Doch was seine Schwester betraf, hatte er da so seine Zweifel.

»Ist eigentlich schon was rausgekommen wegen dem Mord an der Thea?«, fragte sie. Sie hatte das Strickzeug weggelegt und war ihm wenige Schritte entgegengekommen.

Mit Wucht rammte Timo den Spaten in die Erde.

»Tut mir leid«, antwortete er. »Da bin ich ebenso wenig informiert wie du. Aber vor der Sonntagspredigt werd ich mich einweihen lassen. Ich möcht's selber gern wissen.« Etwas verlegen nestelte er an seinem Gotteskleid herum. Alles, was er mitbekommen hatte, war, dass der Neue, der Mehmet Wandra, vom Dorf gemobbt und schikaniert wurde, wie ihm eine Frau gebeichtet hatte.

»Du weißt ja, wer die Ermittlungen an sich gezogen hat, liebste Fanny? Ja? Dann dürftest du auch wissen, wie schwer es mir fällt, den Kerl anzusprechen.«

»Hast du Angst vor ihm?«

»Freilich. Mir schlottern schon die Knie.«

Er rief Campari an.

Nach dem dritten Versuch beendete er seine Mutprobe. »Belegt«, sagte er mit einem Achselzucken zu Fanny.

***

Das Handy hatte Campari ausgestellt, als er den Maler Pauli befragte.

»Wo waren Sie in der Nacht zum Montag, als Thea Brommel ermordet wurde?«

Pauli saß wie immer unweit seiner Wohnhütte am Grünsteinsee und bastelte – wie schon seit zwanzig Jahren – an seinem Ruderboot herum. Die Hütte hatte einen kleinen Vorhof mit einer Weinlaube und einem langen Marmortisch, auf dem eine Vase mit frisch gepflückten Blumen stand. Es war windig. Die träg rollende Seebrandung benetzte das Uferschilf. Draußen – weit hinter dem Hausboot – war ein Fischer beim Fang.

Campari verzichtete darauf, einen Blick auf die Staffelei zu werfen, die am seitlichen Uferrand stand. Er hatte Wichtigeres im Sinn, zumal er Paulis Bilder eh nicht mochte. Langsam zerrann ihm die Zeit unter den Fingern.

Pauli lachte auf die für ihn typische unbeschwerte Art. Er trug Jeans und ein weißes Rüschenhemd. Eine üppige strohblonde Mähne fiel ihm bis über die Schultern. »Ja mei. Ich hab die Frage schon erwartet«, sagte er fröhlich.

Er wirkte so fröhlich und unschuldig, dass Campari schon wieder Unrat hinter der Fassade des Malers witterte. Es hatte sich herumgesprochen, dass der Pauli etwas mit der Fritzi gehabt hatte. Fritzi selbst hatte er danach nicht fragen wollen.

»Ich war ein paar Stunden vorher noch auf ihrem Gartenfest«, sagte Pauli. »Sie haben mich dort ja gesehen. Bloß – was soll ich mit der Thea am Hut gehabt haben?«

Ja, das hätte Campari auch gern gewusst. Er hielt sich aber zurück, lehnte sich gegen den Stamm einer Blutbuche und betrachtete durch das Spitzenwerk herunterhängender Zweige den sonnenbeschienenen See.

»Mögen S' eine Fischsuppn?«, fragte der Pauli leutselig. »Ich hab grad Öl in die Pfanne getan und a paar Fische zerlegt. Dazu gibt's Gemüs und ein superfrisches Weißbrot.«

Das war genau das Richtige für Campari, der sich wie ausgehungert fühlte. Eigentlich hätte er dampfende Weißwürscht im Sinn gehabt, doch nun stieg er verzugslos um auf Fisch.

Der Pauli hatte sich von seiner Bootsarbeit getrennt, stand hinter dem durchbrochenen Schatten eines verirrten Bergahorns im Sonnenlicht und beobachtete Campari.

»Ist schon arg traurig«, sagte er, »das mit der Thea.«

»Jetzt rücken Sie's schon raus«, sagte Campari barsch. »Sie haben mit der Fritzi ein Verhältnis gehabt. Und Sie haben auch die Thea im Bestand gehabt.«

Pauli lachte gönnerhaft. »Ich hatte kein Verhältnis mit der Fritzi, wenn Sie so wollen. Nur eine kurze Affäre. Da mach ich kein Geheimnis draus. Wenn man hinten auf eine Ölfarbtube drückt, kommt vorn Ölfarbe raus.«

Was immer er damit meinte, Campari fühlte sich peinlich berührt. »Auch eine kleine Wolke kann den Himmel trüben«, meinte er ausweichend. »Und mit der Thea war nix? Sind Sie sicher? Wir werden das herausfinden«, fügte er hinzu. »Und jetzt beantworten Sie mir bitte meine Eingangsfrage: Wo waren Sie Sonntagnacht?«

Pauli zuckte mit den Schultern. »Ich will nicht indiskret sein«, sagte er. »Aber wo waren eigentlich Sie selbst in der fraglichen Zeit? Wissen Sie das? Kann das jemand bezeugen? Das ist doch der Text, der in jeder ›Tatort‹-Folge vorkommt, oder?«

Klar, dass Pauli seinen Rausch hier in der Hütte am See ausgeschlafen hatte, den er sich vorher beim Gartenfest eingefangen hatte.

Zeugen hatte er keine.

Als Campari sich nach einer köstlichen Mahlzeit wieder verabschiedete, war er nachdenklich geworden. Wo hatte eigentlich er selbst den Rest der Nacht verbracht?

Genau konnte er sich nicht mehr daran erinnern. Und ein Protokoll darüber lag nicht vor.

»Da bin ich mir ganz sicher, du Lump! Dass du was mit der Thea gehabt hast. So wia du mit der rumgmacht hast auf ihrer Gartenparty. Da steckt mehr dahinter.«

Eifersucht. Liebesneid. Die ständige Angst vor dem Vergleich. Hundegebell, das Diebe anlockt. Campari mit seiner kompakt stämmigen Figur kam sich wieder einmal ganz klein vor. Selbst wenn's stimmte, wie sollte er das Gegenteil beweisen?

»Du bist den ganzen Abend hinter dem Luder hergeschleimt. Hast sie nicht aus den Augen lassen. Einmal seid ihr irgendwo hinter den Büschen verschwunden. Da in der Näh von dem Gartenhaus. Leider hab i di ned gfunden, sonst hätt's was gsetzt, des kannst mir glauben. Du Lump, du elendiger, du scheinheiliger.«

Scheiben klirrten, Balken bogen sich, der Boden bebte.

Doch damit nicht genug. Margot nahm noch einen zweiten Anlauf. Die Augen fielen ihr fast aus den Höhlen, als sie ihn anschrie, dass die Spucke in dicken Tropfen aus ihrem Mund flog: »Vielleicht hast du sie sogar umgebracht! Vielleicht warst du der Mörder! Jawoll, so kann's gwesen sein.«

Campari blieb der Mund offen stehen. Er schüttelte den Kopf und sagte leise: »Und warum sollte ich das getan haben?«

Sie kam ganz nahe an ihn heran, ging in die Knie und sah hasserfüllt zu ihm empor.

»Weil sie ein Kind von dir gekriegt hat«, zischte sie.

»Nein, Spatzl, du irrst«, versuchte er sie zu besänftigen. »Du siehst Gespenster. Es ist alles nicht so, wie du denkst.« Und so weiter und so weiter.

Er nahm sich allerdings vor, das Obduktionsergebnis noch einmal daraufhin zu überprüfen.

»Hallo, Campari? Pater Timo hier. Ihr Freund.«

»Freund? Dass i ned lach. Für mich ist ein Freund ein Mensch, mit dem man über Sachen sprechen kann, die man sonst nur denkt. Was glauben Sie denn, was i zurzeit denk? Zum Beispiel über Sie? Und vor allem über Ihre saubere Frau Schwester und Haushälterin?«

Selbst übers Telefon perlte unendliche Nachsicht aus Pater Timos Worten, als er sagte: »Ich will keinesfalls mit Ihnen streiten, mein Freund. Als geheimer Oberermittler werden Sie wohl einem unbeteiligten harmlosen Bürger Ihres Dorfs wie mir nichts über den vertraulichen Stand Ihrer Nachforschungen verraten wollen? Oder?«

»Wollen S' mi dratzn?«, fragte Campari unwirsch zurück.

»Nein, mein Lieber, ich will Sie keineswegs veräppeln. Meine Anfrage hat einen wichtigen Hintergrund. Aus purer Neugierde würde ich unseren viel beschäftigten Herrn Bürgermeister nicht anrufen.«

Ob es der einschmeichelnde Tonfall des Paters war oder ob er damit gar an Camparis Gewissen gerüttelt hatte – sein Gesprächspartner ließ sich erweichen und schilderte in kurzen, unverbindlichen Worten den Stand seiner und Fritzis Recherchen.

»Von einer Lösung des Falls sind wir aber ein ganzes Stück entfernt«, fuhr er fort. »Übrigens – weil wir grad darüber reden: Wo waren eigentlich Sie selbst und Ihre Frau Schwester an dem Montag um viere, fünfe in der Früh?«

Pater Timo konnte nur hoffen, dass Campari sein Glucksen nicht hörte. Und die Gesprächspause, die dadurch entstand, nicht wahrnahm. »Im Bett natürlich«, sagte er heiter wie der Sommerhimmel über ihm. »Ich habe allerdings keinen Zeugen dafür. Erst recht keine Zeugin.«

»Und Ihre Fanny?«

»Meine Fanny, wie Sie zu sagen belieben? Da müssen Sie sie schon selbst aushorchen. Sie wohnt im anderen Flügel des Pfarrhauses. Manchmal, wenn sie nachts nicht schlafen kann, setzt sie sich ins Wohnzimmer und nimmt ihr Strickzeug zur Hand. Aber ich kann mir nicht vorstellen, dass sie, die Langschläferin, sich um diese göttliche Stund weiter als vor die Haustür wagt. Ganz zu schweigen von einem Nachtmarsch durchs Dorf.« Er hielt kurz inne und überlegte. »Nein. Unvorstellbar.« Er kratzte sich am Hals. »Doch zurück zum eigentlichen Grund meines Anrufs.«

»Bitte fassen Sie sich kurz. Ich hab meine Zeit nicht gestohlen.«

»Ich nehme mir die Zeit auch nur für wichtige Dinge, Bürgermeister. Zum Beispiel für das Innenleben eines gewissen Mehmet Wandra. Kommt Ihnen der Name bekannt vor?«

Timo spürte, wie Campari zögerte. Dann drohte er an einem Hustenanfall zu ersticken. Eigenartig.

»Freilich kenn ich den. Sowohl den Namen wie den Mann. Was ist mit ihm?«

»Hören Sie zu …«

»Ich hör ja zu. Muss ich ja notgedrungen. Wie gesagt, fassen Sie sich kurz.«

»Dem Herrn Wandra geht's nicht gut. Er ist zwar evangelisch, aber ich mache mir trotzdem Sorgen um ihn. Ich verwende in diesem Fall einen Begriff, der mir zwar nicht gefällt, der den Nagel aber auf den Kopf trifft: Der gute Herr Wandra wird gemobbt. Und zwar von Bürgern Ihrer Gemeinde. Und zwar recht rabiat.«

Timo schilderte an ein, zwei Beispielen, was er meinte, und schloss dann mit der sibyllinischen Feststellung: »Bei gut aussehenden Pfaffen beichten die Weiber gern. Und so wissen gewisse Pfaffen oft Dinge, die sie besser nicht wissen sollten. Die ihnen aber einen gewissen Vorsprung verschaffen.«

vier

Campari konnte mit Timos Andeutung zunächst nichts anfangen. Er schob sie einfach beiseite. Doch dann klang der Satz des Paters in ihm nach wie eine Domglocke am Heiligen Abend. Was wollte er ihm damit zu verstehen geben, verdammt?

Der Anruf hatte Campari kurz vor Wandras Vorladung im Rathaus erreicht. Er hatte einen Augenblick gezögert, ob er dem Pater die Neuigkeit verraten sollte, entschied sich aber dagegen.

Über der Sparkasse im Erdgeschoss stand im ersten Stock des Gebäudes »Bürgermeisteramt« auf dem Schild vor Camparis schlichtem Büro. Es klopfte.

»Herein!«, rief Campari mit mächtiger Stimme, wölbte seinen Bauch hervor und lehnte sich zurück.

Mehmet Wandra. Riesenkerl, lange zerzauste Haare, schiefergraue Augen, Vollbart, einunddreißig, Gamma GT von vierundneunzig, Zyste an der rechten Niere, jähzornig. Dreiviertelhosen, T-Shirt von unbestimmter Farbe, an allen sichtbaren Körperstellen tätowiert. Kein Schufa-Eintrag. Nicht vorbestraft. Nicht einmal in Flensburg vertreten. Campari hatte die Behörden, die es wissen mussten, rechtzeitig angezapft.

»Ist das eine Vernehmung?«, fragte Wandra schon unter der Tür.

Campari senkte beide Nasenflügel vor die Öffnung des blauen flachen Plastikbehälters, den er unterwegs bei Wang Ming erworben hatte, und saugte einen halben Liter Schnupftabak in seine gewaltigen Atemwege.

Wandra war langsam auf den Schreibtisch zugeschritten, hinter dem der Bürgermeister wie ein Reichsfürst saß und inhalierte.

»Verdächtig ist jeder«, sagte Campari, »solange er kein grundsolides Alibi hat. Haben Sie eines?«

»Darf ich?«, fragte Wandra, schielte zur Decke und schob sich den Stuhl vor dem Schreibtisch unter. »Wer hat schon um vier Uhr in der Früh ein Alibi, wenn er allein schläft?«, fragte er.

Campari ließ den Blick über den sitzenden Mann schweifen.

Er erinnerte ihn an einen schlafenden Maulesel kurz vor der Notschlachtung. Wandra hielt dem Blick stand.

Zuletzt hatte Campari ihn bei der Gartenparty gesehen. Thea hatte ihn hereingerufen. Schon vorher hatte er den Mann nicht gemocht, und heute ebenso wenig. Er wusste es sofort und absolut. Als hätte er eine seiner Gehirnwellen aufgefangen. Doch er wollte versuchen, dieses Gefühl zu unterdrücken.

»Ich war's nicht«, sagte der Riese Mehmet Wandra so leise, als würde er ein Geständnis ablegen wollen. »Ich lebe seit einem Jahr in diesem Dorf. Ein Arbeitsunfall hat mich zum Versehrten gemacht, ich beziehe eine schmale Rente. Aber inzwischen wissen Sie ganz bestimmt alles über mich.«

Campari hüllte sich in Schweigen. Von draußen war das Wummern der Pauke und das stoßweise Atmen der Tuba der Blaskapelle zu hören. Aha, dachte Campari, da will die Margot mit dem Kleinen hin. Hoffentlich übersteht sie's mit dem grauslichen Zwergerl.

»Noch mal: Ich war's nicht!«, wiederholte Wandra im Flüsterton. »Aber das ganze Dorf nimmt an, ich sei's gewesen. Ich hätte die Thea ermordet. Sagen Sie mir, warum ich das hätte tun sollen. Ich kannte die Frau doch gar nicht bis zu dem Moment, als sie mich hereingebeten hat auf ihre Party.«

Das klang logisch. Das einzig vorstellbare Motiv unter diesen Umständen wäre eine Vergewaltigung. Doch es war kein Sexualmord gewesen. Die Untersuchung hatte das eindeutig ergeben. Wenigstens darüber, bei aller Trauer, die er empfand, war Campari erleichtert. Andererseits: Er hatte schon Pferde kotzen sehen. Wer wusste schon, ob der Wandra nicht eine Stiefschwester oder eine junge Tante hatte, denen Thea Brommel versehentlich den kleinen Finger abgeschnitten hatte, und er sollte den Finger rächen? Oder es war ein schlichter Raubmord gewesen, bei dem er beispielsweise von Anton Scheiberl überrascht worden war?

»Ich hab für die Gefühle des Dorfs sogar ein wenig Verständnis«, fuhr Wandra fort. Er klang zerknirscht. »Doch sie gehen zu weit. Nur weil ich anders aussehe als sie, weil ich nicht von hier bin und weil ich nicht in ihr Schema passe, tun sie mir die übelsten Dinge an.«

»Ihnen? Sie sind doch so ein Mordslackel. Was tut man Ihnen denn an?«

Die Tür zum Nebenzimmer öffnete sich zögernd. Fritzi streckte den Kopf herein. Ihre Augen suchten Campari und richteten sich dann auf Wandra.

»Meine Kollegin, Frau Gernot«, stellte Campari vor. Keine Angst. Sie wird nur dabei sein«, sagte er mit gekünstelt sanfter Stimme. »Ich wiederhole meine Frage: Was tut man Ihnen an, dass Sie so nervös sind?«

»Anrufe«, sagte Wandra.

Fritzi hatte sich stehend in eine Ecke verkrochen.

»Anrufe mitten in der Nacht. ›Du Scheißmörder.‹ Sind Sie in den letzten Tagen an meinem Hof vorbeigekommen, Herr Campari? Nein? ›Hier wohnt der Thea-Mörder‹ ist da an die Wand gesprüht. Ich kann keinen Schritt im Dorf tun, ohne von jemandem angepöbelt zu werden. ›Du wirst auch nimmer lang leben‹, sagen sie mir ins Gesicht. Nachts klopfen sie an meine Tür. Ich hab nicht nur den Hof, ich hab auch Tiere von der Oma geerbt, Herr Campari. Eine kleine Ziegenherde. Drei Schafe. Hühner. Ich geh raus in der Früh und stoß mit dem Kopf an zwei tote Hühner. Aufgehängt am Türbalken.«

Wandras Augen zuckten gehetzt hin und her wie bei einem in die Enge getriebenen Tier. Seine Wangen waren brandrot, und sein Atem kam in kurzen, nervösen Stößen. Das breitflächige Gesicht wirkte ein wenig stupide. Etwas wie ein winziges Lächeln nistete in seinen Mundwinkeln. Ein Lächeln, fern von Spott und Hohn. Ein freundliches Lächeln wie ein Flehen um Hilfe.

Dieser Mann ist kein Mörder. Der hat meine Thea nicht umgebracht, durchfuhr es Campari instinktiv. Trotzdem. Er hangelte sich so langsam und vorsichtig an die Wahrheit heran wie auf einer dünnen Eisdecke.

»Hängen die Hühner noch über der Tür?«, klinkte Fritzi sich ein. Ihre tiefe, raue Stimme musste jeden überraschen. Sie trat einen Schritt vor.

»Die Hühner und das Geschmiere an der Tür«, gab Wandra zurück. »Alles noch beim Alten. Unberührt.«

»An der Tür?«, fragte Fritzi mit Blick auf Campari.

»Nein, an der Wand, meine ich«, korrigierte Wandra.

»Also alles noch da!«

»Ja. Ich hab extra nichts angefasst.«

»Na, dann will ich mal los«, wandte Fritzi sich an Campari.

Der nickte kaum wahrnehmbar und sah ihr nach, wie sie den Raum verließ. Als er die Augen wieder auf den Mann vor ihm im Stuhl richtete, stockte ihm der Atem.

Wandra saß vornübergebeugt da, die Stirn auf die Knie gestützt. Er bebte und zitterte von oben bis unten, als ob er fröre. Doch dem Mann war nicht kalt – er schien nur sein Quantum an Selbstbeherrschung total aufgebraucht zu haben. War es Wut, war es Enttäuschung, war es Ohnmacht, die eine bittere, hemmungslose Flut von Tränen und Schluchzern aus ihm schleuderten? Es war eine Reaktion auf die erlittenen Ungerechtigkeiten, da war Campari sich sicher.

Jeden Augenblick erwartete er, dass Wandra sich mit verzerrtem Gesicht aufbäumte, mit den geballten Fäusten die Tischplatte vor ihm zerhackte und etwas stammelte, das klang wie »Denen zeige ich es! Die werden eines Tages bereuen, was sie getan haben«. Er fühlte sich nicht in der Lage, sich vorzustellen, was dieser Riesenkerl alles anstellen würde, und machte sich innerlich schon darauf gefasst, einen Schutzschirm um die unschuldige Bevölkerung errichten zu lassen.

Doch es kam vollkommen anders. Wandras Reaktion war so, wie es sich selbst ein psychologisch erfahrener Mordermittler wie Max Campari nie hätte vorstellen können.

fünf

Fritzi war mit dem Fahrrad zum Rathaus gekommen und fuhr nun mit dem Fahrrad die Dorfstraße hinunter. Zierlich und geschmeidig saß sie im Sattel. Geballte Kraft. Ihr Augen leuchteten, die Sache hatte begonnen, spannend zu werden. Am Morgen hatte sie mit einigen Basketballspielerinnen gesprochen und versucht herauszufinden, ob Thea Feinde hatte. Vielleicht ein zurückgewiesener Fan oder Bewunderer. Doch alle sagten, Thea sei zwar zurückhaltend, aber immer sehr beliebt gewesen, und sie wüssten von keinem Feind.

Bei alldem vermisste Fritzi Odilo, das war der einzige Wermutstropfen. Doch er war bei Margot gut aufgehoben. Das beruhigte sie. Einen Wimpernschlag lang überlegte sie, ob sie nicht umkehren und … doch wer überquerte da vor ihr gerade die Straße?

»Odilo!«, rief sie beglückt. »Odilo!«

Odilo an Margots Hand. Die hob abwehrend den Arm.

»Wo geht ihr hin? Was macht ihr? Wie geht's dir? Ist der Bub auch brav?«

»Hirsebrei mit brauner Butter ist das beste Bauernfutter«, rief Odilo ihr entgegen.

Fritzi sprang vom Rad und schloss ihr Söhnlein in die Arme. »Hat Tante Margot dir Hirsebrei gemacht. Das ist fein.«

»Ja, wenn er ihn bloß aufgegessen hätte«, warf Margot ein.

»Rede wenig, rede wahr, trinke mäßig, zahle bar«, rief Odilo fröhlich mit dünnem Stimmchen.

Fritzi legte die Stirn in Falten und fuhr dem Buben übers Haar. »Wo hat er denn die Sprüche her?«, fragte sie verwundert.

Margot zuckte mit den Achseln. »Wir kommen halt rum, und der Odilo schnappt überall was auf.«

Fritzi entschuldigte sich, sie habe es eilig, weil der Große Ermittler auf sie warte, verabschiedete sich schweren Herzens und schwang sich wieder auf ihr Rad.

»Pfüadi, Odilo, wir sehen uns hoffentlich heut Abend!«

Sie kam zu der Abzweigung, die an der Kirche und am Kirchwieser Löchl vorbei nach Westen führte, und bog in die kleine Seitenstraße ein, über die man zu Mehmet Wandras Hof kam. Er lag nördlich des kleinen Flugplatzes. Von dort kletterte das Sträßchen in steilen Kurven hügelwärts. Sie musste mächtig in die Pedale treten, und trotz ihrer guten Kondition strengte sie das Bergauffahren an.

Felder und Äcker fielen neben ihr ab, kurz darauf stand sie vor dem kleinen Anwesen. Es war umgeben von einem Holzzaun, der mit dünnem Maschendraht gesichert war, sodass die Tiere nicht weglaufen konnten. Das von Wind und Wetter zerzauste Gras war mit blauen Kornblumen und wildem rotem Mohn gesprenkelt, und ein paar uninteressiert dreinblickende schwarzgesichtige Ziegen belebten die Wiese. Hühner gackerten aus einem Stall an der Ostseite herüber. Es war zugig hier oben, die kühle Luft, die über die Hügelkippe wehte, roch nach Kartoffelfeuer. Bevor Fritzi den Riegel am Holztor zurückschob, lehnte sie das Fahrrad gegen den Zaun. Dann trat sie ein und sah sich um.

Die schmutzig weiße Wand des Bauernhauses hätte einen frischen Anstrich benötigt. Ebenso hätten einige Ziegel am Dach ausgewechselt werden müssen. Es war eben nicht wie bei ihr daheim im Blumenhof. Davon abgesehen war der Ort ein Paradies des Friedens und der Harmonie, auf dem ein starker Mann wie Mehmet Wandra sich gehörig austoben konnte. Wenn er wollte. Ein Haufen frisch gehacktes Buchenholz und der sauber geschichtete Stapel dahinter zeugten von ersten Gehversuchen.

Das ungeordnete Grundstück erinnerte Fritzi wieder einmal daran, dass jeder Garten von dunklen Pfaden des Verbrechens durchzogen ist. Dass nicht nur neues Leben sprießt, sondern auch der Tod sein düsteres Unwesen treibt. Blattläuse fallen dem Marienkäfer zum Opfer, der Wurm der Amsel. Der Sperber frisst den Spatz, Krähen räubern das Meisennest. Jeder Garten ist nicht nur ein Hort der Kultur und ästhetischer Formspiele, sondern auch eine Spielwiese des Naturgesetzes vom Stärkeren und Schwächeren.

Nach einer graffitiverschmierten Hauswand hielt sie vergebens Ausschau. Es hingen auch keine toten Hühner am Türpfosten, so wie Wandra behauptet hatte. Sie erinnerte sich: Sie hatte absichtlich noch einmal nachgefragt, ob er die Hühnerleichen abgenommen hatte. Er hatte es verneint.

Das war ein Widerspruch.

Wie war Mehmet Wandra einzuschätzen?

Sie war gespannt, wie Campari die Nachricht aufnehmen würde.

»Noch mal von vorn«, sagte Campari.

Großes Verlangen verspürte er nicht, die abgrundtiefe Verzweiflung in Mehmet Wandras Stimme noch einmal zu hören. Doch er musste es tun. Fritzi sollte ruhig mithören. Sie war ziemlich aufgelöst zurückgekommen, doch mit einer einzigen Handbewegung hatte Campari ihr klargemacht, dass ihr Bericht warten müsse.

Wandra hatte Wichtiges zu berichten. So wichtig, dass Campari es selbst noch einmal hören wollte. Nach nur einem einzigen Mal vermochte er es kaum zu glauben.

»Kann ich einen Schnaps haben«, bat Wandra in flehendem Ton.

»Schnaps nicht. Aber ein Wasser«, sagte der Bürgermeister mit einem Blick zum Kühlschrank in der Ecke.

Der Riese schüttelte den Kopf, dass die Haare flogen, und vergrub das Gesicht in den Händen. »Ich brauch aber einen Schnaps. Einen Doppelten. Sonst kann ich nicht mehr.«

Wie unbeabsichtigt stützte sich Campari beim Aufstehen mit der flachen Hand auf Fritzis Oberschenkel ab. Sie unterdrückte einen Aufschrei.

»Einen Schnaps haben wir nicht«, sagte er über die Schulter. »Aber einen Obstler. Wie in jeder gscheidn bayerischen Wirtschaft.«

Wandras Wangen färbten sich rosa. Er war nervös und setzte sich ganz vorn auf die Stuhlkante, als er das Glas in einem Zug wegkippte und die Augen verdrehte.

»Ich war in Thea verliebt«, begann er. »Nicht erst seit dem Gartenfest. Wir haben uns geliebt. Sie war öfters bei mir, hat sich vorher mit dem Radl den Hügel raufgeplagt. Ihr mit eurem blöden Autofahrverbot!«

Mehmet Wandra machte keine Pause und redete ohne Punkt

und Komma. Er hatte sich wieder aufgerichtet, seine Augen glänzten, in den Winkeln glitzerte Feuchtigkeit.

»Wir haben uns wirklich geliebt. Nur für mich hat sie einen Kosenamen erfunden – Bärli! Sie glauben ja nicht, wie ich die Frau vermisse! Wie schrecklich es ist, dass sie tot ist. Ermordet. So grässlich ermordet. Und in der Nacht, als sie ermordet wurde, war ich unterwegs zu ihr. Zu Fuß natürlich. Ein Fahrrad besitze ich nicht. Begreifen Sie das? Ich war in der Mordnacht unterwegs zu ihr.«

Das Rosa war aus Wandras Gesicht gewichen. In seinen Augen stand die Angst geschrieben. Seine Hände und Finger wirbelten wild umeinander.

»Und dann?«, sagte Campari leise. »Berichten Sie, was dann geschehen ist. Sagen Sie es Frau Gernot. Und sagen Sie ihr, wie spät es war. Welche Uhrzeit.«

»Das Auto? Meinen Sie das?« Er heftete die Augen auf Fritzi. »Es war dunkel. Und es war drei Uhr sechsundfünfzig, als mir das Auto entgegenkam. Als wenn ich es geahnt hätte, habe ich nämlich auf die Uhr gesehen.«

»Ein Auto?«, fragte Fritzi ungläubig. »Auf der Dorfstraße?«

»Ja. Ich drückte mich zur Seite, damit ich nicht gesehen werden konnte. Es war das Ami-Auto von dem … dem …«

»Herrn Scheiberl.«

»Ja, von dem. Und ich glaub, der saß auch drin. Der hatte ganz schön getankt, das fiel mir schon vorher auf dem Fest auf. Er fuhr in Schlang…« Wieder sank Wandra zusammen und presste die Hände auf die Augen.

»Schlangenlinien«, half Fritzi aus.

»…enlinien durchs Dorf. Er hat mich bestimmt nicht gesehen.«

Dann brach er wieder zusammen. War sein Theater gespielt oder echt?

Campari hatte jede Aufmerksamkeit eingebüßt. In seinem Kopf kreiste nur mehr ein Wort. Nur ein einziges Wort: Bärli!

Bärli hatte sie auch ihn genannt.

In ihm tobte ein Feuersturm. Sein Inneres war voller Ratten und Maden, die ihn bei lebendigem Leib aufzufressen drohten.

Bärli! Seine Thea. Er musste an die anderen denken. Neben dem Wandra waren es der Scheiberl, der Benedikt und wer weiß, wer noch. Hatte sie alle mit diesem Kosenamen versehen, damit sie in der Vielfalt niemanden verwechselte und mit falschem Namen ansprach? Nicht den Wandra als Bene und ihn selbst nicht als Anton?

Bärli …

Seine Liebe zu ihr begann rapide zu schmelzen. Wie ein Schneemann auf der Mitteralm im März. Er begann sie zu hassen.

»Und? Haben Sie Ihr Werk vollendet?«, fragte Fritzi. »Waren Sie am Haus? Im Libellenweg Nummer achtzehn?«

»Nein. Ich war nicht mehr am Haus. Mir hat's die Sprache verschlagen. Irgendwie hatte ich's im Urin, dass der Mann von der Thea kam. Da wusste ich natürlich noch nicht, dass sie tot war. Da bin ich wieder umgekehrt.«

»Wieder umgekehrt. Aha. Und – ist Ihnen auf dem Rückweg noch mehr aufgefallen? Kam der Wagen möglicherweise noch einmal in Schlangenlinien zurück?«

Nachdenklich fuhr sich Wandra mit der Hand durchs Haar. Auf den Handrücken war ein Zeichen tätowiert, das dem Äskulapstab ähnelte, wie ihn Ärzte und Apotheker verwenden.

»Nein, der ist nicht mehr zurückgekommen«, sagte er. Dann lehnte er sich zurück und streckte die Beine von sich. »Aber bei Wang Ming hat noch Licht gebrannt. Der hat noch rumhantiert, der Chinese. Falls Sie damit was anfangen können.«

Mehr war aus Mehmet Wandra nicht herauszuholen.

»Wir haben zwei Hauptverdächtige«, sagte Campari, als Wandra gegangen war. »Den Wandra und den Scheiberl. Der Wang Ming wird um die Uhrzeit noch seine Sachen von der Gartenparty aufgeräumt haben. Was fangen wir jetzt damit an? Was meint meine Assistentin?«

»Du hast doch deine Spucki angefordert …«

»… Spusi.«

»Spusi. Wann kommen die denn? Sie müssen rausfinden, ob der Scheiberl aus dem Auto ausgestiegen ist und im Haus war. Ob er Spuren hinterlassen hat. Das bedeutet, sie müssen auch sein Haus überprüfen. Und das Gleiche gilt für den Wandra. Hat er den Marsch zum Haus unterwegs abgebrochen, oder war er in Theas Haus und auf dem Grundstück? Lügen tut er eh wie gedruckt.«

Als sie Campari von dem Ergebnis ihrer Kontrollfahrt zu Wandras Hof berichtete, legte er die Stirn in Falten und griff zum Telefon.

»Hallo, Bruni, wann seid ihr hier? Es haben sich neue Aspekte ergeben, möglicherweise vielversprechende. Und ich hab ein Schnapsglas für euch reserviert, das ihr auf Fingerabdrücke untersuchen sollt.« … »Ja, dringend.«

Anschließend ließ er sich mit der Mordkommission verbinden.

»Wie weit seid ihr mit dem Kind und dem möglichen Vater? Seid ihr in Reichenhall fündig geworden? … Was? Der Menzinger ist dort? Sagt ihm, er soll mich anrufen, wenn er fertig ist. Bitte! Und reicht mich jetzt an die Pathologie weiter.«

»Was? Wer ist dran? … Ach, Sie sind die Assistentin? Dann hab ich noch eine Frage, nur um sicherzugehen. Die Antwort ist wichtig für unsere Ermittlungen.«

Er wollte dringend auf diesen Punkt kommen. Es ließ ihm keine Ruhe. Die ganze Zeit über hatte er Margots Geschimpfe im Ohr gehabt – und ihren Verdacht. »Vielleicht warst du der Mörder! Weil sie ein Kind von dir gekriegt hat.«

»War Thea Brommel schwanger?«, fragte er die Assistentin und hielt die Luft an.

Befreit atmete er wieder aus, als die Antwort kam.

»Nein. Eindeutig nein. Die Frau war nicht schwanger.«

»Pffffhhhh …« Beruhigter als vorher wandte er sich Fritzi zu. »Dieser großspurige Journalist, der bei dir ein Zimmer bezogen hat«, sagte er. »Würdest du dich bitte selbst um ihn kümmern? Ich komm im Moment nicht dazu.«

sechs

Es war der Abend, nachdem Spanien das Endspiel gegen Italien gewonnen hatte und wieder Fußballeuropameister wurde. Silva, Alba, Torres und Mata schossen die Tore zum 4:0. Ein Jubel ging durch die spanische Sommernacht. Ein wenig jubelten auch die Deutschen, die vorher so unerwartet gegen Italien ausgeschieden waren.

»Solche Versager!«, schrie der Journalist in die Welt hinaus. Das wurmte. Mehr als die halbe Mannschaft bestand aus Spielern von Bayern München. Vorzeitig verloren hatten sie den Titel, weil sie so ein Zufallsungeheuer wie den Balotelli nicht in den Griff bekommen hatten.

»Versager!«, brüllte er noch einmal.

Da hörte er es klopfen. An seiner Tür. Er reagierte rasch. Als hätte er schon darauf gewartet.

Fritzi Gernot, seine Pensionswirtin! Obwohl sie daraus ein Geheimnis zu machen schien, hatte er selbstverständlich schon recherchiert, dass es sich bei ihr um die frühere Boxweltmeisterin handelte. Das beeindruckte ihn zwar, haute ihn aber nicht um. Sie war eine Frau wie jede andere, nur mit einer besonderen Vergangenheit.

Als er öffnete, konnte er sie in aller Ruhe von Kopf bis Fuß ansehen. Schlank und zierlich, doch kraftvoll. Helle Jeans, goldfarbene Ballerinas, kirschrotes Top, passender Lippenstift, zurückgestecktes Haar. Die sanfte Weichheit ihres Teints faszinierte ihn. Ein Mann, der keine Angst hat, kann alles tun, was er will, dachte er.

Fritzi Gernot trat ein. Sie hatte den Entschluss gefasst, den undurchsichtigen Mann endlich zum Reden zu bringen. Sie strahlte Stärke aus und versah ihn mit einem inquisitorischen Blick, vor dem er jedoch nicht zurückschreckte.

»Vier zu null«, sagte er.

Er wandte den Blick vom Fernseher ab, bückte sich und hob

ein zerknülltes Stück Papier auf. Seine mit Dollarnoten bedruckten Hosenträger spannten über den Schultern. Baseballmütze und Brille fehlten. Als er wieder in der Senkrechten war, strahlten ihr Argwohn und Misstrauen entgegen.

»Weiß ich schon«, sagte sie.

»Wo haben Sie Ihren Sohn?«, fragte er.

»Soeben zu Bett gebracht.«

Der Journalist hatte beide Fenster in dem alpenländisch eingerichteten Pensionszimmer geöffnet. Laue Nachtluft strömte herein, zwei schwärzliche Falter veranstalteten einen chaotischen Tanz um den Lampenschirm.

Er ging hin und schloss die Fenster. »Damit man die Schreie nicht so hört«, sagte er mitfühlend lächelnd.

»Welche Schreie?« Fritzi begann zu ahnen und machte sich bereit.

»Na, deine Schreie«, sagte er und streckte die Arme nach ihr aus.

Dies war nicht der Sinn ihres Besuchs im eigenen Haus. Doch wenn zuerst ein Hindernis überwunden werden musste – sei's drum! Sie ließ ihn kommen.

Der Journalist steckte die Daumen unter die Hosenträger. Dann packte er zu. Fritzi hob blitzschnell die Rechte und ließ die Faust auf seinen Kopf niedersausen. Der Mann fiel, rollte auf den Rücken und blickte Fritzi überrascht an.

Mit mildem Gesichtsausdruck stürzte sich Fritzi auf ihn und drückte ihm das Knie gegen das Brustbein. Scherzhaft ließ sie den Hosenträger auf- und niederschnalzen. Dann versetzte sie ihm mit der flachen Hand eine kräftige Watschn.

Der Mann schnaufte heftig, krümmte sich hilflos, rang nach Luft. »So war das nicht gemeint«, keuchte er.

»Stimmt«, sagte sie lakonisch, stand auf und öffnete die Fenster.

Sie schaute noch einmal auf die Figur am Boden. Der Typ würde ein paar Minuten brauchen, bis er wieder auf die Beine kam.

Fritzi ging zur Tür, riss sie weit auf und warf sie mit einem Ruck hinter sich zu. Keine fünf Minuten wird es dauern, dachte sie. Dann wird er dastehen.

Der Mond trat hinter eine Wolke hervor und breitete sein Licht über dem Blumenhof aus.

Nicht zum ersten Mal hatte sich der Journalist mit Frauen verrechnet. Normalerweise flogen sie auf ihn und warfen sich auf ihn wie paarungsbereite Jungtiere. Das hatte er auch jetzt erwartet. Doch in dieser Person hatte er sich verschätzt.

Mit einem kurzen, stöhnenden Laut pumpte er sich die Lungen voll Luft und erhob sich. Er reckte die Arme zur Decke und spuckte aus dem offenen Fenster.

Er war mitten in einen Mord geraten. Er hatte zu recherchieren begonnen. Wenn er mitmischte und Ergebnisse vorweisen konnte, würde er am Ende doch noch zum gewünschten Ergebnis kommen, darauf wettete er jeden Betrag. Er wischte sich den Schweiß ab und zog ein frisches Hemd über.

Ihm war eine Idee gekommen, die er für brauchbar hielt. Das bisschen Anflug von Lust würde die Frau schon verkraften. Er folgte dem langen, dezent beleuchteten Flur, ging die breite Stiege hinab und stand im mondbeschienenen Entree.

»Privat« stand über einer weiß lackierten Tür. Er zögerte.

Bevor er etwas unternahm, warf er einen langen Blick durch die Glasfront, welche die gesamte Stirnseite einnahm. Der Garten war von oben vom Mond und von unten aus milchigen Bodenscheinwerfern dekorativ beleuchtet. Auf der einen Seite sah man erhöhte Terrassen mit Kirsch-, Apfel- und Birnbäumen und Spaliere mit Aprikosen, dahinter stachen Johannisbeer- und Stachelbeersträucher und Quittenbüsche heraus. Alle Gehölze warfen lange Schatten. Er mochte das kleine Paradies sehr. Es gab nicht nur einen Gemüse- und einen Kräutergarten, sondern in einiger Entfernung vom Hauptgebäude waren an drei, vier Stellen lauschige, beschattete Lauben mit Sitzplätzen angelegt, an denen er tagsüber unter Vogelgezwitscher gern am Laptop arbeitete oder telefonierte. Ab und zu kam gegen Abend ein Igel vorbei, vorgestern war es eine ganze Familie gewesen.

Hätte sich die weiß lackierte Tür nicht in kleinen Etappen geöffnet, hätte der Journalist noch länger den romantischen Anblick genossen. Bloß zeigte sich eine ganze Weile niemand in der Tür.

Bis … »Brrrrrrrrrrr!« … der kleine Junge hervorkam und ihm eine lange Nase zeigte. »Wie der Acker, so die Ruben, wie der Vater, so die Buben«, sang er mit seinem dünnen Stimmchen. »Musst du aufs Klo?«

»Und?«, setzte der Journalist nach. »Wer ist denn der Vater von dem Buben da? Wer ist dein Vater? Kannst du mir das sagen?«

»Hoppla!«, rief Fritzi und zog ihr Söhnchen zurück. »So haben wir nicht gewettet. Was wollen Sie hier überhaupt? Das dicke ›Privat‹-Schild oben ist doch wohl nicht zu übersehen? Und du, Odilo, gehst marsch wieder in dein Bett!«

Obgleich der Mann es auf ein Gespräch abgesehen hatte, spürte er, wie ihm heiß wurde im Gesicht. Was sollte er ihr erklären?

»Thea«, platzte er übergangslos heraus. »Es geht um Thea Brommel.«

Fritzi hob die Augenbrauen und zog die Tür hinter sich zu. Odilos Proteste überhörte sie.

»Ich habe recherchiert«, sagte er eifrig. »Darf ich nicht hereinkommen? Dann kann ich es Ihnen schildern.«

»Nein«, sagte sie. »Schildern Sie hier. Ist doch auch ganz gemütlich, oder?« Sie ließ den Blick schweifen und wies nach draußen. »Eine wundervolle Umgebung, finden Sie nicht auch? Schildern Sie.«

Der Journalist hatte sich wieder gefangen. Über den Brustwarzen klemmte er beide Daumen unter die Hosenträger und ließ sie vor- und zurückschnalzen. Es klang wie der Auftakt zum Rosenheimer Herbstfest.

»Theas leiblicher Vater, Kurt Brommel, ist einem Herzinfarkt erlegen, als sie noch ein Kind war. Ihre Mutter Monika hat später einen gewissen Hans Schmid geheiratet, mit dem Thea nicht ausgekommen ist.«

»Moment«, unterbrach Fritzi, »woher wissen Sie das alles? Thea hat hier in diesem Haus bei mir gewohnt, bis sie das kleine Anwesen am Libellenweg erworben hat. Ich war mit ihr befreundet. Wieso weiß ich von dieser Kindheit nichts? Wenn das stimmt, was Sie sagen, hätte sie mir auf jeden Fall davon erzählt.«

Den Angriff von vorhin in seinem Zimmer überging sie.

»Tja. Dazu kann ich leider nichts sagen. Thea Brommel galt

immer als etwas zugeknöpft. Aber zurück zu Ihrer Frage: Monika und Hans Schmid sind nach Südamerika ausgewandert, vermutlich nach Venezuela. Meine Informantin hat seither keinen Kontakt mehr zu ihnen.«

»Und wer soll das sein, Ihre Informantin?«

»Mamalein, was ist das, ein Folmantin?«, krähte Odilo.

»Informantin heißt das, Odilo. Und mach jetzt die Tür zu und geh wieder auf dein Zimmer.« Fritzi schüttelte Odilo ab. Er trollte sich schmollend. »Und warum erzählen Sie mir das alles?«

»Weil es ein Spiegel von Thea ist. Der Stiefvater, also Herr Schmid, hat sie geschlagen und unterdrückt. Nichts konnte sie ihm recht machen. Und er hat sich dauernd vor ihren Freundinnen aufgespielt. Kein Wunder, dass sie einsilbig und einsiedlerisch wurde und kein rechtes Selbstbewusstsein entwickeln konnte. Würde er hier in der Nähe leben, müsste man ihn meiner Meinung nach eindeutig als Verdächtigen in Betracht ziehen.«

Fritzi wirkte angespannt. »Noch einmal: Wenn Sie der Polizei den Namen Ihres Informanten nicht nennen wollen, sind diese Inhalte wertlos. Was soll das also? Wollen Sie sich in unser Ermittlerteam einschleichen, um nachher eine Sensation berichten zu können?«

Unschuldig breitete der Journalist die Arme aus und bog den Oberkörper zurück. »Was denken Sie von mir? Ich wollte Ihnen nur ein paar Infos zukommen lassen. Ich dachte, es wäre wichtig.«

»Mama, was ist ein Infos?«, fragte Klein-Odilo.

sieben

Hocherhobenen Hauptes hatte Pater Timo den Blick auf den Gekreuzigten gerichtet.

»Herr Jesus, nur du allein weißt, wer sich an unserer Mitschwester versündigt hat. Du hast Kenntnis von allem, was sich in unserem kleinen Dorf abspielt. Du siehst in die Herzen der Menschen hinein, du vermagst Dinge vorherzusehen und in die Wege zu leiten. Jetzt zeig doch bitte einmal, dass du dazu auch wirklich in der Lage bist. Öffne dem Mann, den unsere verstorbene Mitschwester angeklagt hat in ihrer Beichte, das Herz und lass ihn reden. Ich darf's nicht tun. Doch du, oh Herr, du bist allmächtig. Zeig uns den Weg, den Schuldigen zu finden. Ist's einer von hier? Oder ist's ein Fremder? Ich hab da meine eigene Theorie. Doch die muss nicht richtig sein. Nur du allein, Herr Jesus, nur du …«

»Timooooooooooo! Komm schnell! Es ist was passiert!«

Der Schrei hallte durch die Kirche wie grauenvolles Donnergetöse in abgrundtiefer Schlucht. Pater Timo erschrak. Er schlug das Kreuzzeichen, hob den Blick zum Himmel und verabschiedete sich von Jesus Christus. »Also, lieber Herr Jesus, wie besprochen«, warf er dem Kruzifix an der Südwand halblaut zu. »Du wirst für Klarheit sorgen. Bitte gib mir ein Zeichen.«

Dann wandte er sich seiner Schwester zu, die ihn gerufen hatte. »Was gibt's? Was ist denn schon wieder passiert?« Das Schlimmste, was hätte passieren können, wäre gewesen, dass Campari mir nichts, dir nichts im Hausflur gestanden hätte.

»Allmächd, ein Wasserrohrbruch! Des halberde Haus steht schon unter Wasser. Und i hab's ned gmerkt. I war im ersten Stock, und wie i runterkomm, steht alles unter Wasser. Allmächd nei, kannst du mir helfen?«

Am liebsten hätte er etwas gesagt wie »Wenn der liebe Gott uns das eingebrockt hat, soll er's auch wieder auslöffeln«. Doch er ließ es bleiben. Lieber stellte er sich daneben und schaute zu, wie seine Schwester Fanny das Leck stopfte.

Nebenbei fütterte er draußen seine fünf handzahmen Amselkinder mit Weintrauben. Kernlos mussten die Trauben sein, sonst wurden sie nicht gefressen. Er warf sie einzeln in den Garten, und schon wenn er ausholte, trippelten alle fünf auf ihn zu und stritten sich dann im Gras um jede Frucht.

Acht Eier waren es insgesamt gewesen, welche Mutter Amsel in das Nest in der Korkenzieherakazie gelegt hatte. Vier hellgrüne Eier Anfang März. Nach gut zwei Wochen waren die Jungen geschlüpft, nach weiteren zwei Wochen waren sie verschwunden und richteten sich ihr junges Amselleben unter Büschen und zwischen hohen Sommerblumen ein. Der zweite Schub von vier Jungvögeln war Wochen später auf gleiche Weise gefolgt.

Fünf von den acht waren übrig geblieben. Anfangs hellbraun, braun oder braunschwarz, waren sie nun alle rabenschwarz. Drei zeigten stolz ihren gelben Schnabel her, das waren die Männchen. Obwohl er über die Wochen enge Freundschaft mit ihnen geschlossen hatte, war der Pater mittlerweile außerstande, sie auseinanderzuhalten. Er konnte nicht mehr unterscheiden: War es nun Veronika, die Sanfte, Johanna, die Neugierige, oder etwa Erich, der Schreckliche?

»Hältst du mal? Bitte.«

Fanny hatte Arbeitshandschuhe angezogen und hantierte mit Hammer, Feile und Rohrzange, während Pater Timo den Abflussstutzen festhielt.

»Des hammer glei!«, rief Fanny mutig. Und setzte nach: »Und bloß keine Chemie.«

Ihr Bruder lernte, was ein Siphon ist, wie er die Saugglocke anzusetzen hatte, und holte bereitwillig eine Rolle Haushaltstücher aus der Küche für die Feinarbeit.

»So!« Fanny streifte die Handschuhe ab und klatschte in die Hände. »Jetzt müssen wir nur mehr das Wasser aufwischen.«

Pater Timo stand unglücklich daneben wie nicht abgeholt. Er konnte vieles besser als Reparaturarbeiten.

»Da sieht man's wieder«, schnurrte die Fanny. »Von den vierzehn Nothelfern schiebt einer das Helfen auf den anderen. Alles muss man selber machen.«

Timo war auf die Terrasse getreten und schaute über die Dorfstraße nach Süden. Vor den gezackten Bergen breiteten sich grüne Flächen aus, unterbrochen von einzelnen Häusern, Bäumen und dem gewundenen Lauf des Kirchbachs. Eine Kuhherde zog über die Dorfstraße. Am Ende zuckelten zwei Esel mit gesenktem Kopf dahin. Aus ein, zwei Kühen strömte weiche, grünliche Masse herunter auf den Weg. »Verschissenstes Dorf Bayerns«, murmelte Pater Timo.

Am Dorfkramer vorbei führte der Scheiberlweg direkt zur Villa des Industriellen. Eine Handbreit weiter ostwärts der Grünsteinsee, im Westen Scheiberls Privatflugplatz.

Gleich vorn neben dem kleinen Wellblechhangar parkte eine Maschine. Sie sah aus wie ein Schmetterling kurz vor dem Start. Die Flügel gespreizt, die Räder wie dünne Beinchen federleicht auf dem Gras und hinten das lange, spitz zulaufende Leitwerk. Links und rechts war das kleine Flugzeug mit Seilen in der Erde verankert. Das war gut so. Denn ab und zu ließ ein Windstoß den Schmetterling erzittern, was in Timo den Eindruck hervorrief, der Falter fiebere geradezu dem Abheben entgegen. Vorn reckte sich die Nase kühn in die Luft. Das war der Motor der Maschine, der den großen Propeller antreiben würde, sobald man ihn zündete. Dahinter zwei Cockpits mit gläsernen Kanzeln hintereinander. Diese Maschine empfand selbst ein technikunwilliger Mann wie Pater Timo als schön.

Im Augenwinkel bemerkte Timo eine Bewegung auf der Dorfstraße. Eine Frau. Sie rannte. Die angewinkelten Arme bewegten sich wie bei einer alten Dampflokomotive vor und zurück. Ihre Schritte hallten auf dem gepflasterten Gehsteig.

Die alte Lokomotive war Margot Campari. Sie war die einzige Gestalt weit und breit. Hechelnd kam sie den Hang heraufgerannt.

»Habt ihr den … den … den Odilo gesehen?«, rief sie schon von Weitem. »Der Odilo ist verschwunden.«

acht

Hätte jemand von der Terrasse von Camparis Haus aus laut gerufen, hätte niemand ihn gehört. Von der Südseite her, abseits der Dorfstraße, war Camparis Anwesen praktisch uneinsehbar. Diesen Umstand nutzte der Todesengel schamlos aus. Er war berechnend und kannte sich aus.

Er hatte Kenntnis davon, dass Margot Campari ausgerechnet an diesem Nachmittag ihren Jour fixe mit den Bürgermeistergattinnen der umliegenden Gemeinden hatte und deshalb außer Haus war.

Damit der Äther nicht so rasch verdunstete, hatte er das Tuch in eine Plastiktüte gewickelt. Er schlich ums Haus und klopfte zaghaft ans Panoramafenster. Er krümmte sich, als habe er heftige Bauchschmerzen, und machte ein verzerrtes Gesicht.

Als Odilo am Fenster auftauchte, sank die fremde Figur vor Schmerz auf die Knie und warf die Arme nach oben. Odilo öffnete wie im Plan vorgesehen die seitliche Terrassentür, trat an den Unglücklichen heran und beugte sich besorgt über ihn.

»Mir ist plötzlich übel geworden«, sagte der Todesengel mit tiefer Stimme.

»Das hast du davon«, sagte Odilo.

»Wovon?«

»Weiß nicht«, sagte Odilo.

Der Todesengel brauchte indes keine fünf Sekunden, um den äthergetränkten Lappen herauszuholen. Er wandte den Kopf und ließ den Blick schweifen. Niemand. Nur ein paar Vögel. Dann drückte er mit der Linken den Kopf des Kindes nach hinten. Mit der Rechten presste er den Lappen fest gegen Odilos Gesicht und über die Nasengegend. Das Kind wehrte sich. Aber der Angreifer war stärker. Als der Kleine zusammensackte, hielt er ihn mit einem Arm fest.

Gut, dass er sich vorher die dünnen Gummihandschuhe übergestreift hatte.

Nun hätte er sich ein Auto gewünscht. Doch hätte er das Auto benutzt, hätte jeder sich an ihn erinnert. Den Fahrradanhänger jedoch, in den er den Jungen hob, kannte jeder in Kirchwies. Damit würde er nicht weiter auffallen.

Es war nicht weiter schwierig gewesen. Den Lappen auf sein Gesicht halten, mit dem Handteller leicht zudrücken. Innerhalb von Sekunden hatte das Kind das Bewusstsein verloren. Die Wirkung würde für die Zeit, die er brauchen würde, den Jungen zum Versteck zu bringen, anhalten. Und er würde sich – hoffentlich! – an nichts erinnern können.

Das war nun Stunden her.

Für die Entführung des Kindes und die Zeit danach hatte der Todesengel einen detaillierten Zeitplan ausgearbeitet. Er wusste, dass der Bub, geschwächt wie er nach dem Erwachen sein würde, keinen Widerstand leisten konnte.

Der Junge würde sehr rasch vermisst werden. Sobald die Frau des Bürgermeisters von ihrem Kaffeeklatsch zurückkommen würde, wäre ihr klar, dass der Bub nicht mehr im Haus war. Dass er abgehauen war. Denn auf eine Entführung würde zunächst niemand kommen.

Das schenkte dem Todesengel Zeit.

Er würde warten, bis es dunkel war. Dann würde er ihn wieder aus der abgedeckten Grube holen. Sicherheitshalber würde er ihn fesseln und ihm die Augen verbinden. Einen Knebel würde er ihm vermutlich ersparen.

Der übrige Zeitplan war einfach. Er würde ihn zum Wald oberhalb des Blumenhofs bringen. Zu der Stelle, wo der Feldbach den Fuchssteig kreuzt. Dort würde er den Jungen an einen Baum binden. Bei diesem Gedanken entschied er sich um. Er würde ihm doch einen Knebel in den Mund stecken. Seine Schreie würden sonst den ganzen Blumenhof wecken.

Er würde den Buben an den Baum binden, den er schon markiert hatte, und ihn dort zurücklassen. Eine Buche im Mischwald. Mit dem Gesicht zum Berg. Ob er ihn erwürgen würde, ließ er vorerst offen. Das hing von der Reaktion der anderen ab. Wie sie seinen Brief aufnehmen würden.

Die Handschuhe würde er flussabwärts verstecken. Ganz in der Nähe des Orts, an dem er schon die Handschuhe beiseitegeschafft hatte, die er anhatte, als er die Hure getötet hatte.

Der Todesengel nahm seinen Zeitplan zur Hand. Sah auf die Uhr.

Spätestens um zehn Uhr würde er von seinem »Spaziergang« nach Hause zurückkehren. Niemand würde die Abwesenheit bemerkt haben. Der Zeitplan war perfekt. Der Wecker würde um sechs Uhr klingeln, wie immer. Dann begann sein normaler Tagesablauf.

Ob der Junge dann tot sein würde oder nicht, war ungewiss.

***

An diesem Tag hagelte es Nachrichten für Campari.

Er hatte einen Anruf von Margaret Baumgardner erhalten. Ihrem Akzent nach zu schließen war die Spielerin der Basketballmannschaft des TSV Wasserburg Amerikanerin. Willy Brey, der Coach, hatte sie vermittelt. Zunächst hatte sie sich an Fritzi Gernot gewandt, und Fritzi hatte sic an den Bürgermeister verwiesen.

Die Verständigung war denkbar schlecht gewesen. Es klang, als wandele Margaret Baumgardner gerade durch ein sehr aktives Zementwerk oder befinde sich in einem brennenden Flugzeugwrack.

Ja, sie sei näher mit Thea befreundet gewesen.

Nein, sie sei deswegen nicht auf der Beerdigung gewesen, weil sie zu Hause in Illinois selbst einen Todesfall gehabt und erst nach ihrer Rückkehr von dem schrecklichen Tod ihrer Freundin erfahren hatte.

Ja, Thea habe ihr einmal angedeutet, dass sie ein Kind hätte. Sie habe aber keinen Kontakt zu ihm gehabt, soweit sie sich erinnere.

Nein, wo das Kind sich aufhalte, wisse sie nicht, sagte Margaret. Auch nicht, wie es heißt. Nur, dass das Kind ein Bub sei. *»A little boy«*, sagte sie.

Fast zeitgleich rief Menzinger an. Menzinger war der Beamte, der in Bad Reichenhall nach dem Jungen forschte. Er war fündig geworden. Ja, es gab einen Sohn der Thea Brommel. Ein Junge, der schon zur Schule ging. Er hieß aber nicht Brommel, sondern Krauss, Vorname Hubert. Offenbar war er irgendwann von diesem Ehepaar namens Krauss aufgefangen und adoptiert worden.

Fritzi rief ein zweites Mal an und schilderte Campari, was der Journalist herausgefunden haben wollte. Von Hans Schmid, der Thea angeblich geschlagen hatte und nun in Südamerika lebte.

»Wie heißt denn dieser Journalist überhaupt, und was will er hier?«, fragte Campari ungeduldig.

»Er heißt … warte mal … Felix Breitenberg. Er kommt aus München. Soll ich buchstabieren?«

»Um Gottes willen, nein. Hauptsache, du weißt es selbst. Aber noch mal: Was will er hier bei uns? Hast du ihn überprüft? Sein Alibi?«

Ja, soweit sie das beurteilen könne, sei er sauber. Reportage über Herzlichstes Dorf und so weiter und so fort.

»Behalt ihn im Auge!«

»Klar. Er wohnt ja bei mir.«

Es war überflüssig, dass Campari diese Fragen stellte. Er wusste sehr wohl über diesen Journalisten Bescheid. Doch das wollte er nicht preisgeben. Er hatte seine Gründe.

Er streckte seine Finger aus und hörte sich weiter um.

Wang Ming.

Blumen-Heidi.

Dann rief Bruni an, der Spurensicherer. Die Untersuchung von Anton Scheiberls Villa und Grundstück habe keine neuen Erkenntnisse gebracht. Ebenso wenig der gebückte Gang durch den Hof des Bauern Benedikt.

Campari wollte sich schon ein halbes Stünderl hinlegen, da klingelte sein Handy.

»Der Odilo ist weg!« Margot klang ganz aufgelöst. Ganz anders als vor einer Woche, als sie ihm eine Szene wegen seiner Assistentin gemacht hatte.

»Weiß es Fritzi schon?«, fragte er vorsichtshalber.

»Oh mein Gott, hab ich ganz vergessen.«

neun

Fritzi hörte ein Klopfen, begleitet vom Gebell eines Hundes. Nein, zuerst hatte es geklingelt, dann geklopft. Scharf geklopft, an der Haustür. Als ob es jemand eilig hätte, hereinzukommen oder etwas zu übermitteln.

Fritzi setzte sich auf und stellte die nackten Füße auf die eiskalten Steinfliesen. Odilo konnte es nicht sein. Der übernachtete heute wieder bei Margot. Sie wunderte sich, wie gut er mit ihr zurechtkam. Sie selbst, Fritzi, hatte bisher keinen besonderen Draht zu ihr gefunden. Dass Odilo überhaupt so viel Zeit außerhalb ihrer Reichweite bei den Camparis verbrachte, betrachtete sie als Übergangslösung. Sie würde hoffentlich bald, sehr bald, ein Ende haben.

Voller Zärtlichkeit musste sie an Odilo denken. Sein kleines grünes T-Shirt mit der gelben Sonnenblume auf dem Rücken lag achtlos über einen Sessel geworfen da. Sie griff nach der kleinen Uhr neben sich und warf einen schnellen Blick darauf. Wieder einmal war sie vor dem Fernseher eingeschlafen.

Dann klingelte und klopfte es wieder, diesmal voll Ungeduld. Der Hund bellte, diesmal weiter entfernt. Dreimal schlug es hart auf Holz. Eine Stimme, verschwommen. Sie durchquerte die Diele und warf einen Blick durch das kleine Seitenfenster auf die Auffahrt, die vom unteren Tor herführte. Der Bewegungsmelder hatte das Außenlicht angeschaltet. Trotzdem konnte sie nichts erkennen.

Sollte es der Journalist sein? Was könnte er diesmal wollen?

Fritzi öffnete die Tür. Die Gestalt, die davorstand, fiel ihr fast entgegen.

»Fritzi!«, keuchte Margot Campari. »Ist der Odilo bei dir?«

Margot setzte den Fuß über die Schwelle, drängte Fritzi ins Haus und schloss die Tür von innen.

Die Frau des Bürgermeisters, der sie ihren Sohn anvertraut hatte, sah aus wie ein Gespenst. Staubiges blondes Haar, dunkle Ringe um die Augen, zittrige Hände, ungeordnete Kleidung.

In diesem Augenblick wusste Fritzi es. Es stand in Margots Augen. Das atemlose Luftholen.

Fritzi wich vor ihr zurück und knickte vornüber. Sie griff sich an die Brust. »Wann?«, fragte sie. Sie wunderte sich, wie cool sie klang.

»Ich weiß nicht«, sagte Margot. »Als ich heimkam, war er weg.

Fritzi spürte, wie Wut in ihr hochkroch. Wie sie zu kochen begann. Wie ihr Kopf glühte. Wie ihr Mund sich öffnete, um zu schreien. Was ist mit Odilo?, wollte sie brüllen, sodass alle Welt es hörte. Du solltest doch auf ihn aufpassen, wollte sie hinausschreien. Wo ist er jetzt?

Doch in ihrem Innern war nur ein weißes Rauschen, und was sie hinausschreien wollte, konnte niemand hören. Sie nahm sich vor, einzuatmen. Sie hob den Kopf und sog die Luft in tiefen Zügen ein.

Einen kurzen Augenblick lang schämte sie sich, dass ihre Beine versagten. Sie knickten einfach ein.

Kraftvoll packte Margot sie an den Ellenbogen und fing sie auf.

Fritzi saß mit nackten Füßen und leerem Blick am kalten Steinboden. Sie senkte den Kopf auf die Knie und schlang die Arme um den Nacken. »Wo ist er?«, fragte sie erschlafft.

Als sie Margots leeren Blick sah, kannte sie die Antwort. Ein einziges Fragezeichen. Sie fühlte sich wie nach einem K.o. im Ringstaub.

Nie war sie k.o. gegangen. Hatte sie überhaupt jemals aufgegeben? Nein, hatte sie nicht. Weder im Ring noch sonst im Leben. Neue Kraft erwachte in ihr. Ihre Handflächen schoben Margots Hilfe fort, und sie stützte sich an der Wand ab, um auf die Beine zu kommen.

Sie meinte ein entferntes Röcheln zu hören. Bis sie merkte, dass es aus ihrem eigenen Mund kam. Sie weinte nicht, ihr Gesicht war trocken. Sie hustete und würgte, doch ihr Magen war leer.

Sie musste an das Sonnenblumen-T-Shirt denken.

»Was genau ist passiert?«, rief sie und sah Margot strafend an. »Wie ist es passiert?«

Es war eine Sache von Sekunden, dass sie wieder zu sich selbst fand. Odilo würde nicht gefunden werden, wenn sie hier am Boden saß.

Sie zwang sich zu handeln.

Ihre Stimme klang rau, als sie befahl: »Gehen wir!«

Die beiden Frauen machten sich sofort auf den Weg. Felix Breitenberg und seine Kamera nahmen sie mit.

Unterwegs berichtete Margot, wie sie das Haus vorgefunden hatte und was sie zu wissen glaubte.

Das Raunen von Stimmen hörten sie und den Lichtschein sahen sie schon von Weitem. Über den Bergen war es stockdunkel. Als sie zu Heidis Blumenkreisel kamen, trafen sie auf die anderen. Hauptsächlich die Männer waren es, ausgerüstet mit Taschenlampen und Fackeln. Wie ein unheimlicher Schweigemarsch. Campari ging voran, Pater Timo am Ende. Mittendrin die Heidi, deren blonder Schopf ab und zu aufleuchtete.

Fritzi drang ein süßlicher Duft in die Nase, der Erinnerungen in ihr wachrief. Es war Odilos Lieblingsduft. Stundenlang konnte er sich im Garten neben dem Spalier aufhalten, in dem das Geißblatt mit seinen weißen und roten Blüten hochrankte. »Mama, Jelängerjelieber«, sagte er dann voller Stolz. »Ja, so heißt es auch«, antwortete sie dann.

Dieses süßliche Aroma war überwältigend. Es musste von Heidis Tankstelle kommen, die sie gerade passierten. In den Abendstunden drang es durch alle Ritzen in die Häuser, kroch in alle Räume, die Schlafzimmer und Schränke, schlich sich ins Innere von Bücherregalen und Schubladen, tränkte Kleidung, Vorhänge und Gardinen, haftete an Wänden und Türen und sickerte durch die sechs Öffnungen, die der Körper hat, in die Seelen der Menschen hinein und machte sie trunken.

»Odilo!«, flüsterte Fritzi im Gehen. »Oh lieber Gott, mach, dass wir Odilo finden.«

Der Schein der Lampen und Fackeln irrte gespenstisch über die Fassaden der urigen Holzhäuser in der Dorfstraße. Der Zug passierte den Schmied, die Sparkasse und den Brunnerbeck. Mit den gedämpften Gesprächen und dem Murmeln der Menschen kam sich Fritzi vor wie bei einer Bergmesse.

Margot hatte sich neben Campari eingereiht. »Denkst, der Kleine ist weggelaufen?«, fragte sie ihren Mann.

Im Gehen sah er sie nachdenklich an. »Zunächst dachte ich das. Die Terrassentür war zurückgeschoben. Er muss sie geöffnet haben. Warum sollte er das sonst getan haben?«

»Habt ihr im Blumenhof nachgesehen? Vielleicht hat er einfach Heimweh gehabt?«

»In jeden Winkel, jeder Ecke«, knurrte Campari mürrisch. »Dort war er nicht.«

»Warum ist die Fanny denn nicht dabei?«, fragte Margot. »Wenn sogar Pater Timo mitmarschiert, könnte sie ihm doch die Stange halten.«

»Sie strickt«, knurrte Campari. »Hat wenigstens der Pater behauptet. Sie strickt Kindermützen für den Weihnachtsbasar.«

Den Journalisten schickte Campari wieder weg. »Journalisten«, brummte er verächtlich. »Die behaupten hinterher immer, alles vorher schon gewusst zu haben. Der sammelt doch nur Stoff für eine Sensationsmeldung.«

Bald trennte man sich. Wo sollte man suchen? Der Bub konnte überall sein. Die einen stiegen den Fuchssteig hinauf, die anderen bogen in den Feldweg ein, der zum Bauer Benedikt führte. Camparis Gruppe mit Fritzi und Margot folgte dem Reiterweg, der den Feldbach kreuzte.

»Odilo! Oooodiloooo!«

Schaurig und gespenstisch klangen die Rufe durch den nächtlichen Wald. Zwischen Hoffen und Bangen war Fritzi den Tränen nahe. Kalte Schauer rannten ihr den Rücken hinunter.

Ein Fuchs kreuzte ihren Weg. Seine Augen leuchteten wie grün glühende Kohle. Dann ging er gemächlich weiter.

Ihre Fackel hatte Fritzi zunächst weit vor sich gehalten. Nun streckte sie die Leuchte seitlich von sich, um nicht geblendet zu werden. Die Baumstämme glitzerten in ihrem Schein. Der feuchte Boden verbreitete einen intensiven Pilzgeruch.

Sie liefen nun auf einem Pfad im Inneren des Waldes. Tief drinnen befand sich eine kleine Anhöhe. Sie entschlossen sich, die Anhöhe zu besteigen, weil das eine Abkürzung bedeutete, und wichen vom Pfad ab.

»Odilo! Oooodiloooo!«

Fast hatte Fritzi die Hoffnung schon aufgegeben, als Campari plötzlich die Hand hob und stehen blieb. Die anderen rückten zu ihm auf. Im Schein seiner Stirnlampe hatte er etwas entdeckt.

Zuerst begriff Fritzi nicht, was sie sah. Sie stand wie angewurzelt. Sie atmete schwer und fühlte, wie extreme Angst über sie herfiel. Campari blickte hastig um sich. Seine Stirnlampe warf ihr Licht über Bäume und Büsche.

Dann realisierte Fritzi, was er entdeckt hatte.

Da war Odilo! Acht oder zehn Meter vor ihnen.

Jemand richtete einen starken Scheinwerfer auf ihn.

Fritzi schrie laut auf.

Sein winziger Körper war an einen Baum gefesselt.

Er hatte eine Binde um die Augen, der Kopf hing nach unten.

Schreiend und mit ausgestreckten Armen rannte Fritzi auf den reglosen Körper zu.

Zuerst hatten sie Odilo befreit. Dabei waren sie auf den Zettel mit der Nachricht gestoßen.

Campari sandte sofort eine SMS an Bruni. Er wusste, dessen Handy war vierundzwanzig Stunden empfangsbereit.

Hallo Bruni, bitte kommt sofort in der Früh hier raus. Ein Kind wurde entführt, wir haben es wiedergefunden. Entführung könnte mit dem Brommel-Mord zusammenzuhängen. Schlechte Nachricht: Ihr müsst die Gegend abgrasen. Gute Nachricht: Landschaft schön, Wetter gut. Und ihr müsst einen Zettel analysieren. Servus.

Morgen würden sie Gewissheit haben.

zehn

In dieser Nacht hatte Fritzi Gernot einen Traum.

Campari war riesig und dick wie ein Monster und trieb sie in der Nacht mit einem Knüppel durch den Wald. Thea schaute hinter dem einen Baum hervor, Odilo hinter dem anderen. Und das immer und immer wieder, je länger die wilde Jagd dauerte. Immer wieder hinter einem anderen Baum.

Plötzlich war Campari verschwunden, und sie selbst wurde vom Menschengewimmel im selben Wald verschluckt. Mit ihr waren auch Thea und Odilo weg. Dafür tauchte der Tätowierte aus dem Dorf auf, dessen Name ihr nicht einfiel, sosehr sie sich auch zu erinnern versuchte. Er hielt ein Plakat vor sich, auf dem ein Text stand, den sie aber nicht lesen konnte. Die Schrift war zu klein, und als sie näher heranging, schwenkte der Tätowierte das Plakat nach oben weg.

Fritzi wusste im Traum, dass es nur ein Traum war. Sie verstand aber auch, dass es mit dem Plakat etwas Besonderes auf sich hatte, und wollte den Text unbedingt lesen.

Als der Mann sich umdrehte und weglief, merkte sie, dass er den gleichen Text auf seinen nackten Rücken tätowiert hatte. Wieder wollte sie ihn lesen und rannte ihm blindlings hinterher, als er wegzulaufen begann.

Sie kamen an den Hofplatz des Hauses, in dem Anton Scheiberl wohnte.

Odilo lag angekettet vor einer Hundehütte. Das wunderte sie zwar, doch es scherte sie nicht im Geringsten. Sie lächelte dem Jungen nicht einmal zu, als sie dem Tätowierten durch die offene Tür ans Haus folgte.

Von der Rückseite des Hauses her glaubte sie Geräusche zu hören. Sie eilte um die Giebelseite herum. Da waren ein weiterer Kartoffelacker, Johannisbeersträucher und blühende Bäume. Sie wunderte sich über den Acker und wo der Tätowierte mit dem Text geblieben war, wurde aber von einem Mann in Stiefeln abgelenkt, der Äste von einem gefällten Baum absägte. Als er

Fritzi bemerkte, hörte er sofort auf, drehte sich um und reckte sich. Es war der Journalist.

Der Journalist – auch sein Name fiel ihr nicht ein – lächelte und kam auf sie zu. Da merkte sie, dass sein Lächeln kein Lächeln war, sondern dass er die Zähne fletschte wie ein Tier …

Mit einem Ruck wachte sie auf.

Früher, wenn sie um Meisterschaften geboxt hatte, hatte sie oft solch verworrene Träume gehabt, vor allem wenn es um schwere Gegnerinnen ging. Sie war daher darauf trainiert, solche Alpträume in Minutenschnelle abzuschütteln.

Selbstverständlich fielen ihr im wachen Zustand die Namen sofort wieder ein – Mehmet Wandra, Felix Breitenberg –, und selbstverständlich konnte sie den Text der Botschaft auswendig hersagen. Das tat sie im Flüsterton, um Odilo nicht zu wecken, der neben ihr im Bett schlief, fest wie ein Stein. Mehr noch als gestern, bevor sie eingeschlafen war, wurde sie sich der Gefahr bewusst, in der sie und Odilo schwebten. Und des Mutes, den es bedurfte, um sich zu behaupten.

Draußen spazierte die Sonne über die hintere Veranda und erreichte den Hund, der dort schlief. Heidis Brauner, dachte Fritzi. Der, der Theas Fuß angeknabbert hat. Als die Sonne in seine Augen schien, blinzelte der Braune, stand auf und verzog sich.

Die Botschaft auf dem Stück Papier, das die Spusi zurzeit untersuchte, konnte sie auswendig hersagen.

Hört auf, hinter Thea herzuschnüfeln!!! Last die Finger weg. Sons pasiert noch ein Unglück!!!

Nach erster Beurteilung handelte es sich um handelsübliches Druckpapier, Format DIN A4, geschrieben auf einem handelsüblichen Rechner, mit Hilfe eines Lineals oder eines ähnlichen Gegenstands oben und unten abgetrennt, sodass nur etwas mehr als die zwei Zeilen Text übrig geblieben waren.

Sie hatten zusammen überlegt, Campari und sie. Waren die Rechtschreibfehler echt oder waren sie getürkt, um die Ermittler in die Irre zu leiten? Konnte man das Papier identifizieren, und gab es womöglich Fingerabdrücke? War man in der Lage, den Rechner, auf dem die Botschaft geschrieben worden war, zu ermitteln?

Doch dafür gab es die Experten.

Im Moment war sie überglücklich, ihren Sohn wiederzuhaben. Zärtlich rollte sie zur Seite und umarmte ihn, ohne ihn zu wecken.

Nur – damit war es nicht getan. Sie mussten den Täter oder die Täterin finden – oder waren es gar mehrere? Gerieten sie und Odilo dann tatsächlich Gefahr? Es war nicht abzusehen.

Es versprach ein weiterer sonniger Tag zu werden. Während Odilo sich wie ein müder Hund zusammengekringelt hatte und weiterschlief, sprang seine Mutter aus dem Bett und erledigte rasch hintereinander eine Reihe von Dingen.

Sie ging ins Badezimmer und putzte sich die Zähne, nachdem sie in der Küche den Wasserkocher für den Tee gefüllt und eingeschaltet hatte. Sie eilte zurück ins Schlafzimmer, öffnete den Schrank und nahm verschiedene Kleidungsstücke heraus, von denen sie meinte, dass sie dem heutigen Tag und Odilo angemessen seien und den überstandenen Schreck mildern würden. Dann fragte sie sich, ob sie zuerst Campari anrufen oder Odilo wecken und mit ihm frühstücken sollte. Auf keinen Fall würde sie je wieder ihren Sohn in Margots Obhut geben. Sie überlegte, wie sie am besten vorgehen würde, um von Odilo die Einzelheiten seiner Entführung zu erfahren.

Der Wasserkocher schrillte. Also eilte sie in die Küche und goss den Tee auf. Für Odilo einen Teelöffel Kaba mit heißer Milch. Zurück im Schlafzimmer entschied sie sich für eine Jeans und ein ärmelloses T-Shirt. Nicht allzu ärmellos wegen des Journalisten. Sie erschrak. Der Tee. Also rannte sie um drei Ecken in die Küche und nahm den Teebeutel heraus. Machte sich die erste Tasse des Tages. Dabei fiel ihr ein, dass sie die Dusche angedreht hatte, damit das Wasser ordentlich heiß war, wenn sie sich gemeinsam mit Odilo darunterstellen würde.

Der Dampf empfing sie schon im kleinen Flur. Sie drehte den Hahn zu. Doch dann kam ihr wieder in den Sinn, dass Odilo noch schlief. Nach dem schrecklichen Erlebnis sollte er das auch.

Kein Teufel der Welt sollte Odilo von seinem Erholungsschlaf abhalten.

Drei Minuten später stand sie unter der Dusche, rieb sich mit Duschöl ein und drehte das Heißwasser voll auf. Der Dampf begann zu duften. Sie stopfte ihr Haar unter eine Duschhaube, rieb sich Feuchtigkeitscreme ins Gesicht und wischte das Zeug mit einem Tuch wieder ab. Was sollte sie Odilo fragen? Wie er in den Wald gekommen war? Bruchstückhaft hatte er etwas von dem erzählt, was die Erwachsenen Entführung nennen. Wie war er aus Camparis Haus in den Wald gekommen? Was hatte sich ereignet? War er dazwischen irgendwo anders gewesen, sozusagen »zwischengelagert«? Hatte er jemanden erkennen können? Fritzi räkelte sich unter dem Strahl des kochend heißen Wassers. Sollte sie nun zuerst Campari anrufen oder …

»Mama? Maaaaaaaama!«

… sollte sie zuerst nach Odilo schauen oder ans Festnetztelefon gehen, das wie verrückt schellte.

Schnell rannte sie ins Schlafzimmer. Odilo stand mit nackten Füßen und zuckenden Schultern in einer Ecke und bedeckte sein Gesicht mit den Händen. Er vergoss bittere Tränen. »Mama«, schluchzte er. »Ich will nicht mehr in den Wald. Nie mehr.«

Fritzi hob Odilo vom Boden auf, küsste ihn, presste ihn an sich und griff mit ihm auf dem Arm nach dem Hörer.

Campari war dran.

»Fritzi?«, sagte er unaufgeregt. »Bist du selbst am Telefon?«

Eine beknacktere Frage am frühen Morgen war ihr lange nicht begegnet. Odilo auf ihrem Arm liefen die Tränen übers Gesicht. Sie hatte Mühe, mit dem Wischen nachzukommen. Nein, hier spricht mein Geist, wollte sie Campari schon erwidern. Doch sie beherrschte sich.

»Was gibt's? Ich muss mich um Odilo kümmern. Ich werde ihn nicht mehr in andere Hände geben. Ihn betreuen lassen wie einen überflüssigen Hund.«

Das, was sie wirklich dachte, sprach sie nicht aus.

»Deswegen ruf ich an«, sagte Campari. »Ich möchte dich herzlich bitten, weiter mitzumachen. Du wirst sicher noch mehr als andere dran interessiert sein, zu wissen, wer deinen Sohn entführt hat.« Ohne ihre Antwort abzuwarten, fuhr er fort. »Ich hab das sichere Gefühl, dass es einen Zusammenhang gibt zwischen dem Mord an Thea und der Entführung deines Jungen. Was meinst du?«

Was war in Campari gefahren? »Eine tolle Erkenntnis!«, spottete sie. »Hast du vergessen, was auf dem Zettel steht?«

Er lachte trocken. »Natürlich nicht, nur – wer sagt denn, dass der Täter nicht eine falsche Spur legen wollte? Ebenso wie mit den Rechtschreibfehlern. Ich hoffe auf ein baldiges Ergebnis aus München.«

Er legte eine Pause ein. Fritzi hielt das Gespräch schon für beendet.

»Ach ja«, kam er noch einmal zurück. »Hätte ich fast vergessen. Die Spusi hat was gefunden. Ganz in der Nähe des Baums, an den Odilo gebunden war. Die Leute sind noch vor Ort. Ich dachte, das könnte dich interessieren.«

elf

Am mittleren Nachmittag machte sich Campari vor der Tür zum Blumenhof bemerkbar. Er saß im Sattel eines Haflingers und hielt die Zügel eines zweiten Haflingers in der Hand, an dessen Sattel wiederum ein Pony festgemacht war. Über ihnen spannte sich ein typisch bayerisch weiß-blauer Himmel. Die Pferde warfen nur kurze Schatten.

Campari wischte sich mit dem Handrücken über die Stirn. »Wir machen einen kleinen Ausflug«, sagte er. »Wir werden Bruni treffen.«

»Den Spurensicherer?« Fritzi war sprachlos. »Zu dritt?«, hakte sie nach. »Mit Odilo?«

Er nickte verhalten. »Mit Odilo. Ich weiß ja, er kann reiten.«

Zum Fuchssteig und zum Feldbach war es nicht weit. Es ging sanft bergauf, es war nahezu die gleiche Strecke, die sie in der vergangenen finstren Nacht mit Lampen und Fackeln zurückgelegt hatten. Allerdings blieben sie diesmal auf dem Forstweg.

Als sie um eine unübersichtliche Kurve kamen, wären sie fast mit Heidi zusammengestoßen. Hinter ihr tummelte sich eine kleine Horde Menschen, die ausgerüstet war, als wollte sie den Mount Everest besteigen. Sie hatten sich gegen alles gewappnet. Gegen Steinschlag, Bergrutsch, abgehende Lawinen, wilde Wölfe, reißende Gebirgsbäche. Ganz vorn saß hechelnd der Braune. Heidis Hund.

»Ich führe eine Wandergruppe«, entschuldigte sich Heidi.

»I hob denkt, ihr wollt einen Krieg gegen Österreich anzetteln«, bellte Campari halblaut.

Heidi und ihre Wandergruppe hatten sich gerade von einem Rastplatz erhoben. Der Müllkorb daneben war voll bis zum Anschlag.

»Kommt, lass uns hier kurz Pause machen«, schlug Campari vor und wies auf eine grob gezimmerte Sitzgruppe aus Holz, während Heidi mit ihrer Truppe weiterzog.

Sie stiegen ab, Fritzi half Odilo von seinem Pony. Campari machte die Pferde fest.

»Mama, ich muss mal.«

Fritzi kümmerte sich darum.

Campari breitete währenddessen eine Landkarte und einige Fotos auf dem braunen, rissigen Holztisch aus und nahm auf der Bank davor Platz.

»Schau dir das einmal an«, sagte er zu Fritzi, als die beiden aus dem Wald zurückkehrten. Er deutete auf die Karte. »Hier liegt der Libellenweg 18. Hier ist mein Haus, in dem Odilo sich aufhielt, während Margot zu ihrem Jour fixe war. Und hier die Stelle, wo wir Odilo gefunden haben. Hier sind die Aufnahmen von Theas Fundort.«

Noch bevor Fritzi einen Blick auf das schreckliche Bild von Theas angeknabberter Leiche warf, nahm sie das Blitzlichtfoto wahr, auf dem ihr an den Baum gefesselter Sohn zu sehen war. Sie spürte, wie sich ihre Mundwinkel nach unten zogen und ihre Augen sich mit Tränen füllten.

»Hallo! Da bin ich wieder! Ich hab meine Horde abgeliefert.« Heidi stand plötzlich wieder da. Samt Hund stand sie da. Strahlend wie immer. Pferdeschwanz, kariertes Hemd, Bergstiefel. »Könnt ihr mich brauchen?«

»Na gut«, sagte Campari nach einer Weile. »Bleib hier. Du warst eh dabei, als wir sie gefunden haben. Setz dich zu uns.«

Er warf einen schrägen Blick auf den Buben. Am liebsten hätte er ihn zusammen mit den Pferden an einen Baum gebunden. Bloß nicht, flüsterte ihm sein kleines grünes Männchen ein.

»Komm, setz dich zu uns«, forderte Fritzi auch ihren Sohn auf.

»Der Tätowierte sieht vielleicht schlecht aus«, platzte Heidi heraus. Sie holte sich Odilos Hand und begann sie sanft zu streicheln. »Wie ein Gespenst läuft er herum. Ich hab ihn gefragt –«

»Das ist jetzt nicht unser Thema«, unterbrach Campari barsch.

»Aber du als unser Bürgermeister solltest das wissen«, entgegnete Heidi. »Ich hab mich mit ihm unterhalten. Ich glaub, der ist selbstmordgefährdet.«

»Ach was«, wischte Campari die Bemerkung vom Tisch. »Warum sollte der suizidgefährdet sein?«

»Weil er von allen möglichen Leuten gemobbt wird. Ich bin der Meinung, man sollte etwas dagegen tun.« Heidis Halsschlagader schwoll an. Das Blut war ihr ins Gesicht gestiegen. Sie blies die Backen auf. Mit einem Ruck entzog sie Odilo ihre Hand und stand auf.

»Dann kann ich ja gehen, wenn ich hier nicht erwünscht bin. Herzlichstes Dorf. Pah. Dass ich nicht lache!«

Bevor Campari einlenken oder Fritzi etwas sagen konnte, war sie um die nächste Kurve verschwunden.

Fritzi bemerkte Camparis Blick. »Vielleicht hat sie ja recht?«, meinte sie. »Ein Herzlichstes Dorf darf nicht nur aus Grüßen und Blumenschmuck bestehen.«

Dann sah sie Campari lange und nachdenklich an. »Wir waren doch beide dabei, als er gestanden hat, dass er in Thea verliebt war. Und sie hat ihn Bärli genannt. Ist doch süß, oder? Es hat sicher schon viele Selbstmorde aus ähnlichen Gründen gegeben. Wenn die geliebte Frau stirbt oder gar ermordet wird. Das kann ich mir schon vorstellen. Und wenn er dann zusätzlich noch gemobbt wird? Ich glaube, wir sollten tatsächlich besser auf Mehmet Wandra aufpassen.«

Campari nickte widerwillig. »Tja«, sagte er gedankenversunken. »Die Fingerabdrücke auf dem Schnapsglas haben nichts ergeben. Also scheint er wohl wirklich aus dem Schneider zu sein. Ich werd dann mal nach ihm schauen«, fügte er abwesend hinzu.

Er nahm zwei der Fotos auf dem Tisch zur Hand. Nach einem Blick auf den Buben beugte er sich zu Fritzi und sagte leise: »Was du nicht weißt: Auf Theas Terrasse stand eine gefüllte Regentonne. Bruni hat mit seinen Leuten herausgefunden, dass die Leiche ursprünglich vor der Tonne gekniet hat. Ihr Kopf steckte im Wasser. Die Spuren sind eindeutig, die Pathologie hat's bestätigt. Sie ist aber nicht ertrunken. Sie war vorher schon tot.«

»Und die Hunde haben sie an den Füßen von der Tonne weggeschleppt?«

»Exakt! Und was schließen wir aus diesem Fakt?«

»Mama, ich will spielen. Ihr seid so uncool!«

Fritzi zuckte mit den Achseln. Ihre Augen gingen zum Himmel. »Dann geh zu deinem Pony und streichle es. Aber lauf bloß nicht weg.«

An Campari gewandt sagte sie: »Was wir daraus schließen? Sollten durch das Wasser vielleicht Spuren oder andere Beweismittel verwischt oder beseitigt werden? Und wenn ja, welche?«

Er wiegte bedächtig den Kopf. »Ich glaube eher daran, dass hier einmal mehr etwas inszeniert werden sollte. Also etwas vorgetäuscht werden, sodass es wie etwas aussah, das es nicht gewesen ist. Ein Polizeipsychologe würde sogar noch weiter gehen …«

»Mama, das Pony lässt sich aber nicht streicheln!«, quengelte der Bub.

Fritzi ging hin und führte ihm die Hand. Das Pony ließ sich streicheln. »Polizeipsychologe?«

»Ja. … sogar noch weiter gehen. Er würde bestimmt ins Feld führen, dass die Tote reingewaschen werden sollte. Reingewaschen von etwas, das sie im Sinne des Täters oder der Täterin nicht hätte tun dürfen. Aber das ist natürlich bloße Hypothese.«

Fritzi setzte sich wieder an den Tisch, trommelte unhörbar mit den Fingern auf der Tischplatte herum und verzog das Gesicht. »Worauf willst du hinaus? Willst du mir ein Seminar in Kriminalistik verpassen? Wir wollten doch …«

»Jaja, das werden wir auch in ein paar Minuten. Gedulde dich so lange. Ist dir nicht noch etwas aufgefallen? Was war ungewöhnlich?«

»Sie war untenherum unbekleidet«, antwortete Fritzi prompt.

»Genau. Und wo war die fehlende Kleidung? Erinnerst du dich noch, was sie auf dem Gartenfest getragen hatte?«

»Warte. Ich seh sie vor mir, wie sie den schmalzenden Scheiberl mit dem Akkordeon begleitet hat.«

Odilo nahm den Daumen in den Mund und kaute darauf herum.

Seine Mutter starrte ins Leere. »Untenrum hatte sie eine enge Jeans an und High Heels ohne Strümpfe.«

»Aha. Und wo ist die ausgeleierte Jeans jetzt, und wo sind die Schuhe?«

Fritzi hatte vor Überraschung den Mund geöffnet. Warum hatte sie sich diese Frage niemals selbst gestellt?

»Die Leute sind im Dorf unterwegs, um sie zu finden. Wir drei, Fritzi, werden gleich auch aufbrechen, um ein wichtiges Indiz zu finden. Aber vorher muss ich dir noch eine Frage stellen. Was hast du automatisch daraus geschlossen, dass die Leiche unten nackt war?«

»Vergewaltigung!«

Er hielt ihr das Tatortfoto vom Libellenweg entgegen. »Siehst du. Sie ist aber nicht vergewaltigt worden. Weit und breit kein Sex. Nicht die kleinste Spur davon.«

»Vielleicht auch wieder etwas, das uns der Täter vorgaukeln will?«

»Du sprichst von einem männlichen Täter. Sex ließe selbstverständlich auf männlich schließen. Aber Vorsicht! Dann noch die Sache mit der Regentonne. War alles nur ein Bluff, um uns in die Irre zu führen?«

zwölf

»Wir haben Handschuhe gefunden«, rief ihnen Bruni schon von Weitem zu.

Der Chef der Münchener Spurensicherung stand mit Gummistiefeln auf einem Stein mitten im Feldbach. Eine Kamera hing am Riemen über seiner Schulter. Im Gegensatz zu dem Typ von Mensch hier, der sich von Knödeln, Fleisch und Bratensoße ernährt, einige zweimal am Tag, sah Bruni ganz so aus, als äße er nichts als Obst, Gemüse und hie und da eine Handvoll Nüsse und eine halbe Forelle. Ein zäher Kerl, dachte Campari bewundernd und sah an sich herunter. Der hat kein Gramm Fett am Körper.

Zwei von Brunis Männern arbeiteten flussaufwärts, zwei andere dreißig, fünfunddreißig Meter weiter unten. Ein weiterer lehnte am Bachrand mit dem Rücken an einem Baum und hielt einen Schäferhund an der Leine.

»Gut gemacht«, lobte Campari, führte Fritzi am Arm über kniehohe bemooste Felsen durch den Bach und sah sich um.

Hohe Schäfchenwolken und die Bäume hatten die Sonne in schräge Strahlen gespalten, die im Wald in verschiedene Richtungen abstanden. Auch im Bach fing sich das versprengte Sonnenlicht und verwandelte das Wasser, das sich in Sturzbächen über Klippen, Stufen und Findlingsfelsen ergoss, in ein bewegliches silbriges Metallband.

Ihre Pferde hatte Campari in Sichtweite wenige Pferdelängen weiter unten festgemacht. Odilo hatte sich inzwischen eng mit seinem Pony angefreundet. Es fraß ihm aus der Hand.

Eine Zigarette im Mundwinkel, winkte Bruni den Ankommenden beschwingt zu. Dann sprang er zurück ans Ufer und kam mühelos die steile Böschung herauf und ihnen entgegen. Die Kamera pendelte locker am Trageriemen von seiner Hand.

Über ihnen gurrten Wildtauben leise in den Bäumen.

»Schauen Sie«, sagte er. Er hielt einen transparenten Beutel in der Hand. »Hier drin sind die Handschuhe, die wir im Bach gefunden haben. Wir haben buchstäblich jeden Stein umgedreht. Unter einem davon waren sie versteckt.« Seine Augen waren auf Fritzi gerichtet. »Wir haben nach irgendwas Unbekanntem gesucht. Etwas, das im Zusammenhang mit der Entführung Ihres Sohnes steht. Ein Stück Seil, ein Klebeband, Handschuhe. Wir gehen davon aus, dass der Täter Handschuhe getragen hat … oder die Täter oder die Täterin, um genau zu sein«, fügte er nach einem kurzen Blick auf Camparis Miene hinzu. »Mein siebter Sinn hat mich auch diesmal nicht im Stich gelassen.«

»Maaamaaaaa! Da kommt jemand!«

Die Köpfe fuhren herum. Der Journalist kam mit ausgebreiteten Armen auf sie zu.

»Ich habe mich entschlossen, aus meinem dienstlichen Aufenthalt einen Kurzurlaub zu machen«, rief er ihnen zu. »Ich bin hier auf Schwammerlsuche.«

Um seine Aussage zu bekräftigen, klopfte er an die Taschen seiner Feldjacke, wendete die leeren Hände hin und her und tätschelte seine leeren Wangen. »Ich hab kein Diktiergerät dabei, keine Kamera, nicht einmal einen Schreibblock.«

Fritzi konnte ein heimliches Grinsen nicht unterdrücken und schaute Campari an. Der plusterte sich auf wie ein beim Balzen erwischter Auerhahn. Er warf die Arme in die Luft und stelzte mit hochrotem Kopf auf den Journalisten zu.

»Bevor Sie etwas tun oder sagen, Herr Bürgermeister«, warf Felix Breitenberg ein. »Ich hab schon lange um einen Termin mit Ihnen nachgesucht. Bisher hab ich keinen bekommen. Im Übrigen bin ich, wie Sie sicher vermuten werden, ein freier Mann und kann mich aufhalten und bewegen, wo ich will und wann ich will. Ach übrigens …«

Campari blieb stehen. »Was ist?«, fragte er.

»Ich soll Ihnen schöne Grüße von Pater Timo ausrichten. Wenn Sie das Geld für den reparaturbedürftigen Glockenturm nicht bald freigeben, soll ich Ihnen sagen, wird er sich an den lieben Gott wenden. Das hat er wörtlich gesagt, und ich soll's Ihnen genau so wiedergeben.«

Fritzi lachte Felix offen an. Ihr schien der Mann auf einmal besser zu gefallen als noch am Tag davor.

»Maaamaaaa, ich muss bieseln. Darf ich in den blöden Bach bieseln?«

Fritzi holte mit der Hand aus. »Untersteh dich!«

Wenig späte tönte es aus der Senke, in die der Bub verschwunden war, mit kräftigem Stimmchen herauf: »Eine Ziege und ein Madel ist teurer als eine Kuh im Stadel!«

Die beiden Mord- und Entführungsermittler und der Bub bestiegen ihre Pferde.

Brunis Truppe drehte weitere Steine im Feldbach um, und Felix Breitenberg durchforstete den Wald nach Schwammerln, die im Juli noch nicht wuchsen.

Campari hatte sich kopfschüttelnd beruhigt. Das vorläufige Ermittlungsergebnis hatte ihn etwas besänftigen können.

Fritzi Gernot war froh, ihren Jungen bei sich zu haben, und Odilo sah triumphierend auf die zwei Reiter hinter sich. Er hatte sich einen Weihnachtswunsch ans Christkind überlegt: eine Nacht am Baum im finstren Wald. Das war obercool gewesen. Der Schreck, den er erlitten hatte, war längst vergessen.

Hinter ihnen grummelte es halblaut. Hinter und über dem Berg hatte sich eine schwarze Wand zusammengeballt, aus der vereinzelte Blitze zuckten.

»Sollen wir uns am Sommer laben, müssen wir auch Donner haben«, rief Odilo nach hinten, schwang cowboymäßig einen Arm in der Luft und gab dem Pony die Sporen.

***

Pater Timo stand auf der Kanzel und predigte. Fanny saß in der letzten Reihe und lauschte der Probepredigt. Sie war seine einzige Zuhörerin. Außer dem Gekreuzigten, der schweigend an der Südwand hing.

Die Kirche hatte eine phantastische Akustik. Selbst wenn Timo flüsterte – wenn er besonders eindringlich sein wollte –, waren seine Worte noch im hintersten Winkel gut zu verstehen.

»… und lasst uns beten. Guter Herr Jesus, dieses Dorf wirkt nach außen hin so brav. So blumengeschmückt und herzlich.

Doch es gibt Sünder unter uns, von denen wir nichts wissen. Sünder, die nicht davor zurückscheuen, andere in Versuchung zu führen, die Ehe zu brechen, falsch Zeugnis zu reden und die sogar in der eigenen Gemeinde gegen das fünfte Gebot verstoßen: Du sollst nicht töten!«

Timo sah empört in die Runde. Umkreuzte mit strengem Blick das leere Gestühl im Kirchenschiff und streifte fragend das Kruzifix links neben ihm. Zum Schluss war sein Auge auf Fanny gerichtet, seine Schwester.

Fanny saß zusammengesunken da, als ob sie schliefe.

Dann passierte es.

Mit unglaublichem Getöse stürzte ein Gesteinsbrocken von oben herunter, prallte am Geländer der Empore ab, zertrümmerte die geschnitzte Außenwange der Bank, in der Fanny saß, und schlug Zentimeter neben ihr auf den blanken Boden.

Timo warf einen überraschten Blick auf den Gekreuzigten. Der Herr Jesus schien für einen kurzen Augenblick die Augen offen zu halten.

»War das eine Warnung?«, fragte der Pater halblaut. »Und was hat sie zu bedeuten?«

Die Antwort kam umgehend.

Hätte seine Schwester nicht erschrocken nach oben geschaut, wäre sie nicht in Panik aufgesprungen, und wäre sie nicht trotz eingeschlafener Beine mühsam zur offenen Tür gehumpelt, wäre sie diesmal zermalmt worden.

Wie bei einem Erdrutsch nach Starkregen rotierten Gesteinsmassen nach unten, als würde die Hölle mit Lava überquellen. Sie verschütteten den gesamten hinteren Bereich der Kirche. Dort, wo Fanny eben noch gesessen hatte, war der größte Haufen. Es knirschte und staubte und bröckelte weiter. Selbst Pater Timo oben auf der Kanzel verschwand in der Staubwolke.

Kurz verständigte er sich mit dem Herrn an der Südwand. Als der nickte, eilte Timo die Kanzelstufen hinab, trabte mit der Bibel unterm Arm zum Pfarrhaus und wählte Camparis Nummer. Zuerst das Handy, dann das Festnetz. Keine Antwort.

»Scheiße!«, fluchte Timo.

Er erschrak über sich selbst und sein Tun. Vor dem Mini-Jesus im Arbeitszimmer bekreuzigte er sich und bat um Vergebung. Außerdem nahm er sich vor, zwanzig Euro in die Gemeindekasse zu spenden. Den Kirchwieser Bußgeldtarif für Fluchen in der Öffentlichkeit.

»Um Goddswillen!« Fanny stand breitbeinig unter der Tür.

»Ja, Schwester, den Schmerz kann ich dir nachfühlen.«

»Nein, des mein i ned. Aber der Wang Ming macht gleich zu. Was möchtest du zum Abendessen?«

dreizehn

Wang Ming stand schon auf der autofreien Dorfstraße vor seinem Kramerladen. Er hatte die Hände hinterm Rücken verschränkt. Die schmalen Äuglein leuchteten auf, als er die »Pfallhaushältelin helanlahmen« sah. Sein rundes Gesicht war zusammengezuckt vor der ernsten Entschlossenheit, mit der die Frau ihm entgegensah.

»I glab, i bin Ihnen an Haufen Geld schuldig«, rief sie ihm schon von Weitem entgegen. Das »l« war unverkennbar fränkisch.

Wang Mings Gebiss blitzte. Es drückte Anerkennung aus. Viele Menschen aus dem Dorf ließen bei ihm anschreiben. Doch die Pfallhaushältelin schoss den absoluten Bock ab.

»Als ob die Kilche kein Geld hätte«, murmelte er. Er befeuchtete die trockenen Lippen mit der Zunge und suchte nach Wörtern ohne »R«.

»Was geschah da bloß ein Staub in dem Tempel?«, fragte er besorgt.

»Ach, i hab's doch immer scho gsachd. Der Glockendurm wird eines Tages einstürzen. Bald ist's so weit. Fast hätt's mich derbröselt.«

Auch ihr »A« war klar erkennbar fränkisch.

»Etzatla brauch i was zum Essen für mein Bruder und für mi.« Kurz vor Wang Ming machte sie halt und streckte ihm zwei Scheine entgegen. »Aber zuvor will i zahln.« Ihre Zunge hatte Mühe, in die Ecke hinter die Zahnreihen zu kommen, um ein vorbildliches fränkisches »l« zu platzieren. Doch es gelang.

Diese Art einer Geschäftseröffnung war dem Chinesen neu. Er nickte bedächtig und war gespannt, was für eine Nummer die Alte diesmal abziehen würde. Drüben in der Kirche quoll der Staub aus allen Ritzen. Es roch nach Abrissbirne.

Es waren zwei Zehner. Wang Ming hätte aber etwas mehr als zwei Fünfziger benötigt, um die kirchliche Schuldenlast zu tilgen. »Das langt nicht«, sagte er.

»Ogottogottogottogott«, klagte die Frau. »Mehrer hab i ned. Dann krieg i nix mehr für heut Abend?«

Wang Ming wiegte den Kopf und tat so, als überlegte er. »Weiß der Campali schon Bescheid?«, fragte er.

»Worüber?«

»Na. Wegen dem Steinfall in dem Tempel offensichtlich.« Lieber falsche Glammatik als ein »l«.

»I glaub ned«, sagte die Fanny kleinlaut.

Der Dorfkramer bog den Kopf zurück und betonte: »Essen? Ausnahmsweise. Wenn in dem Tempel die Teufel zuschlagen, müssen Sie Essen haben. Kommen Sie in meinen Laden. Was wünschen Sie?«

Fanny war grad mit dem Kartoffelschälen fertig, als Campari auf dem Radl ankam. Das Unglück in der Kirche war ihm zugetragen worden.

Das Wasser kochte, Fanny warf die Kartoffeln hinein. Sie häckselte Petersilie klein, knetete das Hackfleisch, ein Ei und Semmelbrösel tüchtig zusammen, würzte die Masse und mischte die Petersilie darunter. Dann formte sie das Fleisch mit den Händen zu fünf Fleischpflanzln. Anderswo Hamburger genannt, hatte sich das noch nicht bis Kirchwies durchgesprochen. Hier waren es wie eh und je einfach Fleischpflanzl, die der Herr Bruder so gern mochte. Schwein und Rind. Es war der Restbestand von Wang Mings Fleischvorräten gewesen. Zu den Pflanzln gab's Pellkartoffeln und Salat aus dem eigenen Pfarrgarten. Dass würde dem Herrn Bruder schmecken. Wenn er nur schon da wäre.

Nachdem sich Campari in Pater Timos Beisein die Bescherung angeschaut hatte, fällte er widerwillig eine Entscheidung. Die Feuerwehr musste her!

»Da sehen Sie, wie recht ich hatte«, beschwerte sich der Pater. »Wir müssen den kaputten Glockenturm endlich restaurieren. Instand gesetzt gehört er schon lange. Und Sie, Bürgermeister, müssen endlich die Mittel dafür freigeben. Bis heute haben Sie noch nicht einmal dem Antrag stattgegeben. Wenn Sie gehandelt hätten, wäre das jetzt nicht passiert.«

»Hallo, Timo, wo bleibst du?«

Keine Antwort. Schnell lief Fanny zur Kirche hinüber. Sie fand ihren Bruder mit zuckenden Schultern in einer abziehenden Staubwolke unter dem Kruzifix an der Südwand. Sein Gesicht hatte er mit den Händen bedeckt.

»Lieber Herr Jesus, ich danke dir. Du hast mich erhört und aus diesem Saulus Campari einen Paulus gemacht. Ich danke dir für deine unendliche Güte.«

Fanny wusste nicht recht, wie sie sich verhalten sollte. Sich heimlich wieder rausschleichen und ihn allein lassen? Dann würde das Essen kalt. Stehen bleiben? Dann würde sie womöglich wieder eine dieser kleinen Heimlichkeiten aufspüren, die sie so oft mitbekommen hatte, wenn er die Beichte abgenommen hatte. So wie bei dieser Thea Brommel, dieser … Hure.

Eine Entscheidung erübrigte sich. Die Fanny bekam einen Hustenanfall, der sich gewaschen hatte. Mindestens drei Viertel Kilo Staub, so viel wie das Gewicht des Fleischs vom Dorfkramer, hatte sich in ihrer Lunge verfangen.

Pater Timo drehte sich hastig um. Als wäre er bei etwas Unrechtem erwischt worden.

»Essen ist fertig!«, sprach die Fanny halblaut mit gesenktem Kopf. Ihre Worte hallten selbst in der demolierten Kirche wider. Im Umdrehen fragte sie: »Willst a Bier oder a Glas Wein?«

»Wasser!«

Sie machte ein hämisches Gesicht. »Will der Mann die Kehl mit Wasser feuchten, gibt es starkes Wetterleuchten.«

vierzehn

Nachdem Campari die notwenigen Maßnahmen mit der Feuerwehr abgesprochen hatte, war er Gast bei der abendlichen Hochzeitsgesellschaft.

Er hatte momentan wahrhaft anderes zu tun und im Sinn. Deshalb war er auch nicht dabei gewesen, als schon in der Morgendämmerung die Böller abgeschossen wurden. Doch er hatte nachher in der Früh im Rathaus die standesamtliche Trauung vorgenommen und hätte an der kirchlichen Trauung teilgenommen, wäre das Gotteshaus nicht verschüttet gewesen. Weil er den Hochzeitern trotzdem die Ehre erweisen wollte, setzte er sich abends im Kirchwieser Löchl zu ihnen.

»Auf a Hoibe oder zwoa«, kündigte er an.

Martina, die Braut in Weiß, strahlte vor Glück. Sie war eine enge Freundin von Heidi aus deren Zeit als Köchin am Chiemsee. Seitens des Bräutigams waren drei Schafkopffreunde gekommen sowie die nächsten Angehörigen aus der Stadt, die gesamte Bläsergruppe aus der Blaskapelle, in der er die Tuba spielte, sowie ein paar Männer und Frauen aus dem Entenzüchterverein. Die meisten hatten vor, nicht zu übernachten, sondern in derselben Nacht noch heimzufahren. Was bedeutete, dass die Frauen nichts Alkoholisches zu trinken kriegten.

Die Brauteltern trugen Schwarz und konnten eine gewisse Strenge im Blick nicht verbergen. Schorsch, der Bräutigam, machte eine gute Figur in seinem moosgrünen Loden-Trachtenanzug, den er sonst auch bei anderen Hochzeiten, bei Auftritten am Herbstfest, beim Feilnbacher Apfelmarkt oder beim Leonhardiritt trug. Die diversen Flecken am Wams waren also eine Art Erkennungszeichen. Er ging wie ein Wirt von Tisch zu Tisch, stets am Ende eines Bandes, das straff von Martinas Blick geführt wurde.

Während sich die Gäste nach der Rinderkraftsuppe am zweiten Gang und einem in Thymianbutter gebratenen Chiemseesaibling gütlich taten, wurden mitten in die Mahlzeit hinein

Reden gehalten. Campari wartete, bis alle ihren Fisch abgenagt hatten.

»… ihr habt es also geschafft, mit eurer Hochzeit fast unseren Kirchturm zum Einstürzen zu bringen. Ich wünsche dem Brautpaar, dass es im zukünftigen Leben von solchen donnernden Erlebnissen verschont bleibt und ihre Ehe nicht verstaubt.«

Der Bürgermeister durfte die Braut küssen, was ihm sichtlich große Freude bereitete. Gut, dass Margot daheimgeblieben war.

Als schließlich das Bankett unter den Klängen der »Vier Lustigen Kirchwieser« seinen weiteren Lauf nahm, als die Gäste unter dem Schein hochalpiner Hirschgeweihleuchter müde vor den Resten ihrer altbayerischen Schokobirnentorte und halb leeren Gläser saßen, taute Pauli, der Maler vom Grünsteinsee, auf. Er trat hin und überreichte dem Brautpaar ein Hochzeitsgeschenk. Erst vor wenigen Tagen hatte er mit dem Malen begonnen.

»Deswegen ist's noch ned ganz fertig«, sagte er. »Aber des macht ja nix. Hauptsach, man erkennt die Enten.«

Pauli war ein Freund vom Schorsch. Wobei dem Schorsch verborgen geblieben war, dass seine Martina vor knapp einem halben Jahr für mehrere Tage Gast auf Paulis Hausboot gewesen war.

Grad, als der Pauli die Sach mit den feinen Schweinsborstenpinselstrichen, der Spachteltechnik, überhaupt mit der ganzen Malweise, dem Licht und der besonderen Leuchtkraft näher erläutern wollte, tat es draußen einen lauten Krach. Einige Gäste waren schon dabei, sich mit Küssen und Umarmungen vom Brautpaar zu verabschieden, als draußen ein besonders helles Licht leuchtete, die Luft brannte und Kirchwies in Flammen stand.

Panik brach aus. Niemand wusste, was los war.

***

»Ja mei!«

Es war frühe Nacht geworden. Mitten in die Aufräumarbeiten der Feuerwehr an der Kirche hinein fing Fritzis Nase wieder an zu bluten. Und wie! Sie hatte nur kurz nach dem Rechten schauen wollen, weil Campari ihr das angeschafft hatte. Das ganze schöne rote Blut versickerte nutzlos im dunkelgrünen Grund des Pfarrgartens.

»Werden schon prächtige Blumen draus wachsen«, sagte sie zu Odilo, dem das Ganze wurscht war. Das hatte er schon oft gesehen. Für ihn war Mamas Nasenbluten so normal wie ihr Nasenschnäuzen.

»Ackern und Düngen ist besser als Beten und Singen«, sagte er cool und klopfte ihr liebevoll auf den Rücken.

Diesmal hörte das Bluten bald wieder auf. Fritzi sah sich um. Sie befanden sich auf geweihtem Gelände. »Wirst du wohl ...«, wollte sie schon ausholen. Doch dann musste sie nur laut lachen. Lachen und lachen und lachen, bis alles Lachen aus ihr heraus war.

Und bis Felix Breitenberg neben ihr stand. »Ich komm mit«, sagte er.

»Kommt überhaupt nicht in Frage«, sagte Fritzi.

Doch so richtig überzeugt war sie selbst nicht von ihrer Antwort. Sie hatte sich vorgenommen, nach Mehmet Wandra, dem Tätowierten, zu schauen. Als selbstmordgefährdet hatte Heidi ihn beschrieben. Freilich. Er war in Thea verliebt gewesen, wie er selbst zugab, und die Dorfbewohner schienen ihn miserabel behandelt zu haben. Doch war das ein Grund, sich umzubringen?

»Ich könnte dir ja beistehen«, sagte der Journalist. Er sagte einfach »du«.

»Wobei könnten Sie mir beistehen?«

»Na, Händchen halten und so, während du dem Wandra beistehst«, sagte er und versuchte, ihre Hand zu greifen.

»Oh ja, Mama, halt mein Händchen«, nuschelte Odilo und nahm die andere Hand in Besitz.

Die Feuerwehrleute hatten zuvor eine Kette gebildet, um die Trümmer und den Schutt aus der Kirche zu schaffen. Breitenberg hatte vergebens versucht, sich in die Kette einzuschleichen.

Nun versuchte er, sich an Fritzi heranzumachen.

Fritzi war auf dem hügeligen Weg vom Pfarrhaus durch das Grün hinunter zur Straße stehen geblieben. Länger als zehn Sekunden sah sie ihm in die Augen. Breitenberg hielt ihrem Blick mühelos stand.

Dann nahm sie seine Hand.

Anschließend platzte die Bombe.

Der Buick begann wie wahnsinnig zu hupen. Die Hupe klang heiser und machte einen unverschämten Krach. Der Wagen raste auf der Dorfstraße mitten durch Kirchwies und scherte sich offenbar einen Teufel um das Fahrverbot. Das grüne Dach glänzte im Licht der Straßenlaternen. Die Weißwandreifen vibrierten im Dunkel. Pulverisierter Straßenstaub kennzeichnete den Weg des verrückt gewordenen Wagens. Hinter ihm drängte ein leichter Nordwest den Staub nach Südost und verhüllte Wiesen, Fluss und Tiere hinter einer nächtlich dunkelgrauen Wand.

»Der spinnt, der Scheiberl«, schrie Fritzi mit vor Schreck geweiteten Augen.

»Das ist nicht der Scheiberl«, sagte Breitenberg gelassen.

»Natürlich! Das ist doch sein Auto!«

»Aber das Auto fährt nicht allein. Es hat einen Fahrer. Und das ist nicht der Scheiberl.«

Hand in Hand hangelten die drei sich vorsichtig den Hang hinunter.

Der Buick entfernte sich mit blinkenden Lichtern schneller und schneller und hielt auf die kleine Brücke beim Rathaus zu, die über den Feldbach führte.

»Obercool«, rief Odilo entzückt aus. Er stellte sich vor seine Mutter und streckte ihr die Ärmchen entgegen. Sie nahm ihn auf den Arm, von wo aus er einen besseren Blick hatte. Der Kleine winkte dem Raser hinterher und kreischte vor Freude.

»Das war nicht der Scheiberl«, betonte Breitenberg noch einmal.

»Wer denn sonst?«, rief Fritzi ganz außer sich. »Wer soll denn sonst dem Scheiberl sein blödes Auto fahren? Der lässt doch keinen andren ans Steuer!«

»Weiß ich nicht. Aber der Scheiberl war's nicht.«

Sie waren fünf Meter von der Straße entfernt.

Er fasste sie um die Hüfte. Sie ließ es geschehen. Seine Hand fühlte sich warm und weich an. Mit großen Augen verfolgte sie die Höllenfahrt des Buick.

Odilo verhielt sich ruhig.

Der Wagen hatte die Brücke erreicht und nahm ihren Buckel wie ein Hindernisläufer. Die Rücklichter verschwanden hinter der Biegung, und im nächsten Augenblick wurde die Nachtruhe zerrissen von kreischenden Bremsen und schlitternden Reifen. Das Auto selbst war außerhalb des Blickfelds.

Plötzliche Stille.

Dann das Aufheulen des Motors, das Geräusch durchdrehender Reifen.

Mit aufgeblendeten Scheinwerfern kam das Fahrzeug zurückgerast. Es hatte in Höhe von Heidis Blumenkreisel gewendet. Unwillkürlich ließ Fritzi Odilo von der Schulter gleiten und drückte ihn fest an sich.

An ihrer anderen Seite presste Breitenberg seinen Arm gegen den ihren. Sein Blick ruhte auf ihrem ebenmäßigen Gesicht mit der gebrochenen Nase. Ein plötzlicher Windstoß hatte ihr Haar über der Stirn aufgestellt. Er hakte sich bei ihr unter und zog sie und ihren Sohn hügelaufwärts weg von der Straße. Weg von der Gefahr. Wusste der Teufel, was der Typ da unten vorhatte.

Unter Fritzis Top lief trotz der Abendkühle der Schweiß an ihrem Körper herunter.

Ein Hase sprang aus dem Gebüsch und hoppelte auf die Straße zu.

»Mama, ein Häslein!«

»Jaja, lass nur. Der kommt schon zurecht. Der kennt sich hier aus.« Sie hatte keinen blassen Schimmer, ob der Hase nicht in einer Minute ein toter Hase war.

Die Szene mit dem spinnerten Auto auf der Straße vor ihr konnte Fritzi zwar nicht ausblenden. Sie versuchte auch alles, die Gedanken an damals zu vertreiben. Doch plötzlich war die bildhafte Vorstellung da, sie blieb einfach haften, und Fritzi kannte weder den Grund, noch gab es einen Anlass dafür. Oder doch? Breitenberg presste seinen warmen Körper intensiv gegen ihre rechte Seite. Sie musste an ihre Eltern denken.

Was gäbe sie dafür, Mamas und Papas verschwitzte Gesichter vergessen zu können, mit denen sie ihr Töchterlein anstarrten. Im Alter von fünf Jahren war sie eines Abends, ohne zu klopfen, ins elterliche Schlafzimmer geplatzt. Die Luftfeuchtigkeit dort entsprach etwa der in ihrem Terrarium. Die Eltern waren so außer Puste, als hätten sie gerade minutenlang den Atem angehalten oder wie wild rumgetobt, weil sie nicht schlafen konnten.

Und sie waren beide nackt!

Noch irgendwas war anders. Und komisch. Denn sie verhielten sich so, als hätte Klein-Fritzi sie bei etwas Schlimmem erwischt. Dabei war das ganze Zimmer bis auf das Bett aufgeräumt und sauber. Papa seufzte leicht genervt und drehte sich weg zur Seite. Mama warf sich ihren gelben Bademantel über und brachte Fritzi ins Bett.

»Weißt du«, erklärte sie in seltsamer Vertraulichkeit. »Mama und Papa haben sich manchmal ganz, ganz doll lieb.«

Was sollte ihr das damals schon sagen? Außerdem wollte sie solch ein Statement gar nicht hören. Es war ihr wurscht.

Klar, sagte sie sich, während Odilo auf der anderen Seite an ihr zog, es waren die Siebziger gewesen. Kinder und Heranwachsende hatten weder Smartphones noch Internet noch Pornos. Doch auch heute noch war es Kindern peinlich, vom Sex ihrer Eltern auch nur eine klitzekleine Ahnung zu bekommen. Obdachlosenkindern ist das ebenso fremd wie Notars- oder Musikerkindern. Nur die heimlichen Kinder katholischer Geistlicher waren hier ausnahmsweise fein raus.

Und doch – ohne Sex würden wir alle gar nicht existieren, das hatte Fritzi schon als Kind begriffen. Trotzdem schlossen selbst die härtesten Machos die Augen und dachten lieber an Gänseblümchen oder Karussellfahren als an den Sex ihrer Eltern.

Ein verstörter Blick zuerst auf Odilo, dann auf den Mann neben ihr. Fritzi war aus der Erinnerung aufgetaucht und plötzlich wieder hellwach für ihre Umgebung.

Der gespenstische Buick war vor ihnen vorbeigerast – an der Pfarrei, an der Kirche, am Dorfkramer auf der anderen Straßenseite – und hinter der nächsten Kurve verschwunden. Als Nächstes war ein gigantischer Knall zu hören. Unmittelbar darauf das malmende Geräusch von zerschmetterndem Metall, das Klirren von zerbrochenem Glas.

»Scheiße!«, knirschte Breitenberg. »Der hat die Kurve nicht gekriegt.«

Odilo hielt sich beide Hände vor die Augen. Damit wurde alles um ihn herum unsichtbar und er selbst gleich mit.

Der Journalist meinte erkannt zu haben, dass es nicht Anton Scheiberl war, obwohl sein schwerer Wagen da unten das Dorf aufräumte. Doch wenn Scheiberl es nicht war, wer sonst?

Dann fingen sie an zu rennen, Hand in Hand, Breitenberg löste sich, weil Odilo nicht mehr mitkam, und stürmte voran.

Die Eile war sinnlos wie in einem Traum. Stolpernd erreichte Fritzi mit dem Buben an der Hand die Dorfstraße. Sie sah andere Menschen hasten, stolperte wieder, platschte durch alte Pfützen. In der Entfernung heulte eine Sirene.

Dann waren sie von flackernden Lichtern und großen roten Katzenaugen umgeben. Von hinten sah der Buick relativ unbeschädigt aus. Das Vorderteil aber hatte sich an der Hauswand aufgebäumt, die Motorhaube war zerknittert wie Zigarettenpapier, das Dach war nach innen eingeknickt.

Das alles nahm Fritzi innerhalb einer Sekunde wahr. Auch, dass der Journalist noch versuchte, die Fahrertür aufzubekommen, dass er ums Auto rannte, um eine andere Öffnung zu finden, dass er, als es sich als vergeblich erwies, die Ankommenden zurückdrängte. Dass er auch sie und den Jungen umschlang und zurück in Richtung Kirche und Dorfwirtschaft brachte, realisierte sie noch, bevor … der dumpfe Knall einer Explosion ertönte, und vor ihren Augen erglühte die Nacht im roten Schein von Flammen.

Dritter Teil

eins

»Sind Sie da sicher?«, fragte Campari die Rechtsmedizinerin.

»Absolut.«

Campari betrachtete das unförmig verkohlte, geschrumpfte, rauchende, stinkende Stück Mensch, das vor ihnen lag, noch einmal.

Fritzi Gernot hatte sich sehr schnell nach Hause abgesetzt. Odilo war kurz nach dem Crash selbst für seine Mutter unerträglich geworden. Er war unendlich müde. Sie ließ es zu, dass der Journalist sie begleitete.

Das hatte auch einen Grund. Campari hatte sie angerufen und angedeutet, dass die Rechtsmedizinerin aus München unterwegs war. Er hatte darum gebeten, dass sie, Fritzi, doch bittschön alsbald zum Unfallort zurückkommen möge.

Ja, hatte sie ihm bestätigt, doch sie müsse zuerst Odilo versorgen.

Zu Margot hatte sie seit Odilos Entführung jedes Vertrauen verloren. Heidi war bei der Hochzeit ihrer Freundin. Also blieb nur der Mann neben ihr: der Journalist. Sie konnte sich einfach seinen Namen nicht merken. Breitenberg, kramte sie nach einer Weile aus dem Hirnkastl. Felix Breitenberg.

Sie ging das Risiko ein, ihn mit in ihre Wohnung zu nehmen. »Bitte nimm doch hier eine Weile Platz. Ich muss Odilo ins Bett bringen.«

Odilo war todmüde und voll angezogen aufs Bett gefallen. Auf dem Nachttisch brannte die Lampe. Der Bub hatte einen Arm ausgestreckt, der Daumen der anderen Hand steckte in seinem Mund. Als Fritzi die kleinen Schuhe sah, musste sie erleichtert lächeln. Sie standen fein säuberlich nebeneinander unterm Bettchen auf dem Fußboden. Die Strümpfe hatte er hineingestopft.

Fritzi zog ihn bis auf Unterhemd und Höschen aus. Dann beugte sie sich über ihn und nahm ihn hoch. Seine Augen waren fest geschlossen, der Daumen bewegte sich nicht aus dem Mund.

Ihr Sohn fühlte sich warm und weich an. Sie trug ihn ins Badezimmer und brachte ihn irgendwie dazu, noch einmal die Toilette zu benutzen. Auch dabei wachte er kaum auf. Der Kopf kippte zur Seite, der Daumen blieb im Mund. Dann steckte sie ihn ins Bett, deckte ihn liebevoll zu und seufzte tief.

»Ein lieber Kerl, dein Odilo«, rief ihr der Journalist zu.

»Felix«, sagte sie in einem Ton, der so nicht beabsichtigt war. Es klang viel zu vertraut, fast zärtlich. Sein Name schwebte in der Luft.

»Ja«, sagte er ebenso weich.

An der Schwelle des Kinderzimmers, den Türgriff im Rücken, stand Fritzi dem Journalisten gegenüber und sah ihn an.

Felix trat zur Seite und an ihr vorbei, löschte das Licht in Odilos Zimmer, schloss die Tür und knipste die Lampe im Flur, der zum Wohnzimmer führte, an. Er folgte ihr ins Wohnzimmer. Dort setzte er sich auf eine Kante der Couch und sah sie an.

»Ja«, sagte er noch einmal.

Kunstvolle Flecken bedeckten die Knie seiner Jeans, und seine Wildlederstiefel waren abgetragen und speckig. Die Dollarnotenhosenträger lugten unter einem abgewetzten Kordsakko hervor. Fritzi fragte sich in diesem Moment, ob er unter Geldmangel litt oder ob er damit das Image der Unabhängigkeit seines Berufszweigs demonstrieren wollte.

Im Licht sah sie sein Gesicht überdeutlich. Der schwache bläuliche Schatten, der seinen Bartwuchs andeutete, auch wenn er frisch rasiert war. Der minimale weiße Streifen am Haaransatz vor den Ohren – bei welchem Friseur war er gewesen? Er trug keine Brille, und auch die sonst unvermeidliche schwarze Baseballmütze fehlte.

»Würdest du bitte auf Odilo aufpassen? Ich muss noch mal weg.«

Er war erfreut.

Sie tauschten Handynummern, dann schwang sie sich aufs Fahrrad. Es war schon spät.

Die Luft war sanft und federweich, ein einmaliger Sternenhimmel wölbte sich hoch über ihr, als sie vorsichtig bremsend den Fuchssteig und dann mit Tempo die Straße hinunterfuhr.

Alles war ihr so vertraut in diesem Dorf, auch bei Nacht. Sie ließ Heidis Blumenkreisel hinter sich, überquerte den Feldbach, an den sie neuerdings so schlechte Erinnerungen hatte. Zur Linken der Schmied, zur Rechten die Sparkasse mit Camparis Rathaus. Dort, wo der Libellenweg zum Berg hin abzweigte, wich sie heftig klingelnd einer Schar Hühner aus, die gackernd und kopflos über die Straße rannten. Ein Zeichen, dass Wang Ming wieder einmal vergessen hatte, den Stall abzuschließen.

Droben über dem Lichtschein lebten die Schafhirten und Bergbauern, die ihre Almen bewirtschafteten. Als die Kirchenuhr elf Mal schlug, war der schiefe Glockenturm schon von Weitem zu erkennen. Fritzi wunderte sich, dass die Glocken überhaupt noch funktionierten und dass sie nicht ganz abgestellt waren. Schon erkannte sie das Pfarrhaus und die hell beleuchtete Unfallstelle am Kirchwieser Löchl.

Sie war gespannt, wer am Steuer des Buick gesessen hatte. Wer anders als Scheiberl sollte es gewesen sein?

Gab es einen Zusammenhang zwischen dem Unfall, dem Mord an Thea und etwa gar Odilos Entführung? Waren bei Theas Ermordung wirklich absichtlich falsche Fährten gelegt worden, wie Campari vermutet hatte, und sie so erfolgreich daran gehindert worden, dem wahren Motiv auf die Spur zu kommen?

Fragen über Fragen, als sie bremste und vom Fahrrad stieg.

»Wandra?«, fragte sie ungläubig.

»Wenn ich dir's sag«, gab Campari zurück. »Die Tätowierungen allerdings erkennt man gar nimmer.«

»Ja, aber warum …«

»Warum? Wissen wir alle nicht. Er hat sich den Buick von Scheiberls Hof geholt und ist damit losgefahren.« Versonnen sah er um sich. Sie hatten sich mitten unter die Tische mit den Resten des Hochzeitsessens im Löchl gesetzt. »Vielleicht hatte die Heidi doch recht mit ihrer Vermutung.«

»Vom Selbstmord? Sieht doch ganz danach aus, oder? Sag du noch mal was gegen weibliche Intuition.«

Campari gab sich geschlagen. Er stand auf und ging ein paar Tische weiter. Mit einem Tablett kam er zurück.

»Hier. Eine Kanne, zwoa Schuxn und a Auszogne, die bayerischen Spezialitäten zum Kaffee. Was zum Aufwachen und was Guads zum Essen.«

»Und fürs Sodbrennen«, erklärte Fritzi bestimmt. »Von diesem Schmalzgebackenen krieg ich jedes Mal Sodbrennen. Einen Kaffee nehm ich gern, danke.«

»Einer der möglichen Tatverdächtigen ist tot«, begann Campari.

Er trug eine weite graue Hose, aus der hinten ein langärmeliges weißes Hemd heraushing. Das Rosa im runden Gesicht kam von reichlich Schweinsbraten, fetten Soßen und zu viel Bier. Bluthochdruck eben.

»Wer also kommt für den Mord noch in Frage, Fritzi?«

»Scheiberl!«, kam es ohne jedes Zögern aus ihrem Mund. »Wang Ming, das glaube ich nicht. Was ist eigentlich jetzt mit dem vermeintlichen Vater von Theas Sohn? Ist der gefunden? Und …«

»… und der fremde Journalist?«, unterbrach Campari. »Wo hält sich der eigentlich momentan auf?«

Fritzi fuhr es heiß und kalt den Rücken hinunter. Wenn Campari wüsste … Sie durfte es ihm unmöglich verraten. Gerade wollte sie vor die Tür gehen und zum Handy greifen, da hakte Campari nach.

»Also für mich hat die Tat einen weiblichen Zuschnitt«, sagte er. »Ich hab das auch mit den Münchener Kollegen besprochen. Die Entführung deines Sohnes steht für mich in engem Zusammenhang mit dem Mord an Thea. Mit anderen Worten: Ich bin der festen Ansicht, dass Odilo von der Frau entführt wurde, die Thea getötet hat. Ein Mann hätte ihn versteckt oder wahrscheinlich sogar …« Verlegen sah er in die andere Richtung.

»Umgebracht, meinst du?«

Fritzi stand der Schweiß auf der Stirn. Sie musste sofort zu Hause nachsehen.

Es war eine sehr klare Nacht. Als der Mond sich über die Kiefern erhoben hatte, der Boden vom Tag noch warm war und sich langsam Tau auf den Geranienblättern bildete, kletterte Odilo mit seinem Schlafteddy – er hieß Maxi – im Arm durchs Fenster seines Kinderzimmers und schlich zur Terrasse. Er hatte keine Schuhe an und bewegte die Zehen auf den sonnengewärmten Fliesen. Als er genug hatte vom Blick auf den mondbeschienenen Garten, gähnte er leise und lange, hockte sich mit verschränkten Beinen nieder und dachte über verschiedene Begebenheiten nach.

Am meisten beschäftigte ihn nach wie vor seine eigene Entführung. Die Erwachsenen machten ein Riesenproblem darum, runzelten die Stirn, Mama hatte sogar geweint. Er selbst hatte die Stunden spannend gefunden.

Er mochte Margot, die Frau des Bürgermeisters. Sie konnte feine Sachen kochen und war lustig. Auch dass sie und ihr Mann sich oft stritten, fand er komisch.

Vor Freude kriegte er rote Ohren, wenn er an Margot dachte. »Sprich nicht mit vollem Mund!«, hatte sie ihn oft ermahnt. Dabei hatte sie, während sie das sagte, selbst einen vollen Mund gehabt.

Als er in der Grube wieder aufgewacht war, hatte er zuerst ein bisschen geweint. Das Dach über ihm hatte ihm Angst gemacht. Aber das mit der Fessel und den verbundenen Augen, das fand er geil. Am aufregendsten aber war natürlich die Zeit gewesen, als er im dunklen Wald an einen Baum gefesselt gewesen war und von fern die Leute hörte und die Lichter sah, wie sie näher kamen. Schiss hatte er nie gehabt. Er wäre gern noch länger da draußen bei den Tieren im Wald geblieben.

Seltsam hatte er nur gefunden, dass er nie das Gesicht der Person gesehen hatte. Immer war sie verdeckt gewesen oder hatte sich weggedreht oder so. Gesprochen hatte sie auch nicht. Kein Wort. Ein bisserl hatte sie sich wie die Margot bewegt, und sie hatte auch eine ähnliche Figur gehabt.

Auf der Terrasse kroch eine kleine Herde Ameisen über seine nackten Beine, und eine Eule grinste ihn von der Dachrinne her mit geöffnetem Schnabel und glühenden Augen an. Ganz in der Nähe quakten Grasfrösche wild durcheinander.

Odilo lächelte. Wenn er lächelte, leuchteten seine weißen Zähne. Er war stolz auf die weißen Zähne. Er putzte sie in der Früh und am Abend und manchmal sogar, wenn Mama es bemerken sollte, am Mittag nach dem Essen.

Am meisten wunderte ihn, dass seine Mama ihn und Maxi nun mit dem komischen Typen allein gelassen hatte. Der gefiel ihm genau so wenig wie seine Brillengläser, die aussahen wie ein Halbmond. Der lachte nicht und spielte nicht mit ihm und war überhaupt nicht so wie Margot. Vor Zorn lief Odilos Gesicht scharlachrot an.

Als er den großen schwarzen Schatten über sich sah, stieß er einen spitzen, schrillen Schrei aus, und sein Herz machte einen Hüpfer.

»Odilo! Bub! Was tust du hier draußen!«

Fritzi war durchs Haus gerauscht. Alles war dunkel. Und Odilos Zimmer und Bett waren leer.

Sie fand ihn auf der Terrasse.

Doch stärker als die Erleichterung, ihren Sohn wohlbehalten gefunden zu haben, war der Zorn auf den Journalisten. Er lag tief schlafend in seinem Bett im Gästezimmer.

Der Raum war klein, ziemlich vollgestopft mit alten Möbeln und hatte, so wie es früher üblich war, nur ein einziges Fenster mit Klappladen und ein Waschbecken mit Kaltwasser. Fritzi fühlte sich versucht, dem Mann einen Kübel über den Kopf zu schütten. Sie hatte ihn schon in der Hand, da erschien Klein-Odilo in der Tür, und sie verzichtete darauf. Sie hatte Campari versprochen, zurückzukommen.

Das Gästezimmer schloss sie von außen ab.

Zu Odilos großem Vergnügen holte sie den Motorroller aus der Garage. Er durfte hinten aufsitzen. Sein buschiges braunes Haar flog im Fahrtwind.

Fritzi graute vor dem erneuten Anblick der verkohlten Leiche.

zwei

»Mama, was sind das für Menschen?«, fragte er, als sie den Roller vor dem Kirchwieser Löchl abstellte. Mit dem Zeigefinger zeigte er auf eine Gruppe Menschen, die vor dem Eingang standen.

»Das sind keine Menschen, Odilo, das sind Raucher.«

Wortlos hielt Campari zuerst Odilo eine Schuxn, dann Fritzi sein Handy hin. Sie las den Text der SMS.

2. Paar Handschuhe mit Blutresten gefunden. Unter einem Stein im Feldbach wie die anderen. Denke, das reicht. Bruni.

Fritzi schluckte.

»Der erste wirklich konkrete Hinweis«, meinte Campari. »Bisher konnte jeder im Dorf verdächtig sein. Scheiberl, Wang Ming, der Brunnerbeck, der Uhrmacher, die Heidi, der Journalist, der Benedikt. Auch der tote Wandra könnte es gewesen sein. Meine Frau … und wenn ich ehrlich bin, auch ich. Thea war in viele verliebt. Folglich hatten auch viele ein mögliches Motiv. Beteiligte und Angehörige. Liebe bringt das so mit sich.« Er konnte einen tiefen Seufzer nicht unterdrücken. »Liebe. Die Illusion, dass sich eine Frau von den anderen Frauen unterscheidet.«

Überraschung spiegelte sich in Fritzis Miene. Sie legte die Stirn in Falten, gab aber keinen Kommentar ab. »Den Pater Timo hast du vergessen und die Fanny.«

Campari strich sich über den Bauch. »So gern ich den Pater hab«, spottete er. »Für einen Mörder halte ich ihn nicht.«

Dann griff er zur Schnupftabakdose und genehmigte sich eine Prise. Fritzi hatte er fest im Blick, als er bedächtig inhalierend fortfuhr. Er fuhr ihr sogar übers Haar, was er noch nie gemacht hatte.

»Ich hab ja lange Zeit gedacht, dass uns die Täterin – oder womöglich doch der Täter – durch einen oder zwei Bluffs irreleiten wollte …« Der Rest seines Monologs ging in Gekreische unter, das vom Eingang kam.

»Ja, da bist du ja!«, tönte es durch den weitgehend verlassenen Hochzeitssaal. »Aber wieder ned allein. Des hab i mir scho denkt. Immer treibst dich mit einer anderen Schlampn rum. Streichelst sie sogar am Kopf. Ich hab's genau gesehen!«

Nicht Margots Ehemann, sondern Fritzi Gernot war schockiert. Sie schoss von ihrer Bierbank hoch. »Wie bitte? Was sagst du da?«

Odilo stand fasziniert daneben.

Drohend machte Fritzi ein paar Schritte auf Margot zu. »Was bin ich? Eine Schlampn?«

Bevor sich Fritzi auf die Frau stürzen konnte, rannte Odilo auf Margot zu und schlang die dünnen Arme um ihre Beine, die in ausgebeulten Jeans steckten.

Margot wehrte sich. Sie schaffte es, sich von Odilo zu befreien, und ging laut kreischend auf Fritzi los.

Beide Frauen lagen sich in den Haaren. Wälzten sich am Boden. Wobei Fritzi den Anschein erweckte, als wolle sie der anderen nicht wehtun. Technisch wäre sie hundertfach im Vorteil gewesen. Noch immer ineinander verkrallt, rollten sie wie ein riesiges Wollknäuel gegen einen Tisch. Ein halb volles Weißbierglas kippte und ergoss sich mitten über Margots Haar.

Odilo quietschte vor Vergnügen.

Campari hatte dem Schauspiel belustigt zugesehen. Nun ging er dazwischen. Er packte einfach seine Frau unter den Achseln und zog sie hoch. Sie wollte kratzen und beißen, doch gegen die urwüchsige Kraft ihres Mannes hatte sie keine Chance.

Während Fritzi sich mühelos hochrappelte, holte Campari aus.

Fritzi fiel ihm in den Arm. »Nein, schlag deine Frau nicht!«, rief sie.

Margot ließ die Arme hängen, schnaufte tief und schoss abwechselnd wütende Blicke auf beide ab.

Odilo hing schon wieder an ihren Beinen.

»Um unser Gespräch zu Ende zu führen«, sagte Campari mit schiefem Mund halblaut zu Fritzi. »Ich glaub nicht mehr an einen Bluff.« Für einen kurzen Augenblick zog er Fritzi mit sich. »Wir haben jetzt die Handschuhe und werden in ein, zwei

Tagen das Ergebnis der DNA-Probe vorliegen haben. Bevor wir alle Bewohner von Kirchwies zu einer Speichelprobe antreten lassen, werden wir auf eine andere Möglichkeit zurückgreifen.«

Er beugte sich zu Fritzi und flüsterte etwas in ihr Ohr. Sie machte ein entgeistertes Gesicht.

Margot Campari führte wieder etwas im Schilde. Sie schnaubte wie ein Walross und fuchtelte wild mit den Armen. Doch Odilo hielt sie mit aller Kraft umschlungen. Sie wäre über ihn gefallen, hätte sie sich losgerissen.

Fritzis Augen hingen voll Zärtlichkeit an ihrem Sohn. »Kinder tun oft unbegreifliche Dinge«, sagte sie liebevoll. »Sie sind der Höhepunkt menschlicher Unvollkommenheit. Kinder weinen und lachen in den unmöglichsten Momenten. Odilo wird nachher ärgerliche Fragen stellen. Er erwartet, dass man ihn umsorgt, immer für ihn da ist. Er will ernährt werden, gewaschen, ins Bett gebracht, und ich soll ihm die Nase putzen. Und doch – in diesem Augenblick bricht der Bub mir das Herz.«

Odilo löste langsam seine Arme wieder von Margots Beinen. Dann schloss er die Augen wie der Pater am Altar, spitzte die Lippen und sprach: »Nach oben schau, auf Gott vertrau, nach Wolken wird der Himmel blau.«

Darauf schnalzte er mit der Zunge.

drei

Der Todesengel hatte ein ungutes Gefühl. Irgendetwas stimmte nicht. Sie waren zu nahe an ihm dran. Die Sache drohte aus dem Ruder zu laufen. Bei allem, was er hörte und vor allem beobachtete, fühlte er sich nicht mehr sicher. Am Tatort hatte er alles in Ordnung gebracht, und er hatte vor allem Handschuhe getragen. Er hatte sich unauffällig verhalten, war bestimmt nicht gesehen worden. Und er war sich sicher, keine Spuren hinterlassen zu haben.

Das Gleiche hatte sich abgespielt, als er den Jungen geholt hatte. Keine Spur, kein Laut, kein Gesehenwerden. Der Bub hatte sich ruhig verhalten, er schien sogar Spaß an dem Spiel gehabt zu haben.

Hätte er ihn töten und verschwinden lassen sollen?

Nun hatten sie die Handschuhe gefunden. Das war schlecht. Sie würden vielleicht das Blut bestimmen können. Doch um weiterzukommen, benötigten sie Vergleichsblut. Er war intelligent und belesen genug, sich das zusammenzureimen. Wenn sie allein die DNA anhand der Handschuhe bestimmen konnten und sie das Ergebnis hätten, würde ihnen das zunächst nicht weiterhelfen.

Es war wie bei der Vaterschaftsbestimmung. Ohne die Vergleichs-DNA des Vaters war die Mutter wehrlos.

Er wunderte sich ohnehin, dass nicht schon lange sämtliche Einwohner von Kirchwies zum Speicheltest gerufen worden waren. Würden alle dem Ruf folgen? Würde er selbst der Aufforderung nachkommen? Hätte er dann eine Chance zu entwischen?

Vorher musste er sich aber noch dieser Fritzi widmen. Dass ihr Bub plötzlich verschwunden gewesen war, hatte sie anscheinend nicht weiter berührt. Alles war wie vorher. Er hielt sie für grad so ein Flittchen wie diese Thea. Seit Neuestem beschäftigte sie sich mit diesem Fremden, der mit dem Zug gekommen war. Und vorhin, von weithin sichtbar, hatte sie sich sogar mitten in der Nacht mit dem Campari getroffen, der auch schon eine Affäre mit Thea gehabt hatte.

Es musste etwas geschehen.

Diese Fritzi musste weg! War dieses Dorf ein Freudenhaus?

***

»Der größte Mist, die größte Pein können im Nachhinein ganz nützlich sein.«

Pater Timo sprach leise und hoffnungsfroh. Er kehrte die Reste des Schutts in seiner Kirche zusammen. Vielleicht würde er durch diese göttliche Warnung eher an die Renovierung des Glockenturms kommen? Campari hatte eine Andeutung gemacht. Und dass die örtliche Feuerwehr die Trümmer wegräumte, wertete er zusätzlich als positives Zeichen.

»Mach's dir nicht zu leicht, mein Sohn!«

Timo lies den Besen fallen und drehte sich langsam um. Der Herr Jesus hing an seinem Kreuz wie immer. Bewegungslos und mit geschlossenen Augen. Das entrückte Antlitz, die Dornenkrone auf dem Haupt, das Tuch um die Lenden. Jesus hatte gesprochen, da war Timo sich sicher.

Er schloss die Augen und lauschte.

»Geh in dich und frage dich, was *du* zur Aufklärung dieses unwürdigen Verbrechens beitragen kannst. Steh nicht ratlos vor den Trümmern dieses Hauses und lass nicht alles ungestraft geschehen. Denk an das Alte Testament. Denke nach, wer das getan haben könnte. Er muss bestraft werden. Du kennst sie alle, die Sünder dieses Dorfes. Sie können weit entfernt sein und doch sehr nah. Überlege! Mein Vater hat dir den Verstand verliehen, Zusammenhänge zu verstehen. Nutze diese Chance. Wer sonst außer dir hat solch einen göttlichen Ratgeber. Einen persönlichen Coach. Enttäusche ihn nicht!«

Und damit, als ob der Coach den Hörer aufgelegt hatte, war das Gespräch beendet. Pater Timo ging in sich. Überlegte. Was hatte Jesus gemeint?

Der Herr hatte eine wohltönende, äußerst sympathische Stimme. Mit der Farbe dieses Klangs, seiner Weisheit und den feinen Gesichtszügen wäre er heute … Timo verwarf den Gedanken. Nein, Fernsehmoderator, so ein abartiger Blödsinn!

»Fanny!«, rief er laut, als er sich auf das Pfarrhaus zubewegte. Der Saum seiner Soutane schleifte wie eine Schleppe hinter ihm her übers Gras. »Fanny, du musst mir helfen!«

Inzwischen war es früher Morgen geworden. Fanny klappte das Gesangbuch zu. Ihre Hände, abgearbeitet und schwielig, hielten es noch eine Weile fest. Sie hatte nicht hineingeschaut, weil sie das Lied, das sie aufgeschlagen hatte, ihr ganzes Leben lang gesungen hatte und den Text im Schlaf konnte. Aber auch, weil sie wieder einmal ihre Lesebrille nicht finden konnte.

Fanny saß in ihrem Korbstuhl auf der Terrasse. Es war beinahe so, dass sie ein schlechtes Gewissen plagte, denn eigentlich hätte sie sich den täglichen Haus-, Garten- und Reparaturarbeiten widmen müssen. Auch zum Mützenstricken verspürte sie nicht die geringste Lust.

Timo schien sich wieder mit Jesus unterhalten zu haben. Ein diabolisches Grinsen legte sich über ihr Gesicht. Sie fragte sich, wie ihr Bruder wohl über den Mord dachte. Sie selbst hatte das Thema im Gespräch mit ihm bisher vermieden. Auch er hatte sich nicht weiter geäußert. Allein der Glockenturm machte ihm zu schaffen.

Pater Timos Schwester war eine einfache Frau, und sie kleidete sich dörflich. Doch in diesem Augenblick strahlte sie eine ungeheure Willenskraft und Stärke aus. Und sie hatte einen durchdringenden Blick, wenn es galt, jemanden zu überzeugen.

»Lass die Finger von der Sach«, riet sie ihrem Bruder dringend. »Du bist Pater, kein Ermittler bei der Kripo. Lass die anderen doch wurschteln. Der Campari, dieser Wichtigtuer, hat sich doch förmlich aufgedrängt. Und diese Fritzi Gernot meint, mitmachen zu müssen, bloß weil sie einmal eine Meisterin im Boxen gewesen ist.«

Damit ließ sie's gut sein.

»Wo warst du, als ich den Schutt in der Kirche weggeräumt habe?«, fragte der Pater beiläufig. »Ich hab dich gesucht und nach dir gerufen. Wo bist du gewesen, Fanny?«

Sie griff wieder zum Strickzeug, das sie eine Weile hatte ruhen lassen. »Na, unten beim Löchl. Ich wollt mir dieses Affentheater noch mal anschauen.« Sie sah Timo kurz an und dann an ihm vorbei nach oben. Als ob sie einem Vogel nachschauen wollte, der gerade aufflog. »Ich kann's verstehen. Wenn du einen Menschen umgebracht hast, bleibt dir keine andere Wahl. Du musst dich selbst richten.«

Pater Timo sah seine Schwester lange an. Auf eine Art, als ob er eine Weile über ihre Aussage nachdenken müsste. Dann streckte er die Hand aus und schüttelte die ihre, hielt sie über Sekunden in der seinen und legte dann seine andere darüber.

»Du bist eine gute Frau, Fanny«, sagte er. »Ich werde mit Jesus darüber reden.« In seinem Ton lag etwas uncharakteristisch Süffisantes. »Und, liebes Schwesterherz – was gibt's zum Frühstück?«

Abwesend fuhr er sich mit den Händen über die Soutane und strich sie glatt. Wohlig lehnte er sich zurück und blinzelte nach Osten. Jede Formation in der beinahe durchsichtigen Gebirgskette war untrennbar mit seinem Leben verwoben. Kein Wölkchen trübte den Himmel. Auf der Wiese jenseits des Gartenzauns blühten Feldblumen, von denen Timo jede einzelne beim Namen kannte. Ein Grasfrosch kroch mühsam durch eine Masche des Drahtzauns. Traktorengeräusch in der Ferne. Morgendliche Idylle.

***

Die Morgensonne breitete einen rosa Lichtschein über das Kirchwieser Tal. Sein Dorf, so wie es Campari sah, hatte ihn noch nie so intensiv beschäftigt wie in diesen Tagen. Der brutale Mord an Thea Brommel, die Kindsentführung und jetzt der spektakuläre Selbstmord des Neubürgers Wandra. Er fühlte sich wie die berühmte Spinne im Netz. Fäden und Strahlen in alle Richtungen. Nichts wirklich Greifbares, alles verschwommen.

Der Handschuh mit den Blutresten könnte der Durchbruch werden. Doch dafür hätten alle Bürger von Kirchwies in Reih und Glied antreten und Speichelproben abliefern müssen. Nur der Vergleich mit dem DNA-Ergebnis des Handschuhs könnte es bringen. Fritzi müsste von Haus zu Haus gehen und den Mundabstrich machen. Der Brunnerbeck, Wang Ming, die Heidi, der Scheiberl Anton und viele andere mehr. Auch die Frau Stadtmüller, er, Campari selbst, die Margot, der Pater und die Fanny …

Campari war inzwischen jedoch endgültig überzeugt, die raschere und effektivere Lösung zu kennen. Er hatte sie in seiner Zeit bei der Mordkommission München mehrfach praktiziert. Zwei Fälle hatte er gehabt, die ihn nie losgelassen hatten, und beide hatten sie schließlich auf diese Art gelöst.

vier

Camparis E-Mail an den zuständigen Richter ging unverzüglich raus. »Beantrage Exhumierung der Leiche von Frau Thea Brommel nach Paragraf 87, Absatz 3 StPO.« Seine Begründung hielt er für absolut stichhaltig.

Fritzi erklärte er: »In solch einem Fall müssen die Angehörigen über eine Ausgrabung informiert werden. Sie müssen nicht einverstanden sein. Nur Kenntnis davon sollten sie erhalten. Aber, liebe Frau Doktor – kennen wir Angehörige von Thea Brommel?«

Sie musste nicht lange überlegen. »Nein«, sagte sie schließlich leise. »Es gibt ihre Mutter Monika und den Stiefvater. Aber die leben in Venezuela, heißt es. Theas leiblicher Sohn wurde adoptiert und heißt jetzt Hubert Krauss. Der muss ja wohl nicht informiert werden.«

Campari spürte, dass mit Fritzi etwas nicht stimmte. Sie war zu ihm ins Rathaus gekommen, und sie saßen an dem kleinen Besprechungstisch in einer Ecke seines Büros. Er hatte ihr Kaffee angeboten, doch sie wollte Wasser.

»Geht's dir nicht gut?«, fragte er sie. »Seit du das Mail an den Richter gelesen hast, bist du wie verändert. Und ganz blass. Du als frühere Ärztin wirst doch nicht vor so einer Ausgrabung zurückschrecken? Du doch nicht!«

Fritzi lächelte. Wenn Fritzi lächelte, ging die Sonne auf.

»Nein, deswegen nicht. Aber allein der Gedanke, dass Thea tot ist, erschüttert mich jedes Mal aufs Neue. Und wenn mir im selben Augenblick einfällt, auf welch grausame Weise sie ums Leben gekommen ist, wühlt mich das mit aller Gewalt auf.«

Campari langte über den Tisch und nahm ihre Hand. Kaum spürte er die Kälte ihrer Haut, zuckte er im selben Moment instinktiv zurück. Wenn Margot jetzt hereinkäme …

Doch dann besann er sich.

Er stand auf. Im Vorübergehen strich er ihr leicht übers Haar und ging zum Schreibtisch. Dort lag ein dicht beschriebener

Zettel, auf dem er vermerkt hatte, was er an diesem Tag alles erledigen wollte. Die Exhumierung beantragen. Wenn genehmigt, Obduktion beantragen. Nachfragen, ob seine Kandidatur für den Landtag durch war. Nachfassen, ob die Geldmittel für den Glockenturm genehmigt würden. Dem Pater Bescheid geben, vorher ärgern. Margot ärgern.

Belustigt sah er auf. Beim letzten Punkt war er grad dabei. Doch er hatte noch anderes mit seiner Frau im Sinn. Größeres.

Margot Campari, das wusste jeder, war sozusagen die Dorfzeitung. Was man ihr mitteilte, verbreitete sich in Windeseile. Zuerst unter der Handvoll enger Freundinnen im Dorf, danach bei den Bürgermeistergattinskolleginnen im Landkreis. Danach war es rum, und jeder kannte die Neuigkeit. Wenn sie also beispielsweise erfuhr, dass Thea Brommel wieder ausgegraben werden sollte …

Das Telefon klingelte. In der Hoffnung, es sei das Gericht mit der Genehmigung, nahm er den Hörer ab.

Niemand meldete sich.

»Hallo!«, rief er hinein. »Hallo!«

Keine Antwort.

»Saukerl!«, sprach er und legte auf.

»Komm, ich geb einen aus«, schlug er aufgeräumt vor. »Momentan können wir eh nichts erledigen. Ich lad dich ins Löchl ein. Nimmst mich auf deinem Roller mit?«

Als Fritzi ihn mit hochgezogenen Augenbrauen ansah, fügte er hinzu: »Ausnahmegenehmigung erteilt!«

»Griaß di, Burgermoasta«, wurde er von der Wirtin vom Kirchwieser Löchl mit einem Seitenblick auf Fritzi empfangen. »Moanst ned, dass d' wieder Ärger mit deiner Frau kriagst?«

Alles war im Löchl wieder so, wie es sich für einen Landgasthof in dritter Generation gehört. Die Tische mit den blank gescheuerten Platten waren zurechtgerückt, Vasen mit Sommerblumen drauf, daneben Steingutkrüge mit in weiße Servietten gewickeltem Besteck, Geranien in den Fensternischen, die alte Holzvertäfelung frisch gewienert, die Biertheke in allerbestem Schuss. Es roch nach kaltem Bier, Lüngerl und heißen Semmelknödeln.

Das Chaos der Hochzeitsgesellschaft hatte keine Spuren hinterlassen. Ebenso wenig der Zusammenstoß des schweren Wagens mit der Hausmauer. Alles war wie immer. So wie droben der blaue Sommerhimmel und drüben die saftig grünen Wiesen und die glücklichen Kühe auf der Alm.

Die Neuankömmlinge beachteten die Wirtshausidylle nicht und schritten, ohne sich umzuschauen, durch die Außentür hinaus in den Biergarten.

»Da draußen ziacht's aber«, rief ihnen die Wirtin hinterher.

»Uns wird's ned ziehen«, erklärte Fritzi mit fester Stimme.

Der Biergarten war wie hingemalt. Wie auf einem Gemälde von Max Liebermann oder Alfons Wegener. Tische mit rot-weiß kariertem Tuch auf hellgrauem Kies, Sommerblumen auf jedem Tisch, grüne Gartenstühle und späte Kastanien mit weißen, weißroten und roten Blütenkerzen darüber. Stämme, die dreißig Meter hoch und über zweihundert Jahre alt waren.

»Dürfen wir?«, fragte Campari die Wirtin, die ihnen gefolgt war. Ohne eine Antwort abzuwarten, beschlagnahmte er einen Platz an der Hauswand, wo es geschützt war, und schob Fritzi einen Stuhl unter.

»Ihr könnt euch auch in den Pavillon setzen«, schlug die Wirtin vor. Sie hatte die Visage eines Goldhamsters.

Campari winkte ab. »Was habts zum Essen?«, fragte er die Wirtin.

»Ganz frische Weißwürscht hätt ma«, sagte sie. »Oder zum Beispiel den Schweizer Wurschdsalad als Brotzeit.«

Campari zögerte. Sie warfen einen Blick auf die Speisekarte.

Bayerischer Tapas-Teller. Schweinsbraten natürlich. Kalbsschnitzel. Hintere Schweinshaxn mit Krautsalat und Kartoffelknödel. Wildschweinmedaillons mit Blaukraut und Spätzle. Seesaibling mit Rieslingschaum. Nachtisch: Apfelkücherl oder Topfenmarillenknödel.

»Ich nehm des Bauerngröstl vom Tafelspitz«, entschied Campari.

»Und ich des Speckbrettl vom heimischen Speckfarmer.«

»Du weißt scho, wer dieser Speckfarmer is?«, tat Campari wichtig.

»Keine Ahnung«, bekannte Fritzi.

»Na, unser Benedikt natürlich. Der lässt die Säu nur unter seinen Eichen grasen und füttert sie mit Kräutern.«

»Aha.«

Fritzi war unentschlossen. Thea kam ihr in den Sinn. Der Wandra. »Spinatknödel mit Reherlsoß«, bestellte sie auf Vegetarisch um.

Droben in der Höh besprachen sich die Amseln. Krähen schimpften in den Wipfeln, und irgendwo hämmerte der Buntspecht.

»Das Ausgraben einer Leiche bedeutet für den Täter einen enormen Stress«, erklärte Campari. Er nahm einen tiefen ersten Zug von seinem Weißbier. »Man muss nur vorher dafür sorgen, dass er es auch erfährt. Das wird unsere Aufgabe sein.«

»Das bedeutet: Je öffentlicher davon gesprochen wird, desto besser? In der Presse, im Radio, im Fernsehen?« Fritzis Neugier war geweckt.

»Ja, das selbstverständlich auch. In den Medien muss verkündet werden, dass wir kurz vor der Aufklärung der Tat stehen. Gleichzeitig halte ich in unserem Fall das Mittel des Rundsprechverfahrens für sehr wirkungsvoll.«

»Also die Mund-zu-Mund-Propaganda?«

»So kann man's ausdrücken. Dem Mörder oder der Mörderin muss glaubhaft und sehr dramatisch vermittelt werden, dass wir in gewisser Weise Thea auferstehen lassen. Dass wir sie aus dem Grab holen und sie als Zeugin ihrer eigenen Ermordung auftreten lassen werden.«

»Dein Bauerngröstl.« Die Wirtin stellte einen Riesenteller vor Campari hin.

Er sog den Duft ein.

Bratkartoffeln, gewürfelter Tafelspitz, Zwiebeln, Knoblauch, Speck, ein bisserl Kümmel, darüber zwei Spiegeleier und daneben der Krautsalat.

»Und für dich die Spinatknödel.«

Die Soße duftete herrlich nach frischen Pfifferlingen.

»Mahlzeit!«

Die Freundlichste war die Wirtin nicht.

»Die Täterin wird neugierig werden«, sagte Campari mit vollem Mund. »Und nervös vor allem. Du musst dafür sorgen, dass jeder, der am frisch ausgehobenen Grab auftaucht, gefilmt oder fotografiert wird.«

Campari, in seiner Gier nach Gröstl, verschluckte sich. Er hielt sich beide Hände vor den Mund und hustete sich den Magen aus dem Hals.

Fritzi aß gesittet immer nur ein Gäbelchen voll vom Knödel.

»Verstehst?«, setzte Campari seine Erklärung nach dem Anfall fort. »Du musst alles und jeden filmen. Unsere Person könnte dabei sein. Ich bin sogar überzeugt davon, dass sie unter den Neugierigen sein wird, die sich das nicht entgehen lassen wollen.«

»Habe verstanden«, sagte Fritzi. Sie fand Gefallen an der Sache. »Den Täter … die Täterin wird die Frage bewegen, in welchem Zustand sich die Leiche befindet. Und wenn wir dann verlautbaren lassen, wie zufrieden wir mit unseren Untersuchungen sind, wird es sie weiter an den Rand des Abgrunds treiben.«

»Genau. Und gleichzeitig wird er oder sie sich mehr und mehr zurückziehen, zum Einzelgänger werden und spürbar unsicherer. Er wird sich von der Gemeinschaft abkapseln.«

Ihre Köpfe fuhren herum.

Pater Timo – lang, hager, schwarz – stand vor ihnen und ließ den Pferdeschwanz bedächtig durch die Finger gleiten.

»Nix für ungut«, sagte er. »Ich hab die Unterhaltung unfreiwillig mithören müssen.« Seine Augen funkelten verdächtig. »Ist ja eine spannende Sache, die ihr beide da unternehmt. Man könnte auch den Brunnerbeck, den Embacher oder die Heidi befragen, ob irgendwelche Stammkunden eine erkennbare Veränderung in ihrem Verhalten zeigen.« Er warf einen scheuen Blick auf den Bürgermeister. »Oder?«

Campari grummelte leise vor sich hin. Was sollte er davon halten, dass sich nun schon der Dorfpater in seine Ermittlungen einschaltete? Was außer seinem lieben Herrn Jesus hatte er denn schon zu bieten? Er wandte sich wieder an Fritzi Gernot. Den Pater ließ er unbeachtet.

»In der Zeitung und möglichst auch im Internet sollte ein Artikel erscheinen – er könnte auch von mir stammen –, der sich sehr entschlossen liest. Wir sollten darin der Täterin sagen, dass wir wissen, was sie durchmacht. Dass sie ja im Grunde gar nicht morden wollte, und wir sollten auch darauf hinweisen, dass uns klar ist, wie hart es ist, diese Last und Verantwortung auf ihren Schultern zu tragen.«

Pater Timo hatte auf einem freien Stuhl Platz genommen. Während er aufmerksam zuhörte, fixierte sein Blick eine gerahmte Unter-Glas-Schrift an der Wand. Er tat so, als beschäftige er sich mit dem Studieren des Textes, während er die Informationen verarbeitete, die Campari hinter ihm ausspuckte. Er verschränkte die Arme hinter dem Rücken und versuchte, sich in zwei Richtungen zu konzentrieren. Er las:

Mit dieser Kindermützen-Strickanleitung erfahrt ihr, welchen wichtigen Punkten ihr Beachtung schenken solltet, damit euer Werk auch ein voller Erfolg für unsere kleinen Erdenbürger wird.

Es war das Strickrezept seiner Schwester für den Weihnachtsbasar. Sie hatte ihm nicht verraten, dass außer ihr noch andere an den Wollmützen für Kinder arbeiteten oder dazu aufgerufen waren. Denn sie selbst strickte pausenlos und in allen Farben und Formen.

Man schlägt zwanzig Maschen an und strickt einige Reihen im Rippenmuster, also jede Reihe als rechte Masche. Nun misst man die Maschenprobe aus und gleicht sie der Messung des Kopfumfanges an. Strickt ihr fest, dann nehmt ihr feinere Nadeln. Strickt ihr lockerer, dann nehmt ihr gröbere Nadeln zum Stricken. Nach der Maschenprobe könnt ihr mit dem Mützchen beginnen.

»Ich bin beeindruckt«, bemerkte Fritzi hinter ihm zu Campari. »Du hast den Tatort besichtigt und mit deiner Routine Details gesehen. Okay. Doch wie kommst du nur zu all diesen Schlussfolgerungen?«

Campari hustete. Seine Lungen spuckten den Schnupftabak wieder aus. »Nachdem die Exhumierung entsprechend ausgewalzt worden ist«, sagte er, »muss eine neue und vielversprechende Spur verkündet werden. Etwas, was diesen Fall angeblich wieder hochaktuell werden lässt. Am besten muss die Nachricht mehrfach in den Medien bekannt gemacht und in der Öffentlichkeit breitgetreten werden. Wir müssen so viel Druck wie möglich ausüben. Ein Experte für Täterprofile vom Bundeskriminalamt arbeitet zum Beispiel am Fall mit. Alles, was der vorhersagt, passt natürlich bestens mit den neuen Beweisen zusammen, die nach der Ausgrabung gefunden worden sind.«

Pater Timo warf einen unauffälligen Blick nach hinten. Diese ironische Seite Camparis war ihm neu. Er könnte das leicht in der nächsten Predigt verwenden. Die allerdings erst wieder nach der Renovierung der Kirche stattfinden konnte. Uninteressiert und unkonzentriert überflog er den Rest der Strickanleitung.

Man schlägt aus der errechneten Maschenprobe die jeweiligen Maschen auf vier Nadeln verteilt an. Wenn ihr mit Bündchen stricken möchtet, dann rechnet ihr hierfür sechs bis elf Zentimeter zu dem eigentlichen Muster mit ein. Je nach Wunsch könnt ihr bunte Streifen oder andere Effekte mit einarbeiten.

»Wenn wir eine Verdächtige haben«, hörte Pater Timo. »Wenn man die Person identifiziert hat, darf man sie nicht sofort verhaften, selbst wenn es geraten erschiene. Wir werden sie noch eine knappe oder eine gute Woche schmoren lassen. In dieser Zeit sollten wir dringend versuchen, ein Geständnis zu bekommen. Je mehr Fakten wir dann zur Verfügung haben, desto eher können wir der Person Sachen ins Gesicht werfen wie ›Wir wissen, warum Sie die Thea umgebracht haben‹ oder ›Wir haben das mit der Regentonne schon lange durchschaut‹. Das würde unsere Chancen auf ein Geständnis enorm verbessern.«

Warum sich der Bürgermeister ausgerechnet auf eine Frau als Täterin festgelegt hatte, musste jeden überraschen. Auch Timo. Doch der las weiter in Fannys Strickanleitung.

Nach zehn bis fünfzehn Zentimetern fängt man mit dem Abnehmen an. In jeder zweiten Reihe nehmt ihr eine Masche ab, bis nur noch wenige Maschen übrig bleiben. Zum Schluss alles mit dem

Arbeitsfaden und den restlichen Maschen verarbeiten. Nun ist zwar die Kindermütze fertig, aber ein fröhliches Kindergesicht erreicht ihr erst, wenn ihr die Mütze noch ein wenig verziert. Selbst gestrickte kleine Öhrchen, Teddys oder Hasen werden den kleinen Erdenbürger glücklich machen. Viel Spaß mit der Kindermützen- Strickanleitung!

Ein leichter Talwind war aufgekommen. Er verfing sich in Pater Timos Soutane und blähte sie auf.

Campari und Fritzi taten überrascht. Als ob ihnen erst jetzt bewusst würde, dass sie einen Zeugen für ihr Gespräch gehabt hatten.

fünf

Campari erwischte Margot hinterm Haus im Garten. Er musste daran denken, dass wahrscheinlich von dieser Terrasse aus der kleine Odilo entführt worden war. Die Terrassentür war offen gewesen, und er war verschwunden.

Breitbeinig stand Margot gebückt hinten im Gemüsegarten, hatte eine grüne Schürze umgebunden, einen breitkrempigen Strohhut auf, einen dreizinkigen Grubber in der einen und eine kurze Gartenschaufel in der anderen Hand. Soweit er erkennen konnte, beschäftigte sie sich mit den abgeernteten Beeten. Sie grub die Reste alter Pflanzen aus und lockerte die Erde. Neben ihr lagen Bündel mit jungen Pflanzen auf einer Zeitung ausgebreitet.

Daneben stand der Blumengarten in all seiner Pracht. Hellblaue, weiße und rosa Malven, blauer Lavendel, dunkelgelbe Ringelblumen reckten ihre Köpfe dem Sonnenlicht entgegen. Die Pfingstrosen ließen die Köpfe hängen oder waren schon verblüht. Durch den Staketenzaun, den Campari letztes Jahr eigenhändig gefertigt hatte, wucherte die Kapuzinerkresse in kräftigen Farben.

Er hatte den Zaun rings um den Bauerngarten aus Rundhölzern gebaut. Der Bene hatte dafür zwei oder drei seiner Fichten geopfert. Auch das Gartentor stammte vom Bene. Jede siebte Zaunlatte hatte Campari oben mit einer Schnitzerei versehen. Der Großvater selig hatte es ihm beigebracht. Die siebte Latte sollte auf den Sonntag als hervorgehobenen Wochentag hinweisen. Für die Bodenangel am Gartentürl hatten sie hohle Steine verwendet. Oben hatte Campari Zaun und Tor mit einem geflochtenen Ring aus dünnen Fichtenzweigen beweglich verbunden.

Das Gartentürl stand offen. Beste Gelegenheit, dachte Campari, um den Angriff zu starten. »Margot«, rief er laut.

Als sie sich nach einer Weile aufrichtete, reckte und sich umdrehte, sorgte er für eine fröhliche Miene auf seinem Gesicht.

»Margot, komm her!«

»Komm du doch her!«

Mit ihr war nicht zu spaßen. »Ich muss dir was sagen.«

»Kannst mir auch hier sagen.«

Der Klügere gibt nach. »Was machst du grad?«, fragte er, als er behutsam auf das geöffnete Türl zuging.

Sie drehte sich ganz zu ihm um. Mit einem geschickten Schwung der Hände schleuderte sie Grubber und Schaufel mit dem spitzen Teil nach unten. Zitternd blieben sie in der Erde stecken.

»Was willst du?«, fragte sie. »Bist du durch mit deiner Dorfschlampe?«

»Margot …«

»Jaja, Margot. Da is nix, da war nix, da wird nix sein. Ich kenn deine Sprüch.« Ein sonniges Lächeln breitete sich über ihr Gesicht aus. »Willst wirklich wissen, was i mach?«

»Freili, Margot«, sülzte er.

Sie deutete auf die Jungpflanzen auf der Zeitung. »Ich pflanz noch Winterendivien, Kohlrabi und Rosenkohl. Und da, den Knoblauch und die Zwiebeln, die, wo da liegen, die brauch ich für die Ochsenbackerln, die, wo i heut Abend koch. Für dich.« Erwartungsvoll strahlte sie ihn an.

Obwohl die Ochsenbackerln neben der Martinigans seine Leibspeis waren, tat Campari so, als gehe ihn die ganze Sach nix an.

»Hab ich dir eigentlich schon gesagt«, fragte er sie, »dass die Thea Brommel wieder ausgraben wird? Die Leiche, mein ich.«

Margot griff sich einen Rechen, der am Zaun lehnte, um sich darauf abzustützen. Sie war blass geworden.

»Was? Ausgraben? Die tote Thea? Willst ihr sogar im Tod noch an die Wäsche?«

Was sollte man darauf antworten? Hauptsache, dachte er bei sich, die Margot wird's verbreiten.

»Und? Wann soll das sein? Wann ist die Ausgrabung?«, fragte sie aufgeregt.

»Bald«, gab er zurück, drehte sich um und ging.

Über die Folgen war er sich im Klaren.

»Hallo, Fritzi? Magst bitte deinen Journalisten über die Exhumierung informieren? Wir müssen die Neuigkeit überall verbreiten. Mitten ins Wespennest stechen.«

Campari wollte schon auflegen, da kam ihm ein weiterer Gedanke.

»Und tust mir noch einen Gefallen? Der Pater hat das mit der Ausgrabung ja schon im Löchl mitgekriegt. Der hat sehr aufmerksam zugehört. Aber setz ihn ruhig noch mal ins Bild, das kann ned schaden. Über ihn wird's dann bestimmt auch die Fanny erfahren.«

In Gedanken versunken hörte er ein weit entferntes Geräusch. Es klang vertraut. Es war sein Handy. Er fischte es aus seiner Tasche.

»Bist du dran?«, wurde er empfangen. Er erkannte Margot an der Stimme. Allerhöchstens einmal im Jahr rief sie ihn an. Dies war der Anruf.

»Was gibt's, Margot? Hast du dich wieder beruhigt?«

Er hörte das Knirschen von Zähnen. »Die von deiner Partei haben angerufen«, sagte sie. »Es geht um deine Kandidatur. Du sollst zurückrufen.«

»Hallo, München? Geben Sie mir die Generalsekretärin.«

Es dauerte nicht lange, da hörte Campari die vertraute Stimme der Frau, die in letzter Zeit auf allen TV-Kanälen zu sehen und zu hören gewesen war.

»Mein lieber Campari.«

Wenn jemand schon so begann, verhieß das nichts Gutes. Oder doch? Vielleicht wollte sie ihm persönlich eröffnen, dass seine Kandidatur durch war.

Er erinnerte sich gut. Er war damals siebzehn oder achtzehn, ebenso munter wie kompliziert und leicht zu beeindrucken gewesen. Bevor Tonio Campari, sein Vater, Minister geworden war, hatte er den Buben öfters mit in den Landtag genommen. Die temperamentvollen Reden, die ernsthaften und wichtigen Mienen, die prunkvolle Umgebung im Maximilianeum – schon damals hatte der junge Campari sich vorgenommen, später auch einmal hier einzuziehen. Vorerst aber war er ein hemdsärmeliger Kriminalbeamter bei der Mordkommission geworden, der auf spektakuläre Ermittlungserfolge zurückblicken konnte.

Der Vater hatte ihn bewogen, mit achtzehn in die Partei

einzutreten. Das war nachher auch der Grund gewesen, dass er – wenige Wochen nach Vaters Tod – zum Bürgermeister von Kirchwies gewählt geworden war.

Obwohl ihm die zunehmende Leibesfülle zu schaffen machte und das herannahende Alter sein Haar allmählich spärlicher werden ließ, hielt sich Campari immer noch für jung genug, um in den Landtag einzuziehen und dort noch etwas zu zerreißen. Deshalb hatte er sich beworben. Und nun wollte ihm die Generalsekretärin sicher persönlich mitteilen, dass seinem Gesuch stattgegeben worden war. Vielleicht bekam er sogar schon einen Posten angeboten, in einem Untersuchungsausschuss etwa oder einem anderen Gremium, das mit Polizei oder Terrorismus zu tun hatte.

»Mein lieber Campari. Selbstverständlich unterstützen wir Ihre Bewerbung voll und ganz. Vor allem ich selbst halte Sie für einen äußerst geeigneten Mann für den Sitz im Landtag. Ein echtes Mannsbild eben, Sie wissen schon.«

Er hörte die Dame verhalten lachen. Na bitte, er hatte doch gute Karten. Freudige Erregung erfüllte ihn.

»Was Sie vermutlich noch nicht wissen … nein, Sie können es gar nicht wissen: Die Vollversammlung hat vorgestern einen Beschluss gefasst. Wir sind eine christliche Partei, und da gehört es sich, dass nur bekennende Christen ins Parlament kommen. Und, mein lieber Campari, für diese Eigenschaft sind Sie nicht gerade berühmt, das muss ich schon bekennen.«

Pause.

Und jetzt? Was kam jetzt?

»Wissen Sie, was ein Mitglied der Versammlung eingeworfen hat?«

Wieder dieses erfrischende Lachen hinter vorgehaltener Hand.

»›Der Campari befolgt zwar die Lehre Christi. Aber nur insoweit, als es sich mit einem Sündenleben vereinbaren lässt.‹«

Bevor der Bürgermeister die Tragweite dieser Aussage erkannt hatte, setzte die Generalsekretärin nach.

»Ich will mich kurz fassen, Campari. Wir benötigen einen Nachweis Ihrer christlichen Einstellung. Einen Befähigungsnachweis sozusagen. Wie gut kennen Sie das Neue Testament? Fragen

Sie sich das selbst. Wenn Sie trotz dieser Einschränkung weiter an Ihrer Bewerbung festhalten, müssen Sie vor eine Prüfungskommission treten. Einzelheiten gehen Ihnen in den nächsten Tagen zu. Behüt Sie Gott, Campari.«

Während er telefonierte, hatte er den Weg zum Dorfkramer eingeschlagen. Sein Schnupftabak war ausgegangen. Wang Ming hielt immer eine eiserne Reserve für ihn bereit.

Er fühlte sich wie nach einem verstörenden Traum.

»Dalf ich Sie was ansuchen?«, fragte der Chinese.

»Klar.«

»Sie wollen in den Landtag. Gibt es da einen Kiosk?«

Kurze Pause.

»Kann ich nicht sagen. Weiß ich nicht. Warum?«

»Wenn nicht, sollten Sie sich einen gewissen Bestand an Schnupftabak zulegen.« Wang Ming blickte unschuldig zum Himmel.

Der Wind hatte alle Wolken weggeblasen, der Himmel erstrahlte in einem unwirklichen Blau. Die Sonne tauchte die umliegende Landschaft in ein zartes Rosa. Campari sah nur blendendes Weiß. Auf dem Rasen vor Wang Mings Dorfkramer hoppelten zwei Kaninchen umher, ein schwarz-weiß geflecktes und ein schneeweißes. Auch eine Ziege hatte sich eingefunden, um an den jungen Büschen zu knabbern, die der Chinese noch im Herbst gepflanzt hatte. Die Schatten der Bäume sahen wie längliche rauchblaue Flecken aus. Neben Wang Ming kämpfte er sich die paar Meter bis zur Eingangstür durch. Er spürte dessen Seitenblicke. Seine Augen brannten.

»Wissen Sie beleits«, fragte Wang Ming, »dass Flau Blommel wieder ausgeglaben werden soll?«

sechs

Zinkwannen. Futtertröge. Unikate, die zweihundert oder mehr Jahre alt sein konnten. Brunnen. Tränken aus Naturstein. Zeugen einer vergangenen Zeit, die an den Wert des Wassers erinnerten, als es noch nicht in jedem Haus aus der Leitung floss.

Fritzi Gernot hatte während ihrer aktiven Zeit solche Einzelstücke gesammelt. Jeden Flohmarkt, jede Ausstellung hatte sie besucht, um sie zu erwerben. Und nun streifte sie durch ihren weitläufigen Garten, der weder übertrieben hochgezüchtet noch gänzlich naturbelassen war. Aus allen Gefäßen lachten sie die wunderschönsten Sommerblumen in allen erdenklichen Farben an. Heidi hatte sie gepflanzt. Den Rest hatte sie selbst gemacht.

Sie mochte das. Allein auf der Terrasse umhergehen und den Garten genießen, der sich vor ihr ausbreitete. Einsame Wanderungen durch die Weiten ihrer Anlage unternehmen, wo ihr ständig Neues begegnete. Sich auf einer der Bänke aus Stein, Holz oder patiniertem Metall niederzulassen, die Augen zu schließen und sich fallen zu lassen.

Das alles machte sie glücklich.

Sie riskierte einen schrägen Blick zum Haus, zur ersten Etage, wo sie den Journalisten einquartiert hatte. Wurde sie beobachtet?

Manchmal hatte sie das Gefühl, als spürte er ihr nach. Nie konnte sie abschätzen ob, und wenn ja, weshalb. Dabei wurde seit Tagen schon jeder Augenblick ihres Daseins von Felix Breitenberg mit Beschlag belegt. Nein, nicht nur das. Es war noch mehr. Jeder Gedanke, bewusst oder unbewusst, drehte sich um ihn.

Sie wirkte zerstreut. Abwesend. Campari hatte sie mehrfach darauf angesprochen. Er betrachtete sie mit forschender Verwunderung.

»Sag, was ist mit dir los?«

Auf der Dorfstraße am Kreisel hatte sie sich mit Heidi über Blumen, Gott und die Welt unterhalten, wie es Heidis Art war.

»He, Fritzi«, hatte Heidi gelästert. »Bist du grad an der zweiten Enttäuschung dran?« Die erste war ihr Ehemann gewesen.

Die Heidi hatte nicht ganz unrecht. Ihre Zerstreutheit blieb nicht unbemerkt, auch wenn niemand die Ursache kannte. Sie hatte sich verliebt, während die Tage heimlich verstrichen waren.

Neulich war sie in der Dämmerung strickend auf der Terrasse gesessen und immer tiefer in einen Zustand dumpfer Schläfrigkeit gefallen. Sie beschloss, hineinzugehen und sich eine Tasse Tee zu machen. Auf dem Weg ins Haus traf sie auf Felix Breitenberg.

Hände in den Taschen, eine dunkle Silhouette. Er trug die unvermeidliche schwarze Mütze auf dem Schädel, ein Fuß ruhte auf einer Stufe.

Bewusst ruhig atmend, hatte sie ihren Weg an ihm vorbei fortgesetzt und wollte mit gespielter Unbefangenheit die Terrassentür aufstoßen. Dass ihr Verhalten unhöflich wirken musste, nahm sie in Kauf. Einen Herzschlag lang hatte sie gezögert, hineinzugehen.

»Grüß Gott, Fritzi, was für ein Vergnügen, dich zu sehen.«

Hatten sie sich geduzt? Sie wusste es nicht mehr. Ihr Herz hüpfte.

Wenig später hatte er mit den Fingerspitzen über ihre Schulter gestrichen. Ihr gefiel das Kribbeln, das seine Berührung auslöste.

Ein bisserl zaghaft schlang sie die Arme um ihn. Ein hitziges Begehren kochte in ihr hoch. Was sie in diesem Augenblick empfand, war eine Art Dahinschmelzen, ein Versinken in einen anderen Menschen, der ihr bisher total fremd gewesen war.

Sie hob die Hände und drückte sie gegen seine Brust. Obwohl sie es sich so sehr wünschte, obwohl sie nach ihm brannte – sie brachte es nicht fertig, sich ihm schon jetzt ganz hinzugeben. Solche Gedanken und Wünsche hatten offenbar ihre Körperströme gelenkt. Es musste wohl ein angeborener Instinkt sein, dass sie ausgerechnet im Moment der größten Annäherung Nasenbluten bekam. Ihr Körper versuchte damit, die rote Sonne der Begierde zum Untergang zu zwingen. Sie hatte den Kopf vorgebeugt und musste selbst darüber lachen. So waren sie sich beim ersten Mal begegnet. Mit Nasenbluten. Er war bereits geübt darin.

»Mama, du blutest ja schon wieder!«

Hätte das Nasenbluten nicht geholfen, Odilo hätte es wieder einmal geschafft, alles zu versauen. Wie ein kleiner Feldherr hatte er vor ihnen posiert, die Hände in die Hüften gestützt. »Bayern können alle Plagen, aber bloß kein Blut vertragen«, quietschte er vergnügt.

Fritzi und Felix waren sich mit hängenden Armen unschlüssig gegenübergestanden.

Das war wenige Tage her. Nein, die Heidi hatte nicht unrecht. Man merkte ihr die Zerrissenheit an. Sie hatte sich in einen Mann verliebt, den sie überhaupt nicht kannte. Sie wusste nicht, wer er war, wo er herkam und ob das, was er erzählte, stimmte. Auf Camparis Liste war er noch immer unter den Verdächtigen eingereiht.

Campari, fiel ihr siedend heiß ein. Er hatte ihr aufgetragen, den Journalisten über die Exhumierung zu informieren.

Da war sie wirklich gespannt, die Fritzi, ob dieser Trick funktionieren würde. Während des Studiums hatte sie ein oder zwei Praktika in der Rechtsmedizin in der Münchener Nußbaumstraße absolviert. Schon damals hatte sie nicht verstehen können, wie ein gestandener Arzt sein Leben damit verbringen konnte, mit übel zugerichteten Leichen herumzuspielen, ihre Mägen und Därme zu entleeren und Teile von ihnen wegzuschneiden. Einmal ganz abgesehen vom grauslichen Geruch in der Pathologie.

Fritzi Gernot warf einen weiteren verhangenen Blick hinauf zum ersten Stock. Beschattete die Augen mit der Hand. Sie konnte Felix nirgends sehen. Der Magen zog sich ihr zusammen, sie musste ihren Atem in Ordnung bringen. Ein Gemisch aus Lust und Angst, grauem Trüb- und rosigem Frohsinn machte sich breit. Sie biss sich auf die Oberlippe. Wo er sich wohl rumtrieb in dem Kaff?

Trotzdem wurde sie auf einmal von einem tiefen Glücksgefühl erfasst. Dass dieses Gefühl nicht länger als bis zum Abend anhalten würde, konnte sie zu dieser Stunde nicht ahnen.

sieben

Bei Einbruch der Dunkelheit patrouillierte der Todesengel ruhelos wie ein Gepard in Gefangenschaft vor dem Zaun zum Blumenhof auf und ab. »Gepard« war freilich ein untauglicher Vergleich. »Zorniger Büffel« oder »Wütender Bär« wäre passender gewesen. Das kleine Türchen im Zaun, das hinaus aufs freie Feld führte, hatte er schon vor Tagen erkundet.

Bevor er es öffnete, schlüpfte er mit dem Kopf unter eine Sturmhaube. Nur beide Augen und der Mund waren frei. Dann streifte er sorgfältig die Handschuhe über. Diesmal mit Naturlatex beschichtete Gartenhandschuhe, garantiert wasserundurchlässig und mit grüner Innenfläche.

Vom Haus her drang Licht durch die Büsche und Sträucher. Normalerweise hatte er Sinn für schöne Gärten, Blumen und Blüten. Doch in diesen Minuten – und viel länger sollte sein Vorhaben nicht dauern – fehlte ihm jegliches Gefühl fürs Außerordentliche.

Fritzis Wohnung lag unten im Westflügel des Gebäudes. Die Seitentür, die in den Wohnflur führte, ging nach innen auf. Die Anleitung, wie man eine solche Tür öffnet, hatte sich der Todesengel im Internet bei YouTube geholt. Mit bemerkenswertem handwerklichem Geschick hatte er nach den Anweisungen einen Draht in eine bestimmte Form gebogen, hatte zu Hause zehnmal erfolgreich eine Tür aufgemacht – er war zuversichtlich. Selbst wenn er beim Öffnen ertappt würde, war er maskiert und hätte immer noch die Waffe dabei. Dessen, was er vorhatte, welche Gefahren sein Plan barg und wie er ihnen zu begegnen hätte, war er sich voll bewusst.

Erst als er tief gebückt an der hell beleuchteten Terrasse vorbeigeschlichen war und wieder ins Dunkel eintauchte, ergriff ihn eine wachsende innere Erregung. Er spürte sein Herz bis zum Hals pochen.

Es war totenstill. Hatte die Nacht für ihn alle Geräusche unterdrückt? Jedem Vogel das Zwitschern untersagt, jeder Ratte das Fiepen, der Fledermaus das zischende Flattern?

Auch er durfte kein Geräusch verursachen, nicht den geringsten Laut. Die Geräusche, die er vernahm, kamen von innen. Ein inneres Rauschen, das hinausdrängte. Es machte ihn fast wahnsinnig. Auch in den Sekunden, in denen er mit der Linken die Türklinke fixierte und mit der Rechten den gebogenen Draht nach unten durch den Türritz gleiten ließ. Exakt in der Sekunde, als er spürte, wie die Türfalle sich lockerte, der Draht über sie hinwegglitt und den Widerstand beseitigte, rutschte ihm die Haube über die Augen und versperrte ihm die Sicht.

Unverzüglich versuchte er, den Stoff in die passende Position zu bringen, die Augen frei zu bekommen, während er weiter an dem Schloss fummelte. Da spürte er einen heftigen Stoß von hinten. Etwas legte sich ihm um die Schultern. Etwas Weiches, Warmes. Er konnte die Hände nicht wegnehmen, sonst wäre alle Arbeit umsonst gewesen. Sie waren wie gefesselt. Er war hilflos. Er sah nichts. Und es saß ihm etwas im Genick.

Er hörte ein friedliches Klack! und spürte einen sanften Luftzug.

Die Tür war offen.

Er zerrte an der Haube, riss sie zur Seite. Das irritierte die Katze. Sie sprang ihm von der Schulter. Ihr Schatten verschwand in der Finsternis.

So was von leichtsinnig, musste der Todesengel denken. So ein einfaches Schloss!

»Halt! Hände hoch!«

Fritzi amüsierte sich. Zu durchsichtig war die Jagd nach dem Verbrecher im Fernsehkrimi gewesen.

Genüsslich lehnte sie sich zurück und nippte an dem Rotwein, den Campari ihr verehrt hatte. »Für deine bisherigen Verdienste«, hatte er gesagt. Sie konnte nicht beurteilen, ob es ironisch gemeint war oder ernst. Bei diesem Typ wusste man kaum einmal, woran man war. Im Grunde hatte sie auch überhaupt keine Lust mehr auf dieses Räuber-und-Gendarm-Spiel. Nur Thea zuliebe hatte sie zugesagt.

Die Ermittlungen zogen sich hin und fanden kein Ende. Sie war nur am Rand beteiligt. Quasi eine Gehilfin. Aber was das

Schlimmste war: Odilo war entführt worden, und sie war felsenfest überzeugt, dass es mit der ganzen Sache zusammenhing. Dafür sprach schon allein der Zettel.

Hört auf, hinter Thea herzuschnüfeln. Last die Finger weg. Sons pasiert noch ein Unglück …

Ihr Gefühl der Ohnmacht hatte sich mit jedem Tag verstärkt. Die Untersuchung des Zettels hatte keine verfolgbare Spur ergeben. Sie stocherten im Dunkeln herum. Und dann Camparis Idee mit der Exhumierung von Theas Leiche. Er glaubte ja fest daran, dass damit der Durchbruch erfolgte.

Wieder legte sich ein schmales Lächeln über ihr Gesicht. Sie stopfte ein Kissen in den Rücken und stützte sich gegen die Lehne der Couch. Die Klopfgeräusche, die sie eben gehört hatte, kamen sicher von oben. Gleich würde sie noch einmal nach Odilo schauen.

Wenn's nur so einfach wäre. Du gräbst eine Leiche aus und wartest darauf, wer alles an dem Spektakel teilnimmt. Du fotografierst und filmst die Menge, wertest später das Material aus, freust dich und nimmst den als Mörder fest, der sich am verdächtigsten verhalten hat.

Für den Moment fühlte Fritzi Gernot sich sicher und geborgen. Sie überschaute ihre eigenen Gedanken, als sie dort auf der Couch fläzte und oberflächlich dem Film im Fernsehen folgte.

Bis sie meinte, hinter sich eine Bewegung zu spüren. Eigentlich mehr ein Instinkt, der sie herumwirbeln ließ, um vor dem, was da rasend schnell auf sie zuzischte, schützend die nackten Arme vor den Kopf zu halten.

Der Prügel oder die Stange oder das Rohr traf beide Arme gleichzeitig exakt in der Mitte. Elle oder Speiche? Egal. Der Schmerz ließ sie die Arme zurückreißen. Das Trumm hob sich kurz und sauste auf ihren Schädel nieder. Sie empfing den Schlag hilflos. Sie war sicher, dass dies ihr letzter Schmerz, ihr letzter Gedanke im Leben war.

Ein allerletztes Bild nahm sie noch mit.

Eine hohe Gestalt mit verrutschter schwarzer Gesichtsmaske und hoch erhobenen Armen.

Dann fiel Fritzi Gernot in ein tiefes schwarzes Loch.

Im Halbschlaf hatte Odilo den Fernseher laufen hören, seit Mama ihn zu Bett gebracht hatte. Er mochte das. Dann wusste er, dass Mama in der Nähe war. Deshalb ließ sie auch immer seine Tür auf.

Geweckt wurde er durch einen dumpfen Krach. So wie beim Holzhacken. Aber wer hackte schon am Abend Holz? Und noch dazu bei ihnen im Haus.

Das musste er in Erfahrung bringen. »Neugier ist der Docht in der Kerze des Lernens«, plapperte er leise. Auch diesen Spruch hatte er von Mama.

Er schnappte sich sein Schlaftier und schleppte es über die Treppe nach unten. Die nackten Füße gaben keinen Laut. Denn Odilo war schlau genug, nicht hinunterzurennen und laut »Mama! Mama!« zu rufen. Odilo schlich.

Als er die unterste Stufe schleichend hinter sich gelassen hatte, hörte er ein Geräusch, das nicht hierherpasste. Er hörte, wie eine Tür zuschlug. Es war die hintere Tür zum Garten.

Und er hörte nicht nur, er sah auch etwas. Er sah Mama auf dem Fußboden liegen. Und Mama blutete.

Das war er gewohnt. Das hatte er schon oft erlebt, dass Mama aus der Nase blutete. Bloß – hier war viel mehr Blut. Der ganze Kopf war voll Blut. Und Mama stand nicht wie sonst und hielt den Kopf nach unten und die Hände vors Gesicht.

Aha, musste Odilo denken, diesmal hat sie's gscheit erwischt. »Du blutest ja schon wieder«, wollte er ihr zurufen. Doch das war zu wenig. Denn Mama blutete wie Sau.

Um sie aufzumuntern, brachte er wieder den Spruch, den sie so mochte. Er sprach extra ziemlich laut. »Bayern können alle Plagen, aber bloß kein Blut vertragen.«

Mama lachte nicht. Mama rührte sich nicht. Mama machte keinen Mucks.

Das machte ihn unruhig. Das viele Blut. Und immer noch kam neues Blut

Odilo kniete sich hin. Jetzt erst sah er, dass das Blut nicht aus der Nase kam. Es kam aus dem Kopf. Oben am Kopf war es schon hart. So wie an seinem Knie nachm Fußball.

Ganz zart legte er der Mama die Hand auf die Schulter. Er

schüttelte sie ein wenig. Sie behielt die Augen geschlossen und rührte sich nicht. Das hielt er nicht für normal.

»Wenn irgendwann mal ein Notfall ist«, hatte ihm die Mama eingetrichtert, »dann ruf diese Nummer an.«

Die Nummer war im Telefon gespeichert, und Odilo wusste, wie es geht. Das, was er hier vorfand, hielt er für einen Notfall. Also trippelten Odilo und sein Schlaftier zum Telefon.

Mit dem Däumchen durchsuchte er den Speicher, bis er auf die Nummer stieß.

Odilo reckte sich und holte tief Luft. Ein paar Sekunden lang hielt er sie in den Lungen. Und blies sie wieder aus.

»Na, jetzt wollen wir mal«, sagte er leise zum Schlaftier.

Der Maxi nickte.

Dann drückte er die grüne Taste mit dem Telefonhörer.

acht

Alles im Raum war schwarze oder graue Silhouette. Der geschnitzte Schrank aus extrem dunkler deutscher Eiche, der noch vom Vorgänger stammte. Der leicht demolierte Konzertflügel, den niemand mehr benutzte. Der lange Tisch mit je drei Stühlen zu beiden Seiten, an dem er beim Essen auf der Westseite saß, Fanny auf der anderen.

Die allertypischste Silhouette jedoch war Pater Timo selbst. Mit Armen, die hinter dem Rücken verschränkt waren, stand er am Fenster in der Dunkelheit seines Wohnzimmers im Pfarrhaus. Wie ein lauernder Kranich hob er sich deutlich von der Helligkeit des Sternenhimmels ab.

Der Jupiter stand leuchtend wie ein selbstständiger Erdmond im Südosten, links daneben Castor und Pollux, die Zwillinge. Rechts darüber der Andromedanebel. Im Winter würde er an gleicher Stelle wieder den Orion mit dem Fernglas betrachten können, den er über alles mochte. Mitten in der Milchstraße das W-förmige Gebilde der Kassiopeia. Und weiter drüben, genau im Süden, den hellen Punkt hätten die meisten für einen neuen, unentdeckten Sternenhaufen gehalten.

Pater Timo musste schmunzeln. Es war das angestrahlte Wieskircherl hoch über dem Blumenhof.

Bevor es dunkel wurde, war er über den Hof in seine Kirche gegangen, um sich zu bedanken. Er hatte sich in die frisch gewienerte Bank zu Füßen seines Herrn gesetzt und ihm seinen Dank ausgesprochen. Dank für die Feuerwehr, die den gesamten Kirchenraum von Schutt und Dreck und Staub befreit hatte. Für die Heidi und die Fanny, die den Fußboden gewischt hatten, bis er glänzte und strahlte wie in einem Palast.

Für …

»Vergiss nicht, dem Bürgermeister zu danken«, sprach Jesus trocken. »Er hat das in die Wege geleitet. Wie du weißt.« Der letzte Satz hatte wie ein Vorwurf geklungen. Wenn der Herr auf solche Weise zu ihm sprach, dann wurde es ernst.

Von seinem Platz am Wohnzimmerfenster aus sah Pater Timo auf den Kirchturm, wo noch immer zu jeder Sekunde ein neuer Trümmerregen niedergehen konnte. Ja, er musste jeder Aufmüpfigkeit widerstehen und sich bei Campari bedanken. Bei dieser Gelegenheit konnte er ihn auch gleich noch einmal an die Geldmittel erinnern, die nötig waren …

Das Telefon schellte.

Pater Timo stutzte kurz, bevor er dranging. Wer sollte einen verdammten Pfaffen mitten in der Nacht anrufen?

Oh. Er warf einen verhuschten Blick hin zum Gekreuzigten in der Ecke.

»Ja?«

Zuerst vernahm er nichts. Dann ein leises Hecheln. Dann ein Stimmchen wie von einer Elfe. »Hallo?«, hörte er schließlich.

Eindeutig ein Kind. Ein Kleinkind. Ein Kleinkind kurz vor Mitternacht. In seinen Worten beschrieb das Kind nebulös, was der Grund seines Anrufs war.

Erst als das Zitat kam, hatte Pater Timo die Gewissheit, den Anruf einordnen zu können. »Bayern können alle Plagen, aber bloß kein Blut vertragen«, rief das Kleinkind mit letzter Kraft in den Hörer.

Im selben Augenblick begann Odilo zu weinen.

»Fanny, ich bin kurz weg«, rief Pater Timo zu den Gemächern seiner Schwester hinüber.

Vergeblich. Er erhielt keine Antwort.

»Hallo, Fanny, ich muss zu einem Notfall!«

Die Gemächer schwiegen.

»Hast du dich in dein Strickzeug verwickelt?«

Worauf er sich auf seine Honda Shadow schwang. Sturzhelmlos.

Unter dem Sternenhimmel erhellte einzig die gedämpfte Beleuchtung der Dorfstraße die finstre Nacht. Vage huschten die Spielzeughäuser, die Wiesen, die Blumenfelder an ihm vorbei. Der warme Fahrtwind zerzauste sein Haar und rüttelte am Pferdeschwanz.

Mit einem geschickten Schlenker wich er einem Rudel weißer

Ziegen aus. Er wunderte sich, wieso sie zu dieser späten Stunde frei herumliefen. Kurz vor dem Blumenkreisel tauchte Heidis Brauner mit seinen Spezln auf, dem wolligen Dicken und dem dünnen Skelett.

Automatisch versuchte er darauf zu achten, keinen allzu großen Lärm zu machen. Ein mühsames Unterfangen bei einer Shadow mit frisiertem Auspuff. Für seine eigenen Ohren glitt er sanft dahin. Kurz nach dem Kreisel gab er noch einmal Gas für den kurzen Anstieg hinauf zum Blumenhof.

Die ganze Zeit über war ihm Odilo nicht aus dem Kopf gegangen. Auf seine Art war der Bub zwar vorlaut und altklug, aber immer witzig. Nur vorhin, das war wie ein Zeichen am Himmel gewesen. Etwas musste mit seiner Mutter passiert sein. Fritzi, hatte er herausgehört, war gefallen und blutete. Warum hatte der Kleine gerade ihn angerufen, den Pater? Woher hatte er die Rufnummer?

Er war gespannt.

Dass Klein-Odilo ihm die Tür öffnete, hatte er erwartet. Dass er aber auch den fremden Journalisten im Haus antraf, war doch ein wenig überraschend.

Er hatte diesen Herrn mit der ewigen Baseballmütze zwar zwei- oder dreimal getroffen. Er wusste auch, dass er sich im Blumenhof eingemietet hatte. Dass er aber in dem Moment, als er durch die Tür trat, neben Fritzi kniete, die in ihrem Blut am Boden lag, war verwunderlich.

»Haben Sie …?«, fragte er verdutzt. Er raffte seine Soutane und kniete sich daneben.

»Ja, hab ich«, sagte der Journalist und wies auf sein Handy.

Drüben lief leise der Fernseher. Pater Timo hatte keinen Blick dafür. Sein Interesse galt ausschließlich Fritzi Gernot. Sie lag da wie tot. Zögerlich prüfte er den Puls an ihrem Hals.

Er spürte nichts.

Er nahm die andere Hand.

Unter der Spitze des Zeigefingers ein sachtes Pochen. Sie lebte! Fast hätte er sie umarmt.

»Was ist passiert?«, fragte er stockend in den Raum.

Odilo hockte mit gekreuzten Beinen auf einem Sessel, sein

Schlaftier im Arm. Er trug einen Frotteeschlafanzug mit kleinen Bären drauf und ließ die Ohren hängen.

»Was ist passiert?«, fragte Pater Timo noch einmal.

Er wandte sich an das Kind. »Hat der Mann etwas damit zu tun?«

Keine Antwort.

Odilo hatte sich abgewandt und beobachtete das Geschehen im Fernseher. Es war ein Tierfilm. Ein Jaguar hatte eine Gazelle erjagt und zerlegte sie gemeinsam mit seinen Artgenossen.

Es war schon genug Zeit verloren. Zu viel Zeit.

Pater Timo zog das Handy heran und drückte die 112. Dann rief er Campari an.

»Hallo, Bürgermeister«, sagte er. »Ich glaub, ich hab Sehnsucht nach Ihnen, mein Freund.«

In Kürze schilderte er die Situation.

Zuerst kam der Notarzt.

Den Bürgermeister erwartete Pater Timo unter der Haustür.

Erstaunlich rasch stand Campari da. Behände ließ er sich vom Pferd gleiten und warf einen missbilligenden Blick auf das Motorrad. Er war etwas außer Puste. »Wie geht's Fritzi?«, fragte er und stürmte durch die Tür.

»Fritzi. Sie liegt drin. Der Notarzt ist bei ihr.«

Campari drängte sich an dem Pater vorbei. Er spähte durch die Aussparungen zwischen den Treppen nach oben. Dort stand der Bub im Schlafanzug. »Meine Mama«, quäkte er.

»Bradykardie«, stellte der Notarzt fest.

Ein Extrem schwacher Puls war allein schon ein Fall für die Intensivstation. Ganz abgesehen von dem Blut, in dem sie schwamm.

»Wird sie durchkommen?«, fragte Pater Timo den Arzt.

»Denk scho«, brummelte der mit unsicherer Stimme. »Schaumermal.«

Fritzi wurde unter Sauerstoff auf eine Trage gepackt. Wenig später heulte drunten die Sirene, und die Nacht wurde von Blaulicht erfüllt.

Der Journalist hatte scheinbar teilnahmslos danebengestanden.

»Was machen Sie hier?«, wurde er von Campari nicht gerade freundlich angeraunzt.

Felix Breitenberg ließ die Maske fallen. »Jetzt frag ned so blöd«, warf er Campari laut und in gereiztem Ton zu. »Irgendwer hat sie im eigenen Haus attackiert. Ich hielt mich auf meinem Zimmer auf und meinte ungewöhnliche Geräusche zu hören. Als ich herkam, lag sie schon am Boden.«

Draußen krächzten ein paar unzufriedene Truthennen durch die Nacht.

»Der Bub muss den Überfall mitgekriegt haben«, fügte Breitenberg zaghaft hinzu.

»Irgendwer. Irgendwer. Wenn ich das schon hör.« Campari war zunehmend rot angelaufen. Er legte die Hand an die Hüfte, richtete einen Daumen senkrecht nach oben und zwei ausgestreckte Finger waagerecht nach vorn auf Breitenberg. »Aha. Was ist das für eine schludrige Dienstauffassung?«, donnerte er. »›Ich werd ein waches Auge auf sie haben‹, hast du geschworen. Und jetzt?«

Campari konnte sich nicht beruhigen. Wie ein Stier stapfte er im Raum hin und her. Die Anwesenheit der anderen schien er nicht zu bemerken, oder sie war ihm wurscht. »Himmiherrgottsakramentsefix! Des hätt ned passiern deafa!«

Campari hatte, nachdem er Fritzi zu seiner Assistentin gemacht hatte, sofort reagiert und seinen alten Spezl Felix Breitenberg aus der Münchener Mordkommission angeheuert. Für die Zeit seines Aufenthalts in Kirchwies hatte er ihm eine neue Identität verpasst. Er sollte auf Fritzi Gernot aufpassen und nebenbei verdeckt ermitteln. »Undercover«, um es in verständlichem Deutsch auszudrücken.

Breitenberg hatte mit ihm zusammen in München gearbeitet. Er war ein Schauspieler, der sich bis zur Unkenntlichkeit verwandeln konnte. Vom Zuhälter über die Lottoverkäuferin bis zum CSU-Kreistagsabgeordneten hatte er im Kampf gegen das Verbrechen schon mehr Rollen hinter sich gebracht als ein Mime an den Kammerspielen.

»Bleib zu Haus und koch den Brei, so kommst du nicht in Zankerei«, riefen Odilo und sein Schlafbär dazwischen.

»Wer kümmert sich jetzt um den Buben?«

»Die Margot«, bestimmte Campari.

»Jaaaaa!«, riefen Odilo und der Maxi gleichzeitig.

Campari war es trotz seiner beruflichen Laufbahn – Kriminaler, Kommunalpolitiker – gewohnt, positiv zu denken. Dennoch plagten ihn starke Zweifel, ob diese Ermittlungen bald ein Ende nehmen würden. Alles entglitt ihm. Nirgendwo konnte er den festen Boden finden, nach dem er suchte.

Der Überfall – oder war es ein Attentat? – auf Fritzi musste aufgeklärt werden. Der Mord an Thea war noch offen. Ebenso die Entführung des Buben.

Mehr und mehr erschien ihm die Situation als vollkommen irreal. Sein Kirchwies! Sein Herzlichstes Dorf, war das Vergangenheit? Er fühlte sich schwerfällig, müde und mutlos. Was Trauer war und was Empörung, konnte er nicht unterscheiden.

Er fand den Weg in die Küche, rückte sich einen Stuhl zurecht und setzte sich an den Tisch. Irgendwann wählte er die Nummer, die ihm der Notarzt notiert hatte.

»Wie geht's ihr?«, fragte er.

»Sie wird durchkommen.«

Campari nickte erleichtert.

Der Pater lehnte mit vor der Brust verschränkten Armen konsterniert an einem Schrank voll Bücher.

Breitenberg wirkte, als würde er vor Kummer dahinsiechen.

»Geh, stell dich ned so an«, herrschte Campari ihn an. »Du hast doch schon ganz andere Sachen mitgmacht als die da.«

»Die Mama«, meldete sich Odilo zu Wort. »Wann kommt die wieder?«

Die Befragung des Buben brachte nichts ein. Er hatte etwas gehört. Er hatte sich leise nach unten geschlichen. Er sah seine Mama liegen und das ganze Blut. Nein, gesehen habe er niemanden. Eine Tür schlagen? Ja, vielleicht. Aber draußen, die Truthühner, die hätten sich so aufgeregt.

Mehr war aus ihm nicht herauszubekommen.

Camparis Handy tickte zweimal. Er warf einen kurzen Blick auf das Display. Die lange erwartete SMS war da. Die Exhumierung war bewilligt. Er nickte zufrieden und sah triumphierend in die Runde. An Pater Timo blieb sein Blick hängen. Er nahm ihn zur Seite.

»Es muss ganz schön schlimm sein, ein Geheimnis zu kennen und es über den Tod hinaus bewahren zu müssen. Hab ich recht?«

Irgendwo im Haus schlug eine Uhr. Es war Mitternacht.

neun

Fritzi öffnete zum ersten Mal die Augen. Was sie sah, kam ihr so irreal vor, als sei sie im Paradies.

Margot Campari saß am Bett zu ihren Füßen. Schwer und klobig und mit abgespreizten Beinen. Eine Schwester hielt sich im Hintergrund. Sie war ebenso blass wie ihre Patientin.

»Geht's dir gut?«, fragte Margot.

Fritzi bekam einen Hustenanfall. Sie schien lachen zu wollen, doch es wirkte wie Ersticken.

»Mach dir keine Sorgen«, sagte Margot. »Ich nehm den Odilo. Ich pass auf ihn auf. Keine Sorge.«

Was in Fritzi vorging, war nicht zu erkennen. Sie äußerte sich auch nicht. Es war nur so, dass ihre Gesichtsfarbe von blass zu schneeweiß wechselte. Es war nur in Nuancen zu unterscheiden, wo die Wangen endeten und der Verband anfing.

Kaum hatte Fritzi unmerklich genickt, da wurde die Tür zum Krankenzimmer sperrangelweit aufgerissen. Sie wäre gegen die Wand geknallt, hätte sich die blasse Schwester nicht dazwischengeworfen.

»Wie geht's dir, Fritzi?«, fragte Campari übertrieben laut.

Fritzi schloss die Augen.

»Was machst du denn hier?«, fragte Campari seine Frau.

Sie hob schweigend die Schultern und wies auf Fritzi.

Campari legte ein Bündel blauer Enziane auf das Krankenbett.

Aus Margots Augen schossen Blitze.

Als die Schwester die Tür hinter Campari wieder von innen geschlossen hatte, begannen Fritzis Augenlider zu zucken. Sie bewegte die Lippen und hauchte aus, als wolle sie etwas mitteilen.

Besorgt winkte die Schwester Margot zu, zu reagieren. Margot beugte sich zu Fritzi hinüber.

»Grüß den Felix«, konnte Margot verstehen. Doch es war ihr anzumerken, dass sie mit der Botschaft nichts anzufangen wusste. Sie wusste nicht, wer Felix war.

»Klar«, sagte sie.

»Was hat sie gesagt?«, fragte Campari mit zerfurchter Stirn.

»Ach, nichts«, gab Margot ihm zur Antwort.

Draußen stellte Campari seine Frau so lange zur Rede, bis Margot mit Fritzis letzten Worten herausrückte. Sie sollte den Felix grüßen. Campari kannte nur einen, der dafür in Frage kam. Den Breitenberg. Doch aus welchem Grund ließ Fritzi den Kollegen grüßen? Da stand auch er vor einem Rätsel.

***

Nach dieser Nacht lechzte er nach frischer Luft. Deshalb ging Felix Breitenberg nach draußen in das Licht dieses unverschämt schönen Sommertags. Wo konnte es schöner sein als in Fritzis Garten? Eine Handvoll Schönwetterwölkchen schwebte am weiß-blau gescheckten Bayernhimmel, ein zartes Lüftchen fühlte sich dafür zuständig, dass die strahlende Julisonne unten nichts verbrannte. An der Dorfstraße duftete es nach Lindenblüten und ringsum an den Grundstücksmauern und -zäunen nach weißen und roten Heckenröschen. Die Sonne spiegelte sich in den Fenstern der Spielzeughäuser von Kirchwies. Droben in den Bergen blühte wahrscheinlich das Edelweiß.

Felix hatte in den Spiegel geblickt. Er stellte eine Veränderung an sich fest. Aus dem verliebten, unternehmungslustigen jungen Mann mit leuchtenden Augen war ein besorgter Fünfzigjähriger geworden. Gerötete Wangen, geplatzte Äderchen und tiefe Tränensäcke im gedunsenen Gesicht zeugten von erhöhtem Alkoholkonsum, ein verhangener Blick und herabgezogene Mundwinkel von Kummer und Sorge.

Das war auch kein Wunder. Er war, nachdem der Mord geschehen war, von seinem alten Spezl Campari gebeten worden, bei der Aufklärung mitzuwirken. Alles war mit München abgestimmt. Er hatte im Vorfeld nur kurz recherchieren können. Seit er seine Zelte in Kirchwies aufgeschlagen hatte, wurden die Nachforschungen nach allen Seiten vertieft. Über Fritzi Gernot hatte er zahlreiche Details erfahren. Über ihr Leben, ihre Karriere, über Privates. Nie wäre er, als er am Bahnhof von Kirchwies ausgestiegen war, auf die Idee gekommen, sich in eine kleine, drahtige Ex-Boxweltmeisterin mit Kind zu verlieben. Doch es war schon am ersten Tag geschehen, als er im Blumenhof sein Zimmer bezogen hatte. Er meinte zu spüren, dass auch sie trotz aller Krallen, die sie ausfuhr, ihm herzlich zugeneigt war.

Er hatte für sich ein Wolkenkuckucksheim aufgebaut, das in dem Augenblick zusammenbrach, als er Fritzi blutend und halb tot auf dem Fußboden ihres Hauses aufgelesen hatte.

Jetzt saß er auf der Bank in Fritzis duftendem Traumgarten, simste und dachte über alles Mögliche nach.

»Ähäm!«

Campari stand hinter ihm. Er musste sich regelrecht angeschlichen haben.

»Und du wirst die Filmerei übernehmen!«

Damit hielt er Breitenberg ein technisches Gerät hin, das selbst auf den zweiten Blick zuletzt im Ersten Weltkrieg bei Verdun Verwendung gefunden haben musste. Campari stand da, in der Rechten die Uraltkamera, die Linke in der Hosentasche, und versuchte sich nicht anmerken zu lassen, dass er ratlos war.

»Damit soll ich filmen? Ein Video drehen? Fotografieren?«, bemerkte Breitenberg ironisch. Letztlich war er einverstanden. Doch sie kamen überein, dass er seine eigene Kamera einsetzen würde.

Breitenberg sah Campari lange und kritisch an.

Campari hielt dem Blick nicht stand. Er kratzte seine fleischigen, sandigen Backen. »Was is?«, sagte er.

Breitenberg erhob sich umständlich. »Hast du überhaupt eine Ahnung«, fragte er, »wohin dich deine Ermittlungen treiben?«

Campari warf ihm einen verständnislosen Blick zu. »Klar«, sagte er. »Ich kenne mein Ziel genau. Deshalb machen wir doch die Exhumierung. Gleich morgen in aller Herrgottsfrüh bei Büchsenlicht.«

»Ja. Aber ist das denn nötig? Alles liegt doch klar auf der Hand.«

Campari drehte sich ruckartig um. Er eilte auf das Hauptgebäude des Blumenhofs zu. Dort vollzog er eine Wende und lief über den Weg, der entlang der Hausmauer führte.

Breitenberg wunderte sich, dass das Thema »Fritzi« nicht zur Sprache gekommen war.

»Was behauptest du?«, rief Campari über die Schulter zurück. »Was heißt hier klar auf der Hand? Weißt du denn mehr als ich?«

Breitenberg dachte eine halbe Sekunde lang nach. »Ja«, sagte er nur.

Für Campari klang es, als käme die Stimme des anderen mitten im Sommer aus einer Höhle aus Eis.

Campari war so gestrickt, dass er sich niemals blamieren wollte. Auch nicht vor sich selbst. Er wollte immer gewinnen.

Deshalb war er tief in seine Gedanken versunken, als er abseits der Dorfstraße entlang einiger Seitenwege und -gässchen der Kirche und dem Pfarrhaus zustrebte. Was konnte Breitenberg wissen, was er nicht wusste? Sein Ex-Kollege hatte sich nicht in die Karten schauen lassen. Er hatte ihm nur etwas nachgeworfen, was undeutlich und verschwommen war.

Die Ungewissheit ließ ihm keine Ruhe.

Dorfbewohner, die er allesamt kannte, grüßten ihn. Wenn er einmal versäumte, den Gruß zu erwidern, dann nur deshalb, weil er in Gedanken anderswo war. In der kleinen Gasse zwischen Schmied und Wang Mings Hühnerhof hielt er es nicht mehr aus. Er rief Breitenberg an.

Als habe der auf den Anruf gewartet, war er auf Anhieb dran.

»Was erzählst du da?«, sagte Campari in dem Versuch, nicht vorwurfsvoll zu klingen. »Weißt du mehr als ich? Wenn das so ist, verlange ich auf der Stelle, dass du mich informierst.«

Man konnte den Hohn förmlich riechen, der von seinem Gesprächspartner ausging.

»Ach ja?«, sagte Breitenberg. »Hab ich dich neugierig gemacht? Fritzi hat dir sicher von Thea Brommels Mutter und Theas Stiefvater berichtet. Von Hans Schmid, der in Südamerika, vermutlich in Venezuela, lebt. Diese Information hat sie von mir. Recherche nennt man das.«

»Treib's nicht auf die Spitze, Breitenberg!«, warnte Campari. »Verkauf mich nicht für blöd.«

Er hielt an der kleinen Brücke an, die nördlich des Grünsteinsees über den Kirchbach führte. Mit einer Hand griff er ans Geländer und starrte in das ruhige Wasser. Recherchieren war schon damals eine von Breitenbergs Stärken gewesen, als sie zusammen in der Münchener Mordkommission gearbeitet hatten. Wieder einmal ertappte sich Campari dabei, dass er am liebsten alles selbst machen wollte. Er war eifersüchtig auf Ergebnisse, die andere erzielten. Zum Teufel! Über welches unbekannte Wissen konnte der Breitenberg verfügen?

Eine Frau im Haus gegenüber stand auf dem oberen Balkon und schüttelte einen Teppich aus. »Griaß di, Burgermoasta«, rief sie ihm fröhlich zu.

Er winkte zurück und wischte sich mit der gleichen Bewegung den Schweiß mit einem Tuch von der Stirn.

»Also erzähl schon«, sprach er mit heiserer Stimme ins Handy. »Mach's nicht so spannend.«

Die Antwort kam umgehend. »Ach, nix Großes. Ich hab nur mal über deinen Freund, den Pater Timo, Erkundigungen eingeholt. Und über seine Familie.«

Campari reagierte leicht genervt. »Ja, zu dem bin ich grad unterwegs. Was gibt's da, was ich nicht weiß?«

Keine Antwort.

Campari wartete drei Sekunden. Dann schloss er: »Ich muss mit dem Pater reden. Wenn ich fertig bin, ruf ich dich wieder an. Ich lad dich ins Löchl auf a Hoibe ein. Und da erzählst du mir alles.«

Dann ging er weiter. Die Temperatur lag bei knapp dreißig Grad im Schatten. Doch ihm war kalt geworden.

***

Die vergangenen Tage waren schon überdurchschnittlich heiß gewesen. Doch den heutigen Tag empfand Fanny als besonders unangenehm. Nicht nur wegen der Temperatur. Sie hatte auch sonst das unbestimmte Gefühl, es könne ihr etwas Unliebsames bevorstehen.

Sie hatte sich einen kleinen runden Holzhocker unter das Dach der schmalen Terrasse an der Nordseite des Pfarrhauses gezogen. Neben ihr stand ein quadratisches Tischchen mit den Zutaten, die sie benötigte, um Sauerkraut für die langen Wintermonate herzustellen. Vor ihr lagerte eine ovale Zinkwanne auf dem Boden. Obendrauf lag quer der etwa hüftlange Krauthobel.

Mit gleichmäßigen Schüben – nach vorn gebeugt – bearbeitete Fanny die geteilten Kohlköpfe, bis das Gefäß voll war mit den Kohlstreifen. Knapp zwanzig Minuten dauerte die Arbeit. Anschließend wurde das Material in den Gärtopf abgefüllt. Hinzu kamen dicke, in feine Scheiben geschnittene Gemüsezwiebeln. Für die Arbeit am Gärtopf streifte sie Haushaltshandschuhe über. Sie streute Kümmel und Dill über das Kraut, als Letztes rieselte die wichtigste Zutat ins Gefäß: Salz. Wie viel Salz benötigt wurde, das kannte Fanny aus jahrelanger Erfahrung. Und davor von ihrer fränkischen Mutter.

Campari und Pater Timo streiften durch den Kirchenraum wie zwei konkurrierende Wölfe, die sich belauerten.

Campari trug weite Jeans, ein kariertes Hemd und darüber eine dünne Leinentrachtenjoppe. Im Ledergürtel steckte ein kariertes Stofftaschentuch, das wegen der Temperatur ständig in Betrieb war.

Pater Timo hatte Arme und Hände hinter dem Rücken verschränkt. Alle zehn Sekunden blickte er empor zum Glockenstuhl, in dem es gewaltig knirschte und ächzte. Es klang, als drohte er jeden Moment einzustürzen. Timo sah hilfesuchend zum Gekreuzigten hinauf.

»Wir werden den Glockenturm sanieren«, sagte Campari trocken.

Pater Timo zuckte. Sein Blick richtete sich auf den Heiland am Kreuz. Doch er war ein gebranntes Kind. Es hatte früher schon solche Versprechen gegeben. Also schwieg er vorerst und wartete auf eine Präzisierung.

Campari blieb stehen, stützte sich an einer Bank ab und sah ihn an. »Es war nicht meine Entscheidung«, erklärte er fast entschuldigend. »Der Gemeinderat war einstimmig dafür. Ich habe mich der Stimme enthalten.«

Nun strahlte Pater Timo übers ganze Gesicht. Er musste sich zurückhalten, seine Gefühle nicht allzu deutlich zu zeigen.

Doch kaum war er in die höchsten Höhen des Glücks gehoben worden, fiel er ebenso rasch wieder auf den Boden der Realität zurück. Die Erinnerung, die ihm viele Tage im Kopf herumgeschwirrt war, flatterte nun in Camparis Gesellschaft in die Freiheit. Seine Erinnerungen und die Gedanken, die er nächtelang gewälzt hatte, klebten an ihm wie schmieriger Brei.

Die Beichte!

»Thea Brommel hat vor ihrem schrecklichen Tod gebeichtet«, platzte es aus ihm heraus.

Campari schluckte und erstarrte. Er wendete sich ab und hob den Kopf zur Decke. Timo konnte nur seinen fleischigen Nacken erkennen. Aus dem war alles Blut gewichen.

»Ich habe natürlich Schweigepflichten«, sagte Timo. »Aber – wenn Sie wollen: Stellen Sie Fragen, die ich beantworten kann.« Er vermutete, dass es in Camparis Kopf nur so wirbelte. »Wenn Sie mögen«, wiederholte er.

Langsam drehte Campari sich um. Er wirkte um Jahre älter. »Das heißt ...«, flüsterte er tonlos.

Das Gewölbe über ihm fing die Bemerkung auf und warf sie verzerrt zurück. Pater Timo verschränkte die Arme vor der Brust und nickte kaum wahrnehmbar. In den Augen des anderen blitzte Erkenntnis auf. Thea hatte ihre Affäre mit ihm gebeichtet! Dabei hätte der Bürgermeister alles gegeben, um die Nachricht zu unterdrücken. Die Erkenntnis mündete in Unsicherheit.

»Aber Sie haben doch ...«, sagte er eindringlich.

»Ein Beichtgeheimnis, natürlich. Und das werde ich auch einhalten.«

Dass Timo sich anschließend bekreuzigte, schien den Sünder ein klein wenig zu beruhigen. Seine Brust wurde wieder breiter.

Mehrmals schon hatte Pater Timo überlegt, dass Campari – rein theoretisch natürlich – als Mörder von Thea Brommel in Frage kam. Er hatte ein Motiv. Er führte die Ermittlungen selbst. Wer hatte sein Alibi überprüft? Hatte er womöglich auch Fritzi auf dem Gewissen? Rein hypothetisch war alles möglich.

Pater Timo besaß ein Buch, in dem er alle Ohrenbeichten protokollierte. Auch das Eingeständnis von Thea war darin eingetragen. Das Buch besaß einen Schleifenverschluss. In den vorderen und hinteren Buchdeckel waren Löcher eingelassen, die durch Schleifen miteinander verbunden waren. Das verhinderte ein unbeabsichtigtes Aufklappen. Es bot jedoch keinen Schutz vor unbefugtem Öffnen. Dazu band Timo die Schleifen mit einem Kreuzknoten zusammen. Den konnte man zwar öffnen, doch nicht wieder verknüpfen, wenn man nichts von Seemannsknoten verstand. Zwei Mal in den vergangenen vierzehn Tagen hatte der Pater feststellen müssen, dass sich jemand an seinem Beichtbuch zu schaffen gemacht hatte.

Hatte er nun das Beichtgeheimnis gebrochen oder nicht? Von Jesus in der Kirche hätte er dazu eine Antwort erwartet. Doch Jesus blieb stumm wie ein Fisch.

Eine Frage konnte sich Timo freilich selbst beantworten: wer in dem Buch nachgelesen hatte. Ihn fröstelte bei dem Gedanken.

***

Die Sommerhitze machte es unmöglich, sich im Inneren des Kirchwieser Löchls aufzuhalten. Doch das war eh nicht Camparis Absicht und auch nicht die von Felix Breitenberg gewesen. Ein echter Bayer findet wirkliche Erholung nur in seinem Biergarten. Sie setzten sich in den Schatten der drei Uraltkastanien, die sogar das Haus ein paar Meter überragten und ihre Zweige über die gesamte Fläche spannten.

»Also. Red«, sagte Campari. Der Schrecken aus der Unterhaltung mit Pater Timo saß ihm noch in den Knochen. Er wirkte bedrückt.

»Dass der Pater und seine Haushälterin Geschwister sind, hab ich erst hier vor Ort herausgefunden«, begann Breitenberg. Er kam schnurstracks zum Thema.

Sein Gegenüber schwieg. Er hatte zwei Halbe für sich und den anderen bestellt.

»Und hier in Kirchwies hab ich begonnen, detaillierter zu recherchieren«, fuhr Breitenberg in sachlichem Ton fort. Er rückte seinen Brauereistuhl zur Seite, um die Bedienung an den Tisch zu lassen, eine stämmige, vollbusige Vierzigjährige. Sie trug ein Tablett mit zwei Flaschen und zwei Gläsern.

»Is des a Weißbier?«, rief Campari aus.

»Ja freili. Wie bestellt.«

»Nix. I hob zwoa Hoibe bstellt. Verstehst? Zwei halbe Liter normales helles Bier vom Fass.«

Die Kellnerin sah ein, dass sie hier den Kürzeren ziehen würde. Ohne zu murren, trabte sie zurück. Breitenberg rückte den Stuhl wieder zurück. Der Kies knirschte.

»Sie sind in der Nähe von Nürnberg aufgewachsen«, begann er aufs Neue.

Campari nickte. »Im Knoblauchland«, sagte er bestätigend.

Breitenberg wurde es zu bunt. »Was weißt denn sonst noch alles von denen?«, nörgelte er.

Campari griff in die Jackentasche und nahm eine Prise. »Ahhhhh«, machte er. »Alles. Vater Postbeamter, Mutter fleißige Hausfrau. Brave Leute eben. Timo geriet dem Vater nach, Fanny der Mutter. Fanny wurde Hauswirtschafterin, ihr Bruder ging ins Kloster.« Campari frohlockte.

Breitenberg grinste. »Mit der Mutter hast du recht«, sagte er. »Eine ganz brave Hausfrau. Aber der Vater war das Problem.«

Die Bedienung erschien am Horizont. Breitenberg rückte zur Seite. Der Kies knirschte.

Campari stürzte die frische Halbe hinunter und bestellte eine zweite. Vielleicht, dachte er, löst der Breitenberg ein Problem.

»Der Vater war Postbeamter, richtig«, sagte Breitenberg. »Aber was für einer. Er prügelte die Frau, kam oft nachts nicht heim, trieb sich in fremden Betten rum. Die Kinder ließ er meist in Ruhe. Aber wenn er seinen Grant an jemandem ausließ, dann an Fanny. Das ging jahrelang so.«

»Und keiner tat etwas dagegen?«

Breitenberg zuckte mit den Achseln. »Was hätten sie denn tun sollen? Der Mann war Alleinverdiener, und sie waren auf ihn angewiesen.«

Der Biergarten war um diese Tageszeit leer. Nun aber bekamen sie Besuch. Ein Pfauenpaar tänzelte um sie herum, als suchte es Anschluss. Herr Pfau schlug ein wundervolles schillerndes Rad und erging sich in schrillen, schnalzenden Tönen. Die wesentlich einfacher gestrickte Frau Pfau pickte derweil gelangweilt zwischen den Steinchen am Boden herum.

»Die Frau und Mutter ging an diesem Leben zugrunde«, fuhr Breitenberg fort. »Sie starb, als Fanny mitten in ihrer Hauswirtschaftslehre steckte. Sie ist an gebrochenem Herzen gestorben, hat es geheißen.«

Breitenberg stand auf und wanderte mit den Händen in den Taschen auf und ab.

»Kaum war seine Ehefrau unter der Erde, brachte der Vater fremde Weiber mit nach Hause, meistens jüngere. Die beiden Kinder bekamen täglich mit, was im elterlichen Schlafzimmer abging.«

»Aha«, unterbrach Campari. »Pass auf, Breitenberg. Du hast in München schon nie Details preisgegeben. Von wem du die Informationen erhältst und so. Aber kannst du mir nicht dieses eine Mal … nur damit ich beruhigt sein kann …«

»Dieses eine Mal ist okay. Aber was hilft es, wenn ich dir sage, dass ich die meisten dieser Infos von einem früheren Schulkameraden habe? Er ist der Chef aller Standesämter in Nürnberg. Der hat sich für mich umgehört.«

Herr Pfau begann Campari mit langem Hals und kurzen Schnabelhieben von seinem Stuhl zu vertreiben. Der Platzinhaber drehte sich weg und hielt mit den Beinen dagegen. Schließlich packte er sein halb volles Glas und schüttete dem Tier mit elegantem Schwung seine Hoibe über den Kopf.

Der Pfau mochte das Bier nicht. Er schüttelte sich, hackte ein letztes Mal nach und strebte dann mit seiner Lebensgefährtin gemächlich zum Kücheneingang hin.

Breitenberg nahm einen tiefen Zug und setzte sich in Position.

»Hörst du? Hier beginnt nun das Problem. Die beiden Kinder wachsen von jetzt an unter der Fuchtel von diesem Hallodri von Vater auf, der ihre Mutter ins Grab gebracht hat. Der die Fanny wie Dreck behandelt. Mein Informant meint sogar gehört zu haben, dass er sie nicht nur misshandelt hat. Aber das ist nicht verifiziert. Jedenfalls hat sie sich schleunigst, sobald es ihr möglich war, von zu Hause abgesetzt.«

»Kann ich verstehen. Und der Timo?«

Campari war das wache Interesse anzusehen. Breitenberg war

bekannt, dass die beiden, der Pater und der Bürgermeister, sich nicht ganz grün waren.

»Der hat das Nächstbeste getan. Er ging ins Kloster. Er verbrachte einige Jahre bei den Karmelitern im Kloster Reisach im Inntal. Und von denen wurde er sozusagen nach Kirchwies ausgeliehen. Seine Schwester ist ihm gefolgt. Aber das wird dir nicht unbekannt sein.«

Das Gespräch hatte Campari nachdenklich gestimmt. Mehr noch: Es war wie eine Erleuchtung. Als hätte jemand ein Streichholz an eine glimmende Lunte gehalten.

»Ich hab gehört, du willst die Leiche wieder ausbaggern?«, fragte Breitenberg wie nebenbei.

Bevor es zu einer Antwort kam, zwitscherte Breitenbergs Klingelton. Sein Gesichtsausdruck veränderte sich von verdutzt über deppert zu himmlisch.

»Ja«, flüsterte er ins Telefon. »Geht's dir gut, Kleines? Ich bin gleich bei dir.«

»Bei wem?«, fragte Campari mitleidslos.

»Fritzi«, hauchte Breitenberg.

Ein Schatten machte sich hinter ihnen breit.

Pater Timo. Er hielt beide Hände flach vor sich ausgestreckt. Auf jeder Handfläche befand sich ein Glas mit trübgelber Füllung. »Quittengelee«, gab er bekannt. »Von meiner Schwester. Speziell für Sie.«

zehn

Leiche wird wieder ausgegraben!

Die Leiche der in Kirchwies brutal ermordeten Physiotherapeutin Thea Brommel wird auf richterliche Anordnung hin exhumiert.
»Es gibt eine neue und vielversprechende Spur, welche die Aufklärung des Falles wieder hochaktuell werden lässt«, so äußerte sich ein Mitglied der Sonderkommission. Ebenso arbeitet seit wenigen Tagen ein Experte für Täterprofile vom Bundeskriminalamt am Fall mit. Die Leiche, erklärte er, sei mit absoluter Sicherheit noch in gutem Zustand. Dann würden sichere Erkenntnisse und Beweise gefunden werden, sodass man in der Folge unmittelbar vor der Lösung des Falles stünde.
Die Ermittlungen leitet Max Campari, der Bürgermeister von Kirchwies. »In gewisser Weise«, verdeutlichte er, »wollen wir Thea Brommel auferstehen lassen, damit sie als Zeugin ihrer eigenen Ermordung aussagen kann.«
Die Exhumierung wird morgen um neun Uhr vormittags stattfinden. Der Grabraum wird weiträumig abgesperrt sein.

Die Meldung im »Oberbayerischen Volksblatt« schlug in der Bevölkerung wie eine Bombe ein. Ein Rumoren wie in einem aufgescheuchten Ameisenhaufen begann.

***

Das Kirchwieser Löchl, die Dorfwirtschaft, lag nur einen Steinwurf von Pater Timos Dorfkirche entfernt. Auf der anderen Seite der Straße, ebenfalls nicht viel weiter weg, breitete sich der Friedhof aus. Auf ovaler Fläche, so groß wie ein halbes Fußballfeld, schmiegte er sich an eine dahinter liegende Anhöhe an. Es war ein katholischer Friedhof. Das hieß nichts anderes, als dass nur katholischgläubige Christen hier begraben werden durften. Wer beispielsweise aus der Kirche ausgetreten oder Protestant war, hatte hier nichts zu suchen.

Thea Brommel war Protestantin gewesen. Da sie nicht mit ihrem frühen Tod gerechnet hatte, war auch nichts geregelt worden, was ihre Beisetzung betraf. Demnach hätte der Bestatter sie nach Rosenheim auf den Stadtfriedhof bringen müssen. Das Eingreifen Pater Timos hatte es jedoch möglich gemacht, die Tote hier zu Grabe zu tragen.

Durch ein kunstvoll geschmiedetes überdachtes Törchen betrat man den Grund. Eine kleine Aussegnungskapelle mit Holzschindeldach, offensichtlich der Friedhofskirche nachgebildet, einem Kreuz als Spitze und einem liegenden Christus aus dem Stein der Gegend. Davor drei parallel angeordnete Grabreihen. Dazwischen kiesbestreute Gehwege, auf denen nicht ein einziges Blatt und keine Zigarettenkippe lagen.

Ein gleich großes Dorf in einem anderen Bundesland hätte einen Friedhof dieser Art zu seinem ganz persönlichen botanischen Garten erklärt. Blumen, Büsche und Ranken vom Feinsten, zwei sprudelnde Zierbrunnen, ein Brunnen zum Wasserholen, Schatten spendende Ahornbäume. Singvögel in den Zweigen, Eidechsen auf den Grabsteinen und -platten, ein Ameisenhaufen und ein facettenreicher Steingarten, höher als ein Nordseedeich, rundeten das Landschaftsbild ab.

Dieser Ort war das Paradies der Toten von Kirchwies. Von jedem Grab aus hatte man einen ungehinderten Blick auf die Berge der Voralpen. Das Familiengrab der Camparis, wo auch Tonio – Max Camparis Vater – begraben lag, war das zweite an der Mauer links neben der Kapelle.

Das letzte Grab in der hintersten Reihe vor der Thujenhecke und der Mauer war frisch. Ein kleiner Erdhaufen mit Blumen, Kränzen, Schleifen und anderen Hinterlassenschaften. Das war das Grab von Thea Brommel. Dieses Grab sollte auf richterliche Verfügung hin geöffnet werden.

Campari lehnte etwas abseits an einer sich üppig verwindenden Korkenzieherakazie und betrachtete nachdenklich den Vorgang auf dem Friedhof. Sein Blick schweifte über die Gräber hinüber zur Aussegnungskapelle, deren Dach sich mit einem gedämpften Rotbraun gegen die blaue Silhouette der Berge abhob. Die Dachrinne hatte in der Mitte ein Loch, durch das sich das Material drängte, das ein Amsel- oder Schwalbenpärchen im Frühjahr zum Nestbau angesammelt hatte. Im Sommer schienen Vögel hier nicht zu existieren. Sie hausten irgendwo in den Bäumen oder im Schatten unter den Büschen. Hören oder sehen tat man sie selbst jetzt in der etwas kühleren Frühe nicht.

Begonien in allen Farben, rotes Steinkraut, blaue Lobelien und Fuchsien in verschiedenstem Rot, dazu Geranien und Enzianbäumchen neben all dem Grün. Der Friedhof von Kirchwies als verkappte Landesgartenschau war Heidis Werk.

Es war kurz nach neun – die Uhrzeit der Graböffnung, die in sämtlichen Medien verbreitet worden war. Campari sah sich um. Anton Scheiberl stand gelangweilt gegen die Friedhofsmauer gelehnt, der Schmied war da, der Embacher Xari, der Brunnerbeck, der Bauer Benedikt, die dicke Stadtmüllerin aus Theas Nachbarhaus, im Rollstuhl von Heidi geschoben. Pater Timo und Wang Ming hielten sich knapp neben der Absperrung in unmittelbarer Nähe des Grabs auf. Alle Bauern der Umgebung schienen dabei zu sein. Theas Nachbarn von gegenüber, dazu etwa zehn Mitglieder der freiwilligen Feuerwehr. Die Gebirgsschützen kamen geschlossen und in Tracht, dazu die Hinterberger Musi, ein Bläserquartett, das sich anschickte, aufs Neue einen letzten Gruß für die verstorbene Thea zu spielen.

Prickelndes Schweigen. Niemand sprach ein Wort.

Wer fehlte, waren Pauli, der Maler, und Fanny, die Haushälterin.

Und der Friedhofsdienst. Der den Sarg ausgraben sollte. Weit und breit war nichts von ihm zu sehen.

Breitenberg hatte sich gut getarnt oben in einer Eiche positioniert. »Ich hab den neuesten Sony-Camcorder dabei«, hatte er Campari gegenüber aufgetrumpft. »Der letzte Schrei. Damit kämst sogar du zurecht.« Er betrachtete das Geschehen unter sich wachsam wie ein Tier.

Um zwölf nach neun schritten die drei Männer vom Friedhofsdienst heran.

Zuerst fingen sie mit Spaten an, Theas Grab, das hinterste an der Mauer, zu öffnen. Dann benutzten sie mittelgroße Schaufeln. Zuletzt nahmen sie die bloßen Hände, um den Sarg vom letzten Krümel Erde zu befreien.

Als hätte ein Dirigent den Einsatz angeordnet, erhob sich plötzlich ein krächzendes Geschrei. Krähen flatterten mit geöffneten Schnäbeln durch die Bäume ringsum. Über ihnen bemalten drei sich kreuzende Passagierflugzeuge den Himmel mit Kondensstreifen.

Unten der frisch ausgegrabene Sarg.

Campari kam sich vor wie in einem Harry-Potter-Film.

Breitenbergs Aussehen passte haargenau zu der Stimmung. Er hatte dunkle Ringe um die Augen. Er wirkte, als hätte er sich die Nacht um die Ohren geschlagen.

Noch war alles ruhig.

Der Sarg war fast gehoben, die Hinterberger Musi machte sich zum letzten Auftritt fertig. Weitere Besucher traten durch das schmale Friedhofstörl.

Breitenberg filmte sie alle. Der Videokamera entging nichts. Keine Bewegung. Keine Miene. Kein heimlicher Fingerzeig. Sie nahm auch die wenigen Menschen auf, die nicht zum Dorf gehörten.

Wenn man live nichts Auffälliges registrierte, würde man später bei sorgfältiger Auswertung der Videos möglicherweise etwas finden.

Das Ausgraben der Leiche bedeutete für den Täter einen enormen Stress. Campari hatte im Lokalfernsehen erklärt, dass er den Fall lösen würde, und wenn er zehn Jahre dafür brauchen würde. Doch so lange brauche er nicht. Denn der Fall stünde kurz vor dem Abschluss. Es fehlten nur noch einige wenige Details, die man durch die neuerliche Obduktion zu erhalten hoffe.

Breitenbergs Blick schweifte über die Menge. In dem Zimmer war es letzte Nacht übermäßig hell gewesen. Strahlend weiße Farbe, Fenster, Glas, Metall, Kunststoff. Ein wenig einladender Raum ohne Vorhänge an den Fenstern, ein schmaler weißer Schrank, ein Rollwagen aus weißem Kunststoff vor dem Krankenhausbett im Rosenheimer Klinikum. Und im Bett Fritzi Gernot mit weißem Kopfverband.

Ein Besuch war strengstens untersagt. Dennoch hatte Felix Breitenberg es geschafft, zu der Patientin vorzudringen. Seine Hand lag auf ihrer Hand. Sie lächelte. Die Augen strahlten. Die beiden sprachen kein Wort. Hielten sich nur an der Hand.

Wie lange sie sich so lieb gehabt hatten, wusste er später nicht mehr. Vielleicht zehn, fünfzehn, zwanzig Minuten. Nicht länger. Dann hatte er sich auf demselben Weg zurückgezogen, wie er gekommen war.

Breitenberg ließ seinen Blick hin zum Eingangstörchen wandern. Er hielt den Atem an.

Odilo! Fritzis Bub an der Hand von Margot Campari. Margot sah sich suchend um.

Odilo hatte etwas in der Hand. Nach näherem Hinsehen entpuppte es sich als kleiner Wildblumenstrauß. Breitenberg konnte es selbst aus der Entfernung erkennen. Mohn, Kornblumen, Margeriten.

Der Bub scannte die Gegend. Schließlich schien er zu finden, was er suchte.

Ihn, Breitenberg, droben im Baum!

Odilo löste sich von Margots Hand und breitete die Arme aus. Breitenberg legte einen Finger auf die Lippen. Der Kleine verstand. Sofort ließ er die Arme sinken und tat unbeteiligt. Kluges Kind!

Der Sarg sah aus wie neu. Breitenberg filmte, wie er ins Fahrzeug geladen und abtransportiert wurde.

Die Hinterberger Musi hob die Instrumente. Doch Campari unterband ihr Spiel.

»Herrschaften, gehen Sie heim«, rief er der Menge zu. »Wir werden berichten.« Dann wandte er sich an die Medienvertreter. »Merken Sie sich«, betonte er. »Ich wiederhole mich: Und wenn ich zehn Jahre dafür brauchen werde. Aber so lange wird's nicht dauern. Wenn wir das finden, was wir vermuten, können Sie schon übermorgen Ihre Sensationsmeldung raushauen.«

Breitenberg kletterte vom Baum. Er hatte die gesamte Vorstellung gefilmt. Jeder Anwesende war getroffen. Darunter jeder,

der im Zuge der Ermittlungen verhört worden war. Nur zwei der vorher Vernommenen waren weggeblieben: Pauli, der Maler, und Fanny, die Pfarrhaushälterin.

***

Campari saß reglos in seinem Bürgermeisterbüro. Ein böiger Wind wehte aus Südosten das Tal herauf. Es sah nach Regen aus. Die Bauern und Gärtner würden froh um jeden Tropfen sein. Es war dunkel geworden, sodass er im Fenster sein Spiegelbild sah: einen stämmigen Mann mit vollem Haar und wollener Trachtenweste, dessen runder Kopf und dessen fülliges Gesicht sehr seinem Vater, dem Minister, ähnelte. Ihn hatte der Schlag getroffen, und er war Gott sei Dank sofort weg gewesen. Sein Sohn ging davon aus, dass ihm eines Tages das gleiche Schicksal beschert sein würde.

Die Aktion war umsonst gewesen. Weder die Observierung noch die anschließende mehrfache Auswertung der Videos hatte auch nur im Entferntesten ein Ergebnis gebracht. Vorsichtshalber hatte Breitenberg das Video zur weiteren Überprüfung nach München bringen lassen.

Er ging alles noch einmal durch.

Anton Scheiberl hatte schließlich gestanden, sich vage erinnern zu können, dass er in der Nacht im Libellenweg 18 gewesen war. Da habe Thea noch gelebt, und sie hatte ihn abblitzen lassen. Campari glaubte ihm. Weder von ihm noch von Wandra hatte die Spusi den Hauch einer Spur am Tatort gefunden. Der Wandra hatte sich auch nicht aus Reue über die Bluttat selbst gerichtet. Er hatte vielmehr dem Druck der Dorfbewohner nicht standgehalten.

Im Übrigen war Campari noch immer der festen Ansicht, dass die Taten nicht von einem der Männer aus dem Dorf begangen worden waren. Der Mord nicht, die Entführung nicht und schon gar nicht der blutige Überfall auf Fritzi Gernot. Ein Mann hätte anders zugeschlagen. Hätte nicht so viel Raffinesse vorgetäuscht. Welcher Mann bindet einen Buben mitten im Wald an einen Baum und hängt einen albernen Zettel daneben? Die Arbeitshandschuhe, das Elektrokabel – eine Frau mit handwerklichen Fähigkeiten, aber kein Mann. Schon die ganze letzte Nacht lang hatte er wach gelegen und nach einem Motiv gesucht, das eine Frau haben könnte.

Jeden Stein hatte er umgedreht. Keinen ließ er unberührt, wie klein und unbedeutend er auch sein mochte. In seinem Kopf überschlugen sich unkontrollierte Bilder. Wenn er sich nicht erinnerte oder unsicher war, hielt er mit seinen Überlegungen inne und begann wieder von vorn.

Immerzu war er bei der Pfarrhaushälterin gelandet.

elf

Kurz nach Mittag erhielt Campari die Antwort auf seine Anfrage beim Polizeipräsidium in Rosenheim. Er hatte die beiden Gläser Quittengelee zur Analyse dorthin schaffen lassen. Er wollte das Risiko ausschließen, sich und Breitenberg leichtfertig vergiften zu lassen.

Der Inhalt wurde als »unbedenklich« eingestuft.

Doch eines Beweises dieser Art hätte es nicht mehr bedurft. Er besaß genügend weiteres Material oder würde es in Kürze erhalten. Um die Ermittlungsdurchsuchung von Fannys Wohnung im Pfarrhaus hatte er per Eilantrag nachgesucht. Die Anordnung erwartete er stündlich, zusammen mit dem Haftbefehl.

Campari wunderte sich nur, warum er nicht früher auf die Lösung gekommen war. Breitenberg mit seiner Familienrecherche hatte den Stein ins Rollen gebracht. Campari war sehr nachdenklich geworden. Erst dadurch hatte sich die Reibung ständig im Bürgermeisterhirn kreisender Überlegungen als Geistesblitz entzündet.

Es war, als hätten sich Nebel verzogen. Nun erst konnte er klar erkennen, was seinen Augen bisher verborgen geblieben war.

Diese Fanny musste durch das Verhalten ihres Vaters einen unbändigen Hass auf Männer haben. Und auf Frauen, die jenen ähnelten, mit denen sich ihr Vater abgegeben hatte. So wie Thea Brommel. Er musste zugeben: In seinem Hinterkopf hatte die Fanny stets irgendwo herumgefuhrwerkt.

Bei all seinen Überlegungen war er davon ausgegangen, dass der Täter über handwerkliches Geschick verfügen musste – Fanny besaß es im Übermaß.

Bei den Befragungen nach Fannys Alibi hatten sie sich auf die Aussage des Paters verlassen. Weder für die Nacht, in der Thea ermordet wurde, noch für die Zeit von Odilos Entführung noch für die Nacht der Attacke auf Fritzi war sie selbst befragt worden. Pater Timo hatte aus reiner Naivität eine Art Bürgschaft für sie abgegeben, die er nicht halten konnte. In falscher Vertrauensseligkeit hatte Campari ihm alles abgenommen.

Das war sein Kapitalfehler gewesen.

Die Durchsuchung von Fannys Wohnung würde endgültige Klarheit bringen. Er rechnete fest damit, dass sie den Computer und das Papier finden würden, auf dem die bei Odilo hinterlassene Nachricht geschrieben worden war.

Der DNA-Test würde den Rest besorgen.

Und unter ernsthafter Befragung würde diese Frau zusammenbrechen und gestehen. Campari war sicher, dass sie auf weiteres Beweismaterial stoßen würden. Sie vermissten noch immer Theas Jeans und Schuhe. Und sie hatten noch nicht herausgefunden, womit Odilo betäubt worden war.

Er spürte den Impuls, hinzugehen, ihr eine Pistole an die Schläfe zu halten und sie zu einem Geständnis zu zwingen. Das tat er nicht. Doch er fasste einen Entschluss. Er fischte das Handy aus der Jackentasche und suchte die Nummer von Pater Timo.

»Wissen Sie, wo Ihre Schwester ist? ... Was? Wann haben Sie sie denn zuletzt gesehen?«

Er holte ein Pferd aus dem Stall und machte sich auf den Weg zum Pfarrhaus. Er wollte sichergehen. Es durfte nichts eintreten, was die Festnahme der Täterin verhinderte.

Als er die Brücke über den Feldbach querte, fing es wieder leicht zu regnen an. Er hob sein Gesicht den Tropfen entgegen und fiel in leichten Trab.

***

Nicht mit mir, sagte sich der Todesengel.

Fanny hatte sich amüsiert, als sie von der Ankündigung der Exhumierung las und hörte. Sie würde auf keinen Fall hingehen. Der ganze Schmarren, den sie vorgaben – vielversprechende Spur, unmittelbar vor Abschluss, Experte für Täterprofile, »Zeugin der eigenen Ermordung« –, berührte sie kaum. Sie schlief auch weiterhin gut, und sie würde nicht am Friedhof auftauchen.

Das war's, was sie erwarteten. »Der Täter kehrt zurück zu seiner Tat.« Ein Klischee. Bestimmt würden sie die gesamte Ausgrabung filmen und das Material hinterher untersuchen. Fanny könnte die Polizei anrufen und behaupten, sie könnten sich ihr ganzes Schmierentheater an den Hut stecken. Eine Weile überlegte sie ernsthaft, ob sie sich den kleinen Scherz erlauben sollte, entschied sich aber dagegen. Unnötiges Risiko wollte sie nicht eingehen.

Aus purer Neugierde hätte sie gern gewusst, wer aus dem Dorf sich das Schauspiel anschaute. Wie sie sich verhielten, wenn der Sarg aus dem Grab geschaufelt würde. Jene Reaktionen beobachten, welche die Polizei sich von ihm, dem Todesengel, erhoffte.

Gut. Sie könnte jetzt dem Ruf folgen. Jetzt, da alles vorbei war. Zufällig über den Friedhof spazieren und die Sache inspizieren. Nachschauen, was vom Grab geblieben war. Den schlauen Polizisten zeigen, was Sache ist, vor allem dem superschlauen Campari. Dass sie ihnen allen überlegen war.

Sie war schon mehrfach an Theas Grab gewesen. Hatte den Film immer und immer wieder an sich vorüberziehen lassen. Und hatte die Tat nie bereut. Die Hure hatte diese Strafe verdient.

Der Auslöser war ein Ereignis an einem sonnigen Sonntag im vergangenen Februar oder März gewesen. Aus reiner Neugierde hatte Fanny in der Garage, in der die Honda Shadow ihres Bruders stand, einen Karton durchsucht, auf den sie zufällig gestoßen war. Ganz unten fiel ihr ein altes, abgegriffenes Buch in die Hände. Sie brauchte eine Weile, bis sie begriffen hatte, dass es sich um ihr eigenes Tagebuch handelte. »Ich war ein Mädchen damals«, hatte sie geflüstert.

Sie setzte sich auf einen Stapel alter Reifen und blätterte in dem kleinen roten Buch. Sie erkannte ihre geradlinige, steil nach links gerichtete Schrift wieder und konnte keinen einzigen Rechtschreibfehler entdecken.

Zwischen zwei Seiten tauchte ein Foto auf. »Mama«, stieß Fanny mit Tränen in den Augen aus.

Als sie das Bild sah, war sie sentimental berührt, erschrak aber gleichzeitig über den Abstand. Dieser Teil des Pfads lag so weit zurück, dass sie sich kaum den ganzen Weg vorstellen konnte, den sie seither gegangen war.

Auf der nächsten Seite war die Traueranzeige aus der Zeitung von Mamas Tod eingeklebt. Klein und mickrig. Unpersönlich. Hastig überschlug sie ein paar Seiten.

Der Abstand war wie weggewaschen. Trauer stieg in ihr empor.

»Papa mit einer Frau in Unterwäsche« stand da geschrieben. »Sie kommen aus Mamas Schlafzimmer.«

»Wieder eine andere Frau. Schreie aus dem Badezimmer. Lachen. Was geschieht da?«

Wenige Seiten weiter hieß er nur mehr »Vater«.

»Vater lässt mich den Rock hochziehen. Schlägt auf den nackten Po.«

»Vater wartet hinter der Tür auf mich. Schlägt mir ins Gesicht. Warum?«

»Ich hasse ihn. Und ich hasse all diese Frauen.«

»Sie ist schon zum dritten Mal bei ihm. Ich werde zuerst sie umbringen. Und dann ihn.«

Auf leisen Sohlen war sie aus der Garage getappt. Das kleine rote Buch, ihr Tagebuch, nahm sie mit und versteckte es in ihrer Wohnung.

Immer und immer wieder hatte sie es seither gelesen. Voll Hass und Rache. Der Vorsatz zu töten hatte sich zunehmend verfestigt. Ein Plan war entstanden.

Warum hatten die Idioten das Grab nicht schon vorher überwacht?, überlegte sie nun. Warum mussten sie jetzt diesen Aufwand betreiben und die Leiche wieder ausgraben? Fast leid tat sie ihr, die Thea Brommel. Sie hatte nichts gegen sie persönlich. Aber gegen ihren Lebenswandel …

Etwas beunruhigte die Fanny bei diesem Gedanken. Fraglos nur eine Kleinigkeit.

Fritzi fiel ihr ein. Sie war im Klinikum, hatte sie gehört. Also lebte sie. Sollte sie nachhelfen? Auch diese Frau hätte den Tod verdient. Sie trieb es mit Campari, mit Pauli, dem Maler. Und nun hatte Fanny den neu angereisten Journalisten in Verdacht.

Also war auch sie eine Hure.

Sie hatte das Bedürfnis, in die Kirche zu gehen. Lange war sie nicht in der Kirche gewesen. Nun wollte sie ihrem Herrgott danken und die Sache mit ihm besprechen.

Kirche.
Klinikum.
Friedhof.
Was zuerst?
Friedhof schied aus.
Ihre Nerven waren gespannt wie Klaviersaiten.

Der Gedanke daran, wie gut alles geklappt hatte und wie leicht es gelingen konnte, erregte sie. Es reizte sie, weiterzugehen.

In dem Augenblick, als sie zugeschlagen hatte, war sie sich nicht vollkommen sicher gewesen, ob sie Fritzi Gernot töten wollte. Sie ließ den Prügel einfach niedersausen. Was immer aus der Wucht des Schlags entstehen würde – ihr sollte es recht sein. Gottesurteil. Nun aber konnte sie den Gedanken nicht mehr ertragen, dass diese unmoralische Frau noch am Leben war.

Sie ging hinaus in den Garten, nahm auf dem runden Hocker Platz, hälftelte vier Kohlköpfe und setzte das fort, was sie sehr gut konnte: die Sauerkrautzubereitung. Für sie war das die beste Art, ein Problem im Kopf methodisch zu bearbeiten.

Es gab mehrere denkbare Möglichkeiten. Bei allen musste sie berücksichtigen, dass die Polizei, dass Campari ihr womöglich bald auf die Schliche kommen würden. Irgendwo musste sie schließlich Spuren hinterlassen haben. Schließlich meinte sie, eine Lösung gefunden zu haben, wie es ihr todsicher gelingen würde, zu der Frau im Klinikum vorzudringen. Es war eine große Verlockung.

Es würde nun schnell gehen müssen. Fanny war sicher, dass Fritzi Gernots Zimmer bewacht wurde. In jedem billigen Film sind Krankenzimmer mit bedrohten Patienten von Polizisten bewacht. Sie musste also eine passende Verkleidung finden. Damit wollte sie bereits die Kirche betreten, um Zeit zu sparen. Denn dass sie vor der nächsten Tat noch einmal zu ihrem Herrgott sprechen würde, war ihr ein Herzensanliegen. Der Herr Jesus würde sie schließlich auch verkleidet erkennen und mit ihr sprechen. Seit sie Thea getötet hatte, spürte sie immer einen Anflug von Trauer, wenn sie seine Stimme hörte.

***

Eine Frau schrie gellend. Die Zeit schien stillzustehen.

Fritzi kannte diese Stimme. Ihr Klang traf sie wie ein Keulenschlag. Sie fühlte sich wie gelähmt. Spürte das feuchte, warme Blut auf ihrer Haut. Wieder wurde ihr bewusst, wie hilflos sie war. Sie hatte völlig versagt.

Odilo! Wo war ihr Sohn? Zum zweiten Mal in ihrem Leben begegnete ihr solch eine Katastrophe. Das erste Mal war Odilo an einen Baum gebunden gewesen. Es war stockfinstre Nacht gewesen.

Nein. Sie durfte diesen Traum nicht noch einmal durchleben. Unter großen Anstrengungen gelang es Fritzi, die Augen zu öffnen und die Gespenster abzuschütteln.

Sie sah sich um. Ihr Krankenzimmer lag im Halbdunkel. Doch dann erschrak sie erneut zu Tode.

»Wenn du das geringste Geräusch machst, töte ich dich.«

Wieder eine Stimme, die ihr bekannt vorkam. Eine markante männliche Stimme. Mit einer Schärfe, die ihr das Blut in den Adern gefrieren ließ. Sie mobilisierte alle Kräfte. Spannte die Muskeln an. Machte sich bereit für einen Kampf.

Er war ein kräftig gebauter Mann, sie konnte die Konturen erkennen. Sie sah das Weiß seiner Augen.

Und dann das Weiß seiner Zähne.

Er lachte. Wie über einen guten Scherz.

Nun erkannte sie den Mann.

»Ich wollte dich nicht erschrecken. Entschuldige, Fritzi«, sagte Pauli, der Maler. »Ich wollte dich nur besuchen. Was dir passiert ist, hat sich bis zu den Fischen im Grünsteinsee rumgesprochen.«

***

In der Kirche kniete Fanny vor dem Herrn nieder. Sie sprach ein kurzes Gebet und wartete darauf, dass er antworten würde.

Doch der, der am Kreuz hing, antwortete nicht. Jedenfalls nicht so, wie die Pfarrhaushälterin Fanny es erwartet hatte.

Er antwortete auf seine Art. Es begann mit einem leisen Grummeln.

Fanny hatte die Augen geschlossen. Sie bildete sich ein, das

Geräusch in ihrem Ohr würde von einer Lawine verursacht, die weit oben am Wildalpjoch abging. Sie musste lächeln. Natürlich reine Einbildung, dachte sie. Mitten im Sommer. Hehehe!

Doch damit hatte sie die Rechnung ohne ihren Herrn gemacht. Der Herr meinte es ernst.

Das Loch, die Spalte, die kaputte Wand oben am Glockenturm bröckelte diesmal nicht nur. Sie verzerrte ihren bisher milden Gesichtsausdruck zu einer tödlichen Fratze. Ein Erdrutsch, ein Steinschlag, ein Felssturz, ein lawinenähnlicher Abgang von Gesteinsbrocken, Geröll, Mauerresten und anderen Erdmassen schüttete von einer Sekunde zur anderen den gesamten Innenraum der Kirche zu.

Fanny, in einem letzten Anflug von Erschrecken, öffnete die Augen und sah den Tod auf sich zurasen. Flüchten hatte keinen Sinn mehr. Also blieb sie knien und legte die Stirn auf die gefalteten Hände. Sie wollte noch etwas sagen, doch das blieb ihr verwehrt.

Sie versank in einem Meer von Wucht, von Steinen und von Staub. Ihr Körper wurde verwirbelt, zerquetscht und erstickt.

***

Den Körper, den die Feuerwehr unter den Trümmern fand, zu identifizieren, war eine knifflige Aufgabe. Pater Timo konnte seine Tränen nur schwer zurückhalten, als er es tat.

Warum Fanny sich dergestalt verkleidet hatte, würde für Campari ewig ein Rätsel bleiben. Sie trug eine Perücke mit kurzem blondem Haar, eine enge schwarze Hose und eine schwarze Lederjacke. Nicht irgendeine Lederjacke, sondern die Dienstjacke der Interventionseinheit von Liechtenstein. An ihrem Gürtel hing der Rest eines Bügels einer Sonnenbrille.

»Verstehen Sie das?«, fragte er den Pater Timo.

Der verneinte.

»Dies ist das Material, aus dem die Theologie ihre einzige Berechtigung zieht«, sagte Campari mit großen Augen. Er hustete sich den Kirchenstaub aus der Lunge. »Unwissenheit und Glaube.«

Pater Timo schwieg zunächst. Dann legte er dem anderen einen Arm auf die Schulter und blickte ihn von oben herab an.

»Die Bibel gebietet uns«, sagte er in ruhigem Ton, »unsere Nächsten zu lieben und auch unsere Feinde zu lieben – wahrscheinlich deshalb, weil es in der Regel dieselben Leute sind.«

Anmerkung des Autors:

Staub, Zerstörung, Tod. Kein schönes Ende.

Doch für Kirchwies sah die nähere Zukunft gar nicht so grau aus.

Als der Herbst ins Land zog, färbten sich die Blätter blutrot und quittengelb, und Tatsache ist, dass Kirchwies auch im folgenden Herbst noch autofrei war. Und dass dem Herzlichsten Dorf sein besonderes Attribut nicht etwa aberkannt wurde.

Im Gegenteil. Der Mord und die anderen Verbrechen hatten der Attraktivität des Orts keinen Abbruch getan. Die Übernachtungszahlen im Blumenhof stiegen auf hundert Prozent. Fritzi musste sich beeilen, rechtzeitig wieder vollkommen gesund zu werden, um Felix Breitenberg bei der Führung des Hotels beizustehen. Anton Scheiberl gliederte dem Viecherhof einen Streichelzoo für Kinder an, für die Erwachsenen ließ er einen Neun-Loch-Golfplatz bauen. Wang Mings neuer Supermarkt wurde von den Touristen überschwemmt. Für kurze Zeit verfolgte er den Plan, seinen Bestand an Hühnern in chinesischer Käfighaltung aufzustocken. Nur unter Androhung der Todesstrafe war es Campari gelungen, ihn zur Freilandversion zu bewegen.

Herden von Fremden aus den unterschiedlichsten Ländern – Liechtenstein, Katar, Kirgisien, Vatikan – strömten zu Fuß durch das Herzlichste Dorf. Entfernte Zufahrtsstraßen waren mit Autos vollgestopft, die Bahn sanierte mit den Gewinnen aus der Linie Rosenheim–Kirchwies den Verlust übriger Strecken. Mit anderen Worten: Die Internationalität der Neugierde konnte leichter gemolken werden als die Kühe.

In den Gärten durchwebten die Blüten der spätsommerlichen Blüher wie Malven, Astern, Hortensien oder der Rote Fuchsschwanz die Holzzäune. Der Efeu blühte in halb kugeligen Dolden an den Hauswänden, und die Traubenspaliere bogen sich unter der Last reifender Früchte. Es war ein exzellenter Sommer gewesen. Unter den Obstbäumen stritten sich Admiral-Falter, Pfauenaugen, allerlei Käfer, Bienen, Hummeln und Wespen um die besten Nahrungsplätze beim Fallobst. Der große Renner in

Heidis frisch renoviertem Blumen-Shop waren Serviettenringe, die sie und Margot aus Ulmenrinde fertigten. Nebenher hatte Heidi ihrem Blumenladen in der alten Tankstelle noch einen Outdoor-Shop angegliedert. Margot setzte hinterm Haus eine neue Sorte Himbeersträucher, tauschte die alten Rosen gegen frische aus und schuf einen Vorrat an getrocknetem Obst und Preiselbeermarmelade für sich, ihren Mann und das Kirchwieser Löchl.

Auch die Löchl-Wirtin hatte sich auf die neuen Gäste eingestellt. Herbstsalat mit Joghurt-Brombeer-Nocken und goldenen Trauben, heimischer Bergsauerbraten aus der Gams mit Semmelknödel und Kirchwieser Pfirsichcreme mit Schokoraspel und Minzeblatt erwuchsen zu wahren Rennern. Abends hörte man die Klänge einer Band, die Rumba, Hubert von Goisern, Zumba und Gangnam spielte. Die Melodien drangen vom Dorf über den Feldbach bis zu den Bergen hinauf. Über den Köpfen der feinen Gesellschaft kreisten Laserstrahlen, welche die Kronen der Trauerweiden und der Kastanien wie Juwelen funkeln ließen.

Max Campari hätte die Auswahlprüfung für den Befähigungsnachweis als bekennender Christ kaum bestanden, wäre Pater Timo ihm nicht rührend zur Seite gestanden. Wer sollte schon Fragen nach dem Text des sechsten Gebots, nach dem Sinn des Weihnachtsfests und dem Namen des vorletzten Papstes ohne fremde Hilfe richtig beantworten können? Pater Timo in seiner unendlichen Güte stand ihm bei, und Campari wurde für die nächste Landtagswahl zum heißen Kandidaten gewählt.

Im Gegenzug wohnte Campari der Beerdigung der Pfarrhaushälterin bei, hielt den Pater ab, vor Scham und Trauer zurück ins Kloster zu flüchten, besorgte ihm eine neue Haushälterin und genehmigte ihm und dem Bauern Benedikt, gemeinsam eine Zucht Afrikanischer Wildesel zu betreiben, und am Ende sorgte er auch noch für den neuen Glockenturm.

Sie fragen, was aus Odilo wurde?

Seit Felix Breitenstein in den Blumenhof eingezogen war, wurde aus Odilo ein anderes Kind. Er lachte viel, war fröhlich und half, wo es ging, im Garten mit. Er war der Sonnenschein aller Gäste.

Nur seine Sprüche, die hatte er noch immer auf den Lippen.

Zum Beispiel diese:

Septemberwetter warm und klar, verheißt ein gutes nächstes Jahr.

Was der Sonnenschein für die Blumen ist, das sind lachende Gesichter für die Menschen.

Anhang

Paulis Fischsuppe

1 kleine Zwiebel, fein gehackt
¼ Lauchstange
1 kleine Karotte
1 Knoblauchzehe
4 EL Olivenöl oder Bratöl
Suppengewürz mit Salz oder gekörnte Gemüsebrühe
Salz, Pfeffer
125 ml Weißwein
½ bis ¾ l Wasser
1 TL Tomatenmark
1 kg Fischfilet nach Wahl (Forelle, Zander, Lachs, Scampi, Hecht, Krebsfleisch), in mundgerechte Stücke geschnitten
Schnittlauch, fein geschnitten zum Garnieren

Das Gemüse putzen und in feine Streifen schneiden, Knoblauch und gehackte Zwiebel in Öl andünsten, Tomatenmark zugeben und gut anschwitzen.
Das Gemüse sowie das Suppengewürz zufügen und dabei kräftig umrühren, mit Weißwein und Wasser aufgießen, einmal kurz aufkochen lassen. Dann den Fisch zugeben und etwa fünfzehn Minuten ziehen lassen, bis er gar ist.
Abschmecken, mit Schnittlauch bestreuen und sehr heiß servieren.
Dazu schmeckt am besten ein einfaches Baguette.

Spinatknödel à la „Löchl"

Knödelbrot von 4 Semmeln
100 g Semmelbrösel
250 g blanchierter, gehackter Spinat
4 Eier
¼ l warme Milch
1 kleine, fein gehackte Zwiebel
1 kleine, fein gehackte Knoblauchzehe
Muskatnuss, Salz, Pfeffer

Das Knödelbrot mit den Semmelbröseln in eine Schüssel geben und mit der warmen Milch übergießen. Etwas ziehen lassen.
Die Zwiebel und den Knoblauch mit etwas Butter glasig dünsten und den Spinat dazugeben. Würzen und zum Knödelbrot geben.
Zusammen mit den Eiern das Knödelbrot zu einem Teig verkneten und kleine Knödel oder Nockerl daraus formen.
In kochendem Salzwasser gar ziehen lassen, bis die Knödel obenauf schwimmen.
Die Knödel mit brauner Butter, Parmesan und einem schönen Salat servieren.

Weibakraft-Tee

Original nach Margot Campari

Frauenmantel, Malve, Schafgarbe, Rotklee, Beerenblätter, Taubnessel, Rosenblüten, Königskerzenblüten, Kornblumenblüten, Ringelblumenblüten

Sammeln Sie die Kräuter in der Natur nur, wenn Sie sie ganz sicher erkennen!

Dieser wohlschmeckende Tee eignet sich hervorragend als Eistee im Sommer – und, mit wärmendem Honig, als »Kamin-Tee« im Winter.

S'Apfel-Gelee

von der Fanny

2 l Apfelsaft – frisch entsaftet (am besten sind eigene Frühäpfel, gemischt mit unreifen, grünen Winteräpfeln, das gibt die schöne rote Farbe)
2½ Päckchen Gelierzucker 2:1

Den Apfelsaft mit dem Gelierzucker gut verrühren und zehn Minuten brausend kochen lassen.
Sofort in Schraubgläser füllen und kopfüber abkühlen lassen.

Die Schokoladenkücherl

von der Wirtin vom Kirchwieser Löchl

50 g weiche Butter
50 g zartbittere Schokolade
1 Messerspitze gemahlene Chilischote
1 Ei
1 Eigelb
60 g Zucker
50 g Weizenmehl
2 TL dunkles Kakaopulver

Die Schokolade zusammen mit der Butter über einem Wasserbad schmelzen, zehn Minuten abkühlen lassen.
Das Ei mit dem Eigelb und dem Zucker schaumig schlagen und unter die Schoko-Butter-Masse rühren. Dann das Mehl zufügen und unterrühren.
Sechs Muffin-Förmchen mit Butter bestreichen und mit Kakaopulver ausstreuen, die Schokoladenmasse einfüllen und bei 160 Grad Umluft circa 15 Minuten backen.
Bei uns im Wirtshaus gibt's die Kücherl auf einer Champagner-Zabaione oder an einem marinierten Orangensalat.

Marinierter Orangensalat

vom Pater Timo selbst

2 Orangen (filetiert)
2 Blutorangen (filetiert)
1 Saftorange (ausgepresst)
Saft von einer Zitrone
1 EL Vanillezucker
2 EL Grand Marnier
3 EL Walnüsse, grob gehackt

Den Orangen- und Zitronensaft mit dem Vanillezucker und dem Grand Marnier verrühren.
Die Orangenfilets auf Tellern anrichten, mit den Walnüssen bestreuen, mit dem Saft begießen und das Schokoladenkücherl draufsetzen.
Mit Puderzucker oder Rosenzucker bestäuben.
Nach Belieben mit Sahne oder Vanilleeis im Herrgottswinkel servieren.

Der Heidi ihre Hollerkiacherl
Holunderblüten in Pfannkuchenteig ausgebacken

Pro Person rechnet man fürs Dessert eine bis zwei Hollerblüten-Dolden.

Zunächst stellt man aus folgenden Zutaten einen feinen Pfannkuchenteig her:
175 g Dinkelmehl
1/8 l Bier oder Milch
1 Prise Salz
3 Eier

Nun werden die Blütendolden mehrmals durch den Pfannkuchenteig gezogen und sofort in heißem Fett goldgelb ausgebacken. Auf Küchenkrepp abtropfen lassen.
Mit Puderzucker oder Zimtzucker bestreut sind die Hollerkiacherl eine Köstlichkeit.
Wenn im August der Holunder reif wird, dann ist Zeit für die Ernte. Einen Teil sollten wir aber auch für die Vögel stehen lassen!

Johanniskrautöl

Rezept aus dem Nachlass von Thea Brommel

Zur Sommersonnwende *(21. Juni)* und um den Johanni-Tag *(24. Juni)* ist die beste Erntezeit für das Johanniskraut, um feines Körperöl anzusetzen. Wir ernten nur, wenn das Wetter trocken und sonnig ist – und zwar am Vormittag!

Um gutes Johanniskraut-Öl herzustellen, zupfen wir nur die Blütenköpfchen von den Pflanzen. Für einen Liter benötigt man mindestens zwei Handvoll Blüten.

Die Blüten werden im Mörser angequetscht und kommen in eine weithalsige Flasche mit festem Verschluss.

Die Flasche wird mit bestem Pflanzenöl (Sonnenblumenöl oder noch besser Olivenöl) aufgefüllt und an einen sonnigen Platz gestellt. Täglich ein- bis zweimal schütteln und mit Freude die Farbveränderungen wahrnehmen!

Das Öl bleibt bis zu den ersten kalten Nächten, etwa Anfang Oktober, stehen.

Dann wird es erst durch ein Passiertuch, anschließend noch einmal durch einen Papierfilter abgeseiht.

Das Öl in kleine Flaschen füllen, fest verschrauben und dunkel aufbewahren.

Früher wurde Johanniskrautöl zur Behandlung von Wunden, Sonnenbrand oder auch als Körperöl bei trockener Haut verwendet. Am besten das Öl nach dem Duschen auf die noch feuchte Haut auftragen.

Obacht: Johanniskraut macht lichtempfindlich – deshalb das Öl nie verwenden, wenn ein Sonnenbad angesagt ist. Johanniskraut bringt die Sommersonne in die Winterzeit – deshalb ist es perfekt, Johanniskrautöl als Körperöl in der dunklen Jahreszeit zu benutzen.

Echt Bayerischer Weißwurstsenf

wie sich das Rezept im Bayerischen Landtag herumgesprochen und Max Campari es mitgebracht hat

1¼ l Wasser
½ l guter Weißweinessig
750 g Rohrohrzucker
Aus diesen Zutaten einen Sud kochen und auskühlen lassen.

375 g gelbes Senfmehl
250 g grünes Senfmehl
zum Sud geben.

1 Bio-Zitrone in Scheiben dazugeben und
1 große Zwiebel gespickt mit
7 Nelken zufügen.

Den Senfsud zwei Tage stehen lassen, die Zitrone und die Zwiebel entfernen und den Sud in Gläser füllen.

Das Rezept stammt aus der Zeit, als es noch richtige Herde mit einem richtigen Feuer in den Küchen gab. Vor der Abfüllung machte die Großmutter einen eisernen Schürhaken im Küchenherd rot glühend heiß und rührte damit den Senf kräftig um! Also, wer noch einen Holzherd in der Küche hat – unbedingt ausprobieren … und das Geheimnis selbst ergründen!
Ach ja, der Weißwurstsenf schmeckt nicht nur zu Weißwürsten – der Campari findet, auch auf der Leberkäs-Semmel macht er sich sehr fein.

Manna-Krafttrunk

Die Formel hat der Scheiberl Anton aus New Mexico mitgebracht (von Blue Star, Clan-Mutter der Pan American Indian Association)

Überall auf der Welt haben die Menschen Rituale geschaffen, um sich mit der Erde, dem Mond, den Sternen, den Tieren und Pflanzen zu verbinden. Sie tun dies zur Ehre und aus Respekt gegenüber der Welt um sie herum. Indem wir Rituale durchführen, lenken wir unsere Aufmerksamkeit auf alles, was existiert. Und alles, was existiert, ist eins mit uns. Es ist wunderschön, sein gesamtes Sein in die Zeremonie mit einzubringen. Verstand, Körper, Geist und Gefühle werden eins.
In der heutigen Zeit sind wir uns bewusst, dass wir Wasser programmieren können, dass wir die Wassermoleküle in wunderschöne Sternenformen verändern können, indem wir Dankbarkeit zeigen. Wir wissen, dass unser Sein sich verbessert, wenn wir uns mit Liebe und Schönheit umgeben.
Und so möchte Anton Scheiberl mit Ihnen ein altes schamanisches Rezept für einen Krafttrunk teilen. Ein Heilgetränk für Körper, Geist und Seele.
Bitte sagen Sie bei jedem Schritt laut, was Sie gerade tun, da dies dem Krafttrunk zusätzlich Stärke verleiht.
Beginnen Sie mit der Absicht:

»Ich mache jetzt einen Krafttrunk für mein vollkommenes Wohlbefinden!«

1 l Wasser
5 Kardamonkapseln
½ Zitrone
3 dünne Scheibchen frischer Ingwer
1 Stück Rohrzucker oder 2 Teelöffel Honig
ein bisschen Cayennepfeffer
1 TL Olivenöl

Schritt 1: Das Wasser. *Ich danke dem Wasser, dass es mir zu einem wunderbaren Heiltrunk verhilft.*
(Wasser zum Kochen bringen)

Schritt 2: Ingwerscheibchen. *»Diese großartige Wurzel wird mein gesamtes System unterstützen.«*
(zum Wasser geben)

Schritt 3: Öffnen Sie die fünf Kardamonkapseln.
»Ich danke euch, dass ihr die Säure aus meinem Körper nehmt.«
(zum Wasser geben)

Schritt 4: Rohrzucker oder Honig. *»Danke für die Süße in meinem Leben.«*
(zum Wasser geben)

Schritt 5: Die halbe Zitrone. *»Danke, dass du meine Leber unterstützt.«*
(zum Wasser geben)

Schritt 6: Cayennepfeffer *»Danke, dass du meinen Stoffwechsel aufbaust.«*
(zum Wasser geben)

Schritt 7: Olivenöl. *»Danke für glückliche Gedanken.«*
(zum Wasser geben)

Sanft 3 Minuten lang köcheln lassen.

»Ich danke der Gesamtheit aller Bestandteile für die Unterstützung meines gesamten Wohlbefindens!«

Warm trinken. Allein, oder Sie teilen es mit Ihren Freunden.

Pfaffenbäucherl

Odilos Leibspeis

Für den Pfannkuchenteig
120 g Mehl
Salz
1 Ei
¼ l Milch
Butter oder Margarine zum Backen

150 g Emmentaler (in Scheiben geschnitten)
150 g Schinken (in Scheiben geschnitten)
500 g Kartoffeln
Kümmel
1 Bund gehackte Petersilie
Kräutersalz, Pfeffer
Mehl, Semmelbrösel und Eier zum Panieren
Öl zum Backen
1 Zitrone

Kartoffeln schälen, mit Kümmel in Wasser kochen.
Zutaten für den Pfannkuchenteig am besten mit einem Schneebesen verrühren. Etwas Fett in der Pfanne erhitzen, Pfannkuchen ausbacken.
Die abgekühlten Pfannkuchen jeweils mit einer dünnen Scheibe Schinken und Käse belegen, zusammenschlagen, mit Zahnstochern verschließen.

Gefüllte Pfannkuchen in Mehl, Semmelbröseln und Ei (mit etwas Kräutersalz versprudeln) panieren. In einer Pfanne Öl erhitzen und die Pfaffenbäucherl beidseitig goldgelb ausbacken. Zum Abtropfen (am besten auf Küchenkrepp) beiseitestellen. In einer anderen Pfanne etwas Butter erwärmen, Kartoffeln mit gehackter Petersilie durchschwenken.

Pfaffenbäucherl mit den Petersilkartoffeln und einer Scheibe Zitrone als Garnierung anrichten.

Pfüadi-God-Rezept

oder: Wie man seinen Mann loswird

Blauen Eisenhut (Aconitum) in der Natur suchen und bei Neumond ernten.
Aber Obacht: Schon wenige Blüten des Blauen Eisenhut reichen, um ein Kind zu töten!
Die Blätter von sieben Blüten und eine Knolle in ein Sackerl geben. Antrocknen lassen. Am siebten Tag das Sackerl unbemerkt unters eheliche Kopfkissen legen und weitere siebenundzwanzig Tage warten.
Sie werden erstaunt sein!

Kirchwieser Bohnensuppe mit Bohnenknödel

von Dr. Fritzi Gernot

Eine Packung (etwa 500 g) Wachtelbohnen oder hellbraune Bohnen waschen. Mit kaltem Wasser bedeckt über Nacht stehen lassen. Am nächsten Tag das Wasser abseihen und die Bohnen mit frischem Wasser etwa eineinhalb Stunden weich kochen.
Einen großen Schöpflöffel voll Bohnen für die Knödel wegnehmen.

1 Zwiebel, fein gehackt
150 g Geräuchertes (am besten ist das Wammerl)
ein Stich Butter und 1 EL Öl
4 cl dunkler Balsamico-Essig
Das Wammerl und die Zwiebel mit Butter und Öl in einer Pfanne anbraten, mit dem Balsamico ablöschen und zur Bohnensuppe geben.

80 g Butter
3 EL Mehl
Die Butter in einer Pfanne zergehen lassen und mit dem Mehl bestäuben.
Eine leichte Einbrenne herstellen und in die Suppe einrühren.
Die Suppe mit Salz, Pfeffer und Petersilie abschmecken.
Nach Belieben ein bissl Sahne oder Crème fraîche zugeben …

Für die Knödel:
Knödelbrot von 5 Semmeln
1 Prise Salz
Pfeffer und Muskat
Petersilie und/oder Schnittlauch
2 Eier
¼ l warme Milch
1 kleine, in Butter gedünstete Zwiebel

Das Knödelbrot mit den Gewürzen und Kräutern in eine Schüssel geben und mit den Eiern und der Milch zu einem Teig verkneten, die Bohnen zugeben und kleine Knödel formen.
In kochendem Salzwasser ziehen lassen.

Bei Fritzi gibt's die Bohnensuppe an Heiligabend und am Karfreitag. Für Odilo ist allein schon die Suppe wie Weihnachten.

Alle Rezepte mit Lust und Liebe wurden mit deren freundlicher Genehmigung den Rezeptbüchern der oberbayerischen Wirtin Agnes Pfeiffenthaler aus Bad Feilnbach entnommen.
http://www.pfeiffenthaler.de

Vergelt's Gott, Agnes!

Agnes Pfeiffenthaler
Feine Geheimnisse
Rezepte, Selber-G'machtes & Gschichten im Wandel der Jahreszeiten
Verlag: Pfeiffenthaler
ISBN 978-3-98126-750-1

Agnes Pfeiffenthaler
Pikante Geheimnisse
feine Rezepte & kleine Gschichten im Wandel der Jahreszeiten
Verlag: Pfeiffenthaler
ISBN 978-3-98126-751-8

Hannsdieter Loy
ROSEN FÜR EINE LEICHE
Broschur, 208 Seiten
ISBN 978-3-89705-559-9

»Ein spannender Krimi, der mit Witz, Menschlichkeit und Authentizität überzeugt. Ein Buch, das mit raffinierter Figurenkonstellation bis zum überraschenden Schluss den wahren Täter geheimhält.«
Oberbayerisches Volksblatt

»Ein absolut lesenswerter Roman.« Rosenheimer Nachrichten

Hannsdieter Loy
ROSENMÖRDER
Broschur, 240 Seiten
ISBN 978-3-89705-686-2

»Indem Loy in seinen ›Rosenmörder‹ immer wieder überraschende Wendungen einbaut, konstruiert er einen kontinuierlichen Spannungsbogen, der die Handlung stetig vorantreibt.«
Oberbayerisches Volksblatt

www.emons-verlag.de

Hannsdieter Loy
ROSENSCHMERZ
Broschur, 224 Seiten
ISBN 978-3-89705-614-5

»Loys Schreibstil ist eindringlich. Geschickt beschreibt er genau die Landschaften der Region und etabliert seine Charaktere fein säuberlich. Seine Figuren sind richtig aus dem Leben gegriffen.«
Oberbayerisches Volksblatt

»Sehr oberbayerisch!« Bayern 1

Hannsdieter Loy
SPIEL DES TODES
Broschur, 224 Seiten
ISBN 978-3-89705-785-2

»Der Schriftsteller versteht es, durch seine phantasievolle, bildhafte Ausdrucksweise durchgehend Spannung zu erzeugen.«
Oberbayerisches Volksblatt

»Ein kurzweiliges Lese-Vergnügen, mittendrin Bayerns James Bond.«
Münchner Merkur

Hannsdieter Loy
SAKRAMENTISCH
Broschur, 208 Seiten
ISBN 978-3-89705-897-2

»Kurzweilige, amüsante Unterhaltung.« ekz

Hannsdieter Loy
GRABMOOSALM
Broschur, 240 Seiten
ISBN 978-3-95451-045-0

»Wunderbar konstruierter Plot.« Echo Wochenzeitung

»Loy gelingt die Gratwanderung zwischen ausladendem Bilderreichtum und zielgerichteter Direktheit ohne verblümte Umschweife, dafür aber mit der rechten Portion schwarzem Humor.«
Oberbayerisches Volksblatt

www.emons-verlag.de